知识生产的原创基地
BASE FOR ORIGINAL CREATIVE CONTENT

颉腾文化
JIE TENG CULTURE

猎天下

第5部

天下一家

付遥 著

中国广播影视出版社

图书在版编目（CIP）数据

猎天下．第5部，天下一家 / 付遥著．-- 北京：中国广播影视出版社，2021.6

ISBN 978-7-5043-8635-9

Ⅰ．①猎… Ⅱ．①付… Ⅲ．①长篇历史小说－中国－当代 Ⅳ．① I247.5

中国版本图书馆 CIP 数据核字 (2021) 第 062587 号

猎天下第5部：天下一家

付遥　著

策　　划　颉腾文化

责任编辑　王萱

责任校对　张哲

出版发行　中国广播影视出版社

电　　话　010-86093580　010-86093583

社　　址　北京市西城区真武庙二条 9 号

邮　　编　100045

网　　址　www.crtp.com.cn

电子信箱　crtp8@sina.com

经　　销　全国各地新华书店

印　　刷　北京市荣盛彩色印刷有限公司

开　　本　880 毫米 ×1230 毫米　1/32

字　　数　225（千）字

印　　张　10.5

版　　次　2021 年 6 月第 1 版　2021 年 6 月第 1 次印刷

书　　号　ISBN 978-7-5043-8635-9

定　　价　55.00 元

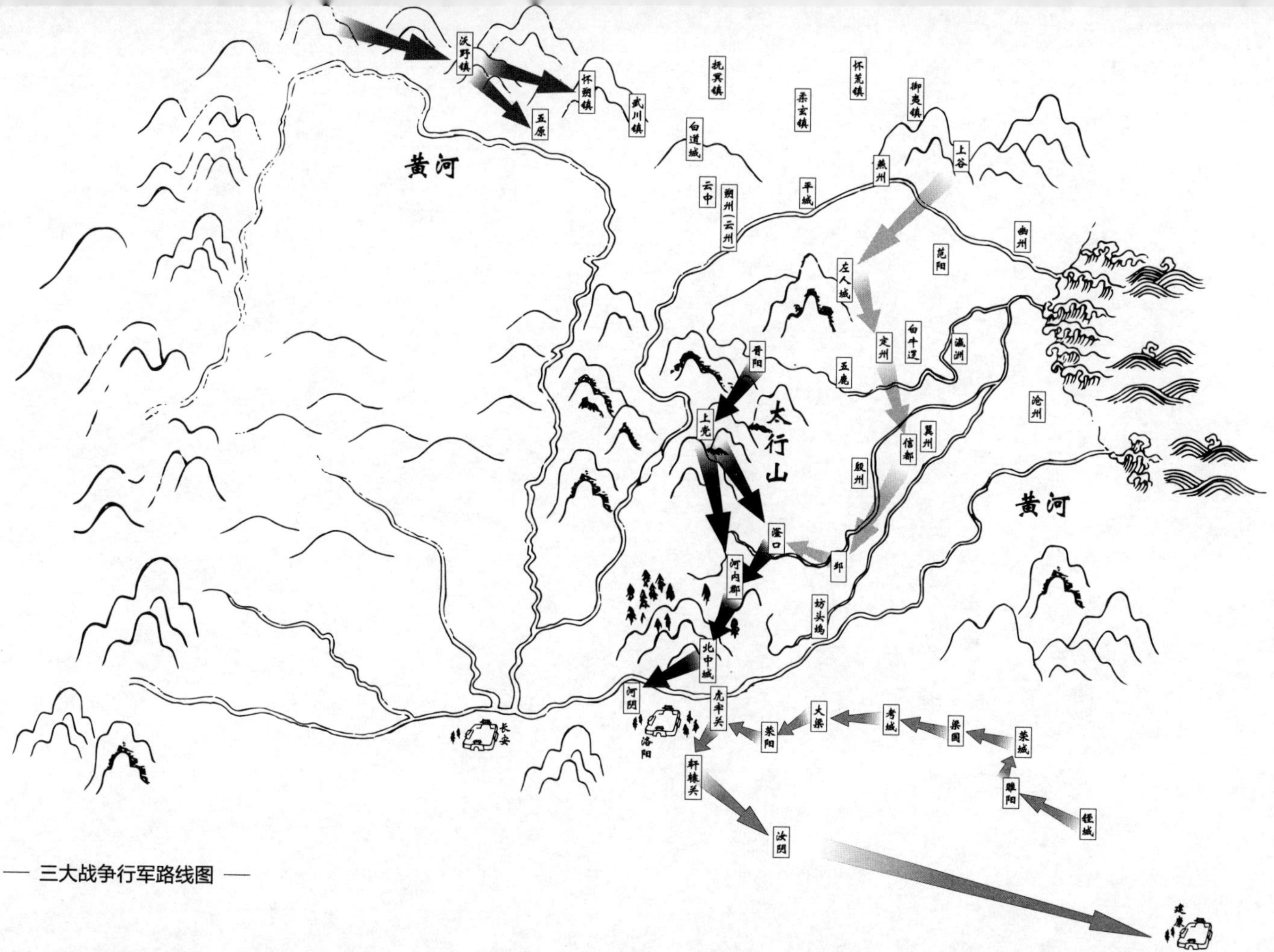
沃野镇
怀朔镇
武川镇
五原
抚冥镇
柔玄镇
怀荒镇
御夷镇
白道城
黄河
云中
朔州(云州)
平城
燕州
上谷
幽州
范阳
左人城
晋阳
定州
白牛逻
瀛洲
五鹿
沧州
上党
太行山
冀州
信都
殷州
滏口
邺
河内郡
坊头坞
北中城
河阴
虎牢关
长安
洛阳
大梁
考城
梁国
荥城
荥阳
轩辕关
睢阳
铚城
汝阴
建康

— 三大战争行军路线图 —

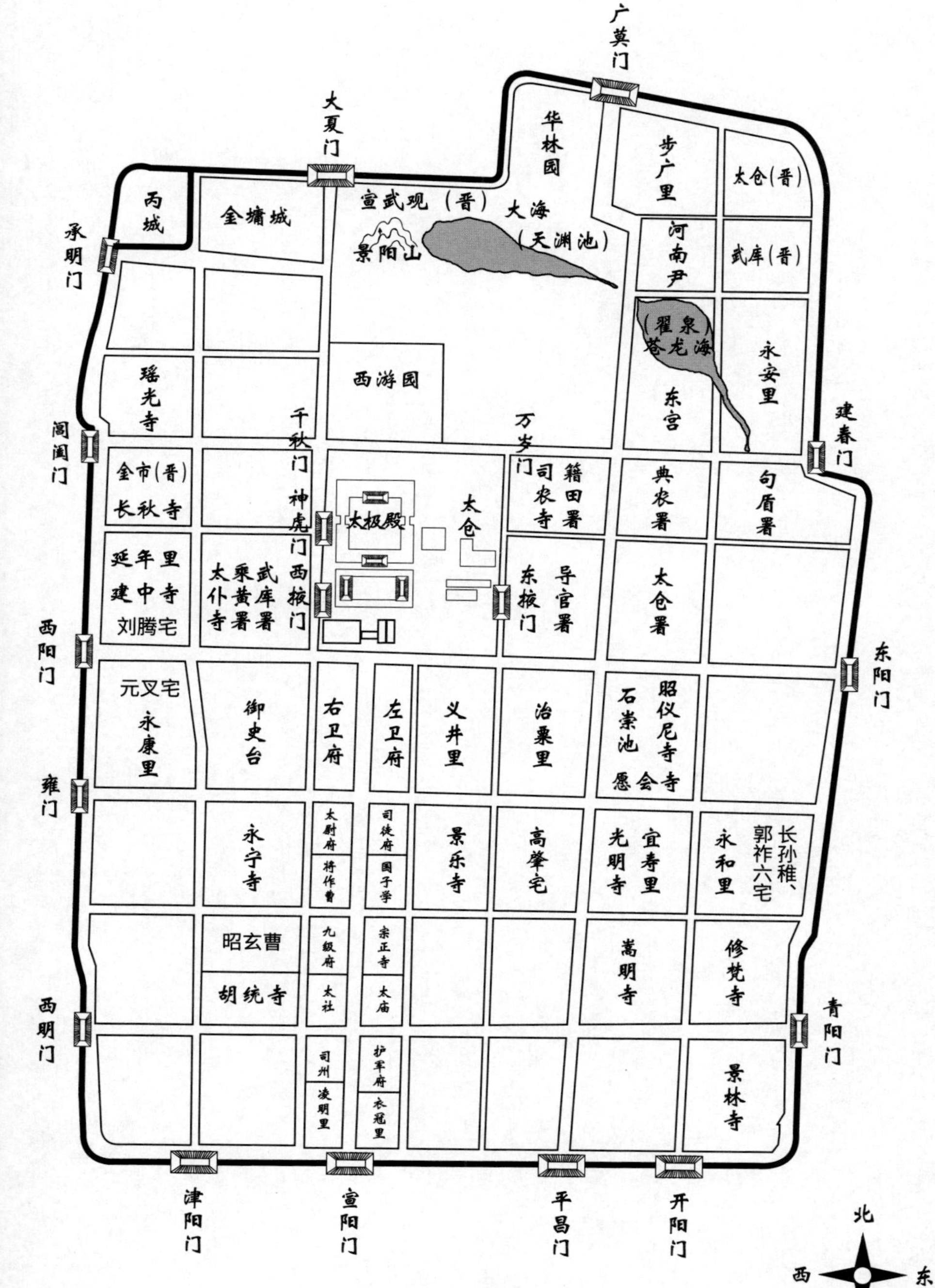
广莫门
大夏门
华林园
步广里
太仓（晋）
丙城
金墉城
宣武观（晋）
大海
（天渊池）
景阳山
河南尹
武库（晋）
承明门
（翟泉）
苍龙海
永安里
瑶光寺
西游园
东宫
千秋门
万岁门
建春门
阊阖门
金市（晋）
长秋寺
神虎门
太极殿
太仓
司农寺
籍田署
典农署
句盾署
延年里
建中寺
刘腾宅
太仆寺
乘黄署
武库署
西掖门
东掖门
导官署
太仓署
西阳门
东阳门
元叉宅
永康里
御史台
右卫府
左卫府
义井里
治粟里
石崇池
昭仪尼寺
愿会寺
雍门
永宁寺
太尉府
将作曹
司徒府
国子学
景乐寺
高肇宅
光明寺
宜寿里
永和里
长孙稚、郭祚六宅
昭玄曹
胡统寺
九级府
太社
宗正寺
太庙
嵩明寺
修梵寺
西明门
青阳门
司州
凌明里
护军府
衣冠里
景林寺
津阳门
宣阳门
平昌门
开阳门
北
西
东
南

—— 洛阳城图 ——

目录

第一章

瑶光回眸

天下，
是天下人的天下

01 法显西行

阿阇梨讲述的世界竟然这么精彩，她本是河东蒲坂刘氏女，三个哥哥童年夭亡，其父母担心她早夭，三岁时把她送到寺庙。她七岁时在寺庙水井旁玩耍，忽然不见。和尚怕她堕入井中去，到处寻找，她却在佛堂中如禅者入定。父亲在她十岁时去世，家人要她还俗，阿阇梨对叔父说：我不是因为父亲而出家，而是要远尘离俗才入道。为父亲办完丧事后即刻还寺，开始学习佛法，志行明敏，仪轨整肃，遍读佛经，尤其喜欢十六国时法显所著的《佛国记》，向往他游历西域诸国，毅然踏上西行道路，开始了漫长而艰苦卓绝的旅行。穿过河西鲜卑的吐谷浑到达张掖，遇到智严、慧简、僧绍、宝云、僧景，共十一人到达敦煌，得到太守资助，西出阳关进入大漠。明月听到这里，从悲伤中暂时解脱，开始了联翩的浮想。

“上无飞鸟，下无走兽，遍望极目，欲求度处，莫知所拟，唯以死人枯骨为标识。”阿阇梨勇往直前，十七昼夜走出一千五百里，穿越大漠来到鄯善，“那是汉朝楼兰故土，贵霜崩溃后，一群说着犍陀罗语的流亡贵族在那里定居。”阿阇梨随口说了几句犍陀罗语，奇怪的音调引得明月抿嘴而笑。

“我们又前往焉夷国，那里盛行小乘佛教。”阿阇梨讲了几句当地语言。明月的注意力从语言转向了国名，说这个名字有意思。这个国号来自梵语的阿耆尼，是印度教中的火神。阿阇梨信奉大乘佛教，在焉夷国受到冷遇，食宿都无着落，其中三人返回高昌，阿阇梨得到后凉吕光远征龟兹时留下的前秦皇族苻公孙的资助，一行八人向西南进发，穿越了更大的沙漠：“我在那里向苻公孙学了兵法。”

“兵法？”吕桃儿曾帮助元子攸找过兵书，又在枋头坞中听杨忠和马佛念常常说起。阿阇梨对战场攻伐兴趣不大，吕桃儿善解人意，不再多问。阿阇梨又说下去：“我们又走了三十五天来到于阗，这是西域佛教的交汇之地，我们参加了行像礼。这里的居民一部分来自波斯，另一部分来自中原，国王姓尉迟，号称万王之王，他刚兼并了四个小国，有八万人口和三万强兵，对大乘和小乘佛法一视同仁，西来东往的客商极多，街市中遍布当铺、票号和旅店。当时正值佛诞，于阗王有圣像车，佛像用七宝装饰，披挂丝绸帷幔，佛像进城时，宫女从城门撒下花瓣。王族大臣更换新衣，赤脚持花朝拜大佛。我在那里停留了三个月，学了机巧，可以制作各种车辆和兵器。我们经过子合国，翻越葱岭，渡过新头河到那竭国。葱岭之西和中土大不相同，四季寒冷，狂风不止，石梯位于山间，下面是万丈悬崖，向下探望便失去迈出第二步的勇气，向东折返。在漫漫长夜中，我们瑟瑟发抖，围着火堆讲述佛教故事。我们经过宿呵多国、犍陀卫国到达弗楼沙国，僧人用木头雕刻佛像，惟妙惟肖，样子与中土佛像差异极大，雕刻的技法来自一个叫作赛里斯的地方。我想改道向西，经过安息前往大食，几个只对佛法感兴趣的老和尚不愿意，我孤身向西，学了书写、冶金、纺织、术数、天文和建筑，我特别喜欢戏剧和诗歌，可是约定时间到了，我依依不舍地向南，进入天竺。”

明月更加好奇：“赛里斯和大食？他们的诗词能够超过曹植和陆机吗？绘画和顾恺之、陆探微又如何？”顾恺之生长在南朝，博学多才，擅诗赋、书法，尤善绘画，意在传神，精于人像、佛像和山水，时人称之为画绝、文绝和痴绝。陆探微出生于南朝刘宋时期，以书法入画，圣贤图绘、佛像人物至飞禽走兽，无一不精，与东晋顾恺之并称“顾陆”。

阿阇梨走进房舍，小心翼翼捧出一尊小小的雕像，稳稳放下。明月掀开丝绸，惊叫跳起来，脸红到脖颈，这是一尊石刻的裸体男子，私密部位分毫毕现，毫不隐讳。她脸挂泪珠问道：“阿阇梨，为何拿这种污秽的东西来玷污我？”

“这是赫拉克勒斯，赛里斯一名叫作列西普斯的人雕刻。”阿阇梨痴迷地抚摸着，顾不上明月的害羞，“人体之美不下于山水花石，为何可以画山水而不能描人体？桃儿，你看看肌肉的线条，他面孔舒缓好似休息。”

明月睁开眼睛，用绸缎将雕像身体围起来，只看头脸，确实惟妙惟肖，忍不住又将绸缎向下露出胸肌，用小指戳几下，再掀起腿部，只剩中间一圈，她想看又不敢看，脸红心跳又好奇，样子十分迷人。阿阇梨笑着说：“如果有这么好的工匠，我愿意为自己雕刻一座。”

这句话惊世骇俗，魏晋时风气开化，却远不敢把赤身裸体的样子雕刻出来。明月懦懦问道：“那还怎么嫁人呢？”想到阿阇梨本就是出家人，没有嫁人打算，偷偷笑了。“我不能和您比，你在嵩高山击退了尔朱荣十几万大军，让关中侯撤走。”明月听了很多传言，越传越夸张，到了没边没沿的程度。

阿阇梨对明月没有保留，正要继续说，外面人声嘈杂，比丘尼姑从房舍中走出，奔走相告，声音越来越大，渐渐变成了庆祝。阿阇梨放好雕像，和明月走出房舍，一名比丘迎面跑来喊道：“尔朱荣被天子杀死了！”瑶光寺是后宫嫔妃出家的所在，与皇宫咫尺之遥，消息极快。阿阇梨震惊无比，洛阳城流言遍地，传说尔朱荣要挟持天子迁都，行废立之事，元子攸竟先下手为强杀了尔朱荣。尔朱兆、尔朱天光、尔朱度律和高欢分别坐镇太原、长安、徐州和晋州，拥有百战强兵，道武帝和太武帝霸王的血脉还在元子攸体内流淌，他这么不顾后果，当真是不知道天高地厚的年轻人。

明月更吃惊，在她印象里，元子攸还是那个年轻的长乐王，没有那么深的心机，每天想方设法让自己开心，陪着自己到处游玩，他竟然做出石破天惊的举动，那个皇宫彻底改造了他，他为保住江山社稷不顾一切。尔朱歌是他的皇后，即将为他生下孩子，他却利用这个机会杀死了孩子的外祖父，就像他杀死元颢，将元颢的头颅悬挂在城门，他变成了一个曾经熟悉的陌生人。

“内外喜噪，声满洛阳，百僚入贺。”另一位尼姑跑进来，她本是元诩的嫔妃，年纪轻轻来到瑶光寺，并不甘于佛法，她们不知道害怕，当作大喜事一般。

“皇帝在太极殿接见百官，下诏大赦，快去。”尼姑嫔妃们失去了秩序，她们不是清心寡欲的出家人，而是喜欢热闹的后宫佳丽。

山门撞开，十名浑身是血的人冲了进来，打扮奇怪，有人披挂铠甲，也有人穿着宫中杂役的服装，甚至还有宦官打扮，与嫔妃尼姑撞在一起，为首之人身高力壮，一名妃子被撞出三四步，跌倒在地，为首那人将她扶起，再不停留，大步向寺后山门冲去。

“杨忠！”明月瞬间泪水涟涟，朝思暮想的人就在眼前，快步向那伙人冲去。杨忠速度极快，绕过佛殿听到有人呼喊自己的名字，情牵梦绕的声音无比熟悉，正要回头被鱼天慜拉住，不由分说跑出瑶光寺。

“这里！”小猴子等在瑶光寺后门，拴马桩旁排列着战马，梁兵翻身上马向城门奔去。杨忠在马上仍然在回头，向小猴子说道：“我刚才好像听到了明月的声音。”

杨忠日夜思念明月，肯定是幻觉，当初明月头颅悬挂在阊阖门数月，怎么可能出现在瑶光寺中。小猴子苦笑：“快走，朝廷肯定要搜捕尔朱荣余党，城门就要关闭。”

“我去找独孤郎。”杨忠皱起眉头，贺拔胜和独孤信还在城中，不能抛下他们逃亡。

“他们在尔朱世隆的仆射府。”小猴子知道杨忠的性子，阻拦不住，“我们在西阳门等你，御林军很快就会到，速去速来。”两人翻身上马，各自分别。

明月奔出院门，那就是杨忠，旁边便是小猴子，他不是在尔朱度律手下被抓到了晋阳吗？怎么会出现在洛阳，他们要匆匆逃向哪里？她连声呼喊，声音被马蹄声压下，一滴滴泪水坠落瑶光寺。

02 唯强是举

仆射府大乱，朝廷的赦文发到，尔朱荣被杀的消息传出，无异于晴天霹雳。尔朱世隆跺脚大骂："元子攸竟敢刺杀大王！我与你不共戴天！"

北乡长公主心如刀割，她不仅失去丈夫还失去亲生的尔朱菩提，痛不欲生，却拭去泪水扶起尔朱世隆："现在不是悲伤之时，赶紧召集部属，早做计议。"

尔朱世隆府邸乱作一团，渐渐有人会集，贺拔胜和孤独如愿听到消息立即来到，尔朱世隆仍然在放声痛哭，拉着贺拔胜："集齐人马，攻打皇宫，杀了那个狗皇帝！"

尔朱荣带来的部属有好几百人，目眦欲裂，提起兵器冲出府邸，果然人流从四面八方拥向城墙。元子攸发布赦文后，前往阊阖门昭告天下，贺拔胜劝道："天子既行大事，必当有备，吾辈众少，何可轻尔！但得出城，更为他计。"

元子攸不在皇宫，杀到那里还有什么用处？尔朱世隆犹豫，一匹战马奔驰而来，杨忠飞身下马喊道："快，从西阳门撤出！"

尔朱世隆并不认识杨忠："你是何人？"

独孤如愿连忙说道："他在扶律归辎重营中，来洛阳采买。"

杨忠一心救出贺拔胜和独孤如愿:“快,再耽搁就出不去了。”

尔朱世隆感慨,这时还有人挺身而出,以后必当重谢,北乡长公主当机立断,“走!”几百人匆匆赶往西阳门,贺拔胜渐渐落后,他对朝廷忠心耿耿,又对尔朱荣敬佩有加,当真不知道谁对谁错,一旦和尔朱世隆出城,就彻底走向反叛朝廷的道路。他低声向独孤如愿和杨忠说道:“两位兄弟,天子不该杀天柱大将军,可是大将军也不该密谋废立,真不知道该何去何从,哎。”

贺拔胜在这个节骨眼动摇,对杨忠来说,元子攸和尔朱荣都是仇人,没有偏向,独孤如愿也分辨不清。西阳门近在眼前,贺拔胜停住战马:“你们出城,我留在城中,请求天子赦免天柱大将军部属。”贺拔胜是成名已久的英雄,与朝中大臣有私交,总的来讲更倾向于朝廷,策马进入街巷,独孤如愿深知他的想法,也不再劝,和杨忠策马奔向西阳门。

尔朱世隆抬头仰望,西阳门城门紧闭,自己没有攻城器械,无法从内攻破城门,对元子攸更是咬牙切齿。忽然一声呐喊,城墙拥出十几个士卒砍翻守军,大门“咣当”打开,正是小猴子率领的梁兵,他早将城内府衙中的梁兵埋伏在西阳门内,看见队尾的杨忠,突然发作夺下城门。尔朱世隆的数百人策马驰入,只要进了城门,守军便不是对手,尔朱荣部属悲愤交加,爆发出惊人的战力将守军杀散。尔朱世隆来到杨忠和小猴子面前,恭恭敬敬三拜:“两位英雄,今日承蒙你们相救,我尔朱世隆不言谢,恩情永记!”

杨忠五味杂陈,尔朱世隆追杀了元颢和桃儿,虽然桃儿和元颢是被县卒江丰所杀,可是尔朱世隆逃不了干系,可是自己在轩辕关擒获尔朱世承和尔朱袭，一个被脔杀，一个被处死，这都是尔朱世隆的两个同父同母的亲兄弟，也不知道谁欠谁，杨忠又亲手杀死十四岁的尔朱菩提，心中不忍，这笔账又不知道该怎么算，看着落魄的尔朱世隆叹气："仆射大人，出城吧。"

一匹战马奔驰而来，正是金紫光禄大夫司马子如，他深受尔朱荣厚待，放弃家眷，先到尔朱世隆府邸扑空，直奔西阳门，跪倒在尔朱世隆和北乡长公主脚下："天柱冤枉！"将尔朱荣打算借围猎之名，请元子攸御驾亲征梁国的檄文交出。

尔朱世隆也知道这么回事儿，登上城墙，高高举起檄文："诸位兄弟，天柱大将军要借围猎之名讨伐梁国，长乐突然下了狠手，天柱大将军冤屈！诸位如果家在洛阳，愿意留在城中，我绝不怪罪，愿意和我走，待为兄弟，随我为天柱大将军报仇！"

这些跟随尔朱荣在战场上杀出来的亲信，悲伤痛哭："天柱大将军如同我等父亲，绝无杀父而事仇敌者！"

"走！"尔朱世隆翻身上马，和北乡长公主奔出城外，回身命令焚烧西阳门，急慌慌来到尔朱度律军营，此时营盘炸锅。这五千骑兵都是尔朱荣契胡嫡系，本来还不敢相信，听了尔朱世隆述说，悲声冲天，数百人用刀刻脸，跪地恸哭。尔朱度律疯了一般揪住尔朱世隆："你，怎能让天柱遇害！"

尔朱世隆多次提醒尔朱荣，甚至自己写了书信贴在门上告警，只怪尔朱荣骄狂，不以为意。北乡长公主看到这一切，向中间一坐，神色肃穆："不要闹，不要哭，天柱已死，我们为全族谋一条活路。"

北乡长公主和尔朱荣举案齐眉，感情甚笃，亲生的尔朱菩提也死在皇宫，她如此镇静，众人渐渐停住悲声。尔朱世隆说道："司马子如，你起草文书通知吐沫儿、天光、仲远、贺六浑集结军队，进攻洛阳，为天柱复仇！"司马子如奋笔疾书。尔朱世隆想想又说："我军北返，渡过黄河准备会合吐沫儿，反攻洛阳！"

司马子如停下毛笔，打断尔朱世隆："天柱崩折，天下汹汹，唯强是视，当此之际，不可以弱示人，若亟北走，恐变生肘腋。不如分兵守河桥，还军向京师，出其不意，或可成功。假使不得所欲，亦足示有余力，使天下畏我之强，不敢叛散。"

此话一出，正合众人心意，他们急于为尔朱荣复仇，按捺不住反攻洛阳的想法，而且北中城既是退路也是晋阳大本营援军的咽喉，可进可退，不待尔朱世隆和北乡长公主点头，一起鼓噪。尔朱度律拔出腰刀喊道："兄弟们，夺了北中城，掉头攻打洛阳。"

03 北中城

阊阖门！

这本是上古神话中传说的天门，曹魏重修洛阳宫时修建，西晋沿用，魏国迁都洛阳，为显示国统正朔，重新营造。阊阖门北面正对宫城太极殿，南面为御道铜驼大街，直通内城正门宣阳门，城门前方建有巨大的阙台，分为东阙和西阙，间距二十丈，气势雄伟，巍峨壮观，象征着君王的威仪，成为帝王登基和接见四方朝贡时节的场所。

元子攸登上阊阖门心情无比畅快，积压两年多的郁闷全部抒发，心中再没有残留：丞相高阳王元雍、司空元钦和义阳王元略，还有那两千名王公大臣，你们被尔朱荣在河阴杀死；大哥和三弟，你们在行宫被屠戮，桃儿，你被推下受禅台，面目全非，你们可曾见到明光殿内尔朱荣的尸身。早逝的父亲母亲，今日我登上阊阖门，江山社稷就在脚下，你们应该为我开心。

百姓欢欣鼓舞，御林军精神振奋，无不称颂朕的勇毅果决，朕不是那个鲁莽被杀的高贵乡公曹髦，也不是那个窝囊废曹奂，权臣被我亲手杀死！尔朱荣，你奉立我为皇帝，只为瓦解胡太后夺取洛阳，短短两年，你平定葛荣、邢杲、元颢、万俟丑奴和萧宝龛，雄兵横扫天下，你怎能想到，朕一刀就可以要了你的性命！

文武百官一起跪倒，仅仅二十四岁的皇帝做了他们根本不敢想的事情，威风凛凛的不可一世的天柱大将军没了，这是一个什么样的帝王？冷血？无情？果决？绝不是以前那个谦谦有礼的年轻王爷，尔朱荣看错了他，便付出了生命的代价。

“加升雍州刺史尔朱天光为侍中、仪同三司。”元子攸说出封赏，尔朱天光率领大军驻守长安，需要稳住。“司空杨津都督并肆等九州诸军事、骠骑大将军、并州刺史，兼尚书令、北道行台，经略河汾。”元子攸相信弘农杨氏，元颢入洛时，杨侃随同自己北奔，又挑选武士杀死尔朱荣，杨津是他的叔父，值得信赖，并州是尔朱荣大本营，需亲信镇守。

数匹战马从城外奔驰而来，打破欢庆的氛围，一人翻身落马向阊阖门高喊：“陛下，尔朱世隆和尔朱度律正在攻打北中城，奚毅将军请陛下发兵，从敌军背后猛攻！”

奚毅望见五千甲骑，心肝俱寒，尔朱度律速度太快了，他前脚刚到北中城，没来得及调集人马，城中人心慌乱，同情尔朱荣的将领不少，敌军已经到了。他下令关闭城门，城墙上的士兵搞不清楚洛阳城发生了什么，为何要和尔朱荣的军队对战？“天柱在明光殿伏诛，天子下令我等守住大门。”奚毅原原本本讲述尔朱荣借围猎迁都的计谋。

“天柱大将军这么大的功劳，天子竟然说杀就杀？”一名将领心向尔朱荣，嘟嘟囔囔。

奚毅抽出宝剑，不许妄议：“守住城门，便是大功！”城下人马到了数百步外，守军还在议论尔朱荣之死。

“功劳再大，比得上天柱大将军吗？还不是被天子杀了。”又有一名将领说道。

奚毅最近两年一直在皇宫，和这些将领并不熟络，只好命令从洛阳带来的几百御林军守城，自己带人去关城门。

“辎重营何在？”尔朱度律停住战马，五千骑兵同仇敌忾，士气可用，却不能骑马攻城。

“在！”杨忠从辎重营中走出，他想趁机带走梁兵，离开洛阳返回梁国，可是前有北中城，背后是洛阳城，身边是骁勇善战的尔朱荣嫡系，无法行动，更为重要的是，元子攸阴谋狡诈，点燃了他心里的仇恨。

尔朱世隆感念杨忠和小猴子夺取西阳门，为振奋军心，他翻身下马举起杨忠胳膊：“这位勇士守住西阳门，是我的救命恩人，擢为统军，率领辎重营！”面对契胡士卒，“天柱大将军死得冤枉，夺下北中城，回头攻打洛阳，为大将军复仇，杀！”契胡士兵早已红了眼睛，一起叫嚣。

“铠甲，兵器！”杨忠仰头看着尔朱度律，他们早已被收走了兵器。

尔朱世隆不待尔朱度律点头，命令匠作曹拿出铠甲和兵器，梁兵纷纷披挂，陈庆之七千人白袍白马啸西风，四十七战夺三十二城，留下“名师大将莫自牢，千军万马避白袍”的千古传奇。攻城器具非同一般，小猴子跳上一辆武钢车：“兄弟们，咱们一年多没打架了，手痒吗？尖头轳和轒辒车、云梯和飞楼都拿出来，开打！”当初尔朱荣得到小猴子，十分礼遇，将他安排在匠作曹，打制攻城器械进攻梁国，却在这里派上用场。

胡角平地而起，辎重营出动，尖头轳去撞城墙，轒辒车缓缓驶向城门，云梯在中，最后是三座飞楼。北中城主要防御北边敌人，南边城墙不高，守军在城墙上散开防御。尖头轳、轒辒车和云梯只是诱敌之兵，契胡骑兵翻身下马，浩浩荡荡徒步攻城，守军注意力被吸引，杨忠将梁军集合起来，推着三座飞楼接近城墙。“干吗？”小猴子看出情形不对。

“尔朱度律攻城为正，飞楼为奇，北中城一鼓可下。”杨忠跟着陈庆之和马佛念作战多年，一眼看透局面。

“怎么为尔朱氏卖命了？”小猴子醉心冶炼，没有打打杀杀的心。

“那我们为谁卖命？”杨忠生在武川，对梁国没有忠心，而且七千白袍攻入洛阳，梁国一个援兵都没有，早已失望。小猴子支支吾吾答不上来，乱世争雄为谁卖命？元子攸刻薄寡恩，自然不能为他作战，枋头坞自保艰难，逃亡过去只会引来祸端，尔朱荣被杀，天下又要大乱了，小猴子叹气一声，安排士卒在地面铺设滚木，推动飞楼。

“谁杀我们，我们就杀谁！”杨忠将三座飞楼分开，间隔十步。

契胡士卒憋着为尔朱荣复仇，城墙不是冤情可以摧毁，尔朱世隆焦急问道：“扶律归，这样行吗？大王从不会让骑兵下马仰攻坚城！”

尔朱度律用兵比不上尔朱荣，冲锋陷阵不如尔朱兆，运筹帷幄及不上尔朱天光，独当一面不如尔朱仲远，只知道一味蛮干。

扶律归甩开尔朱世隆，身披重铠，抓来盾牌，高举战刀走到阵前，向上一指：“奚毅，给我出来！”

奚毅从垛口中探出身子：“扶律归，奚毅在此！”

尔朱度律见到仇人分外眼红：“你个吃里扒外的狗东西，你和天柱有中表之亲，大王从小收留你在身边，把你当作儿子养，你竟敢害死大王，我必将你千刀万剐！”他悲愤之下语言混乱，一会儿称呼尔朱荣为大王，一会儿又变为天柱。他大声命令：“大王就是被这个狗东西害死的，杀了他为大王报仇！”数千契胡士卒顺着云梯攀爬，北中城守军也有五千多人，士气和战力都比不上尔朱荣部众，却可以凭借地利从容周旋，向下开弓放箭。

“这样打，咱们这五六千人马全要折在这里。”尔朱世隆没了主意，或许应该东向虎牢，从其他地方渡过黄河。

尔朱度律听不进去，见到奚毅怒火不可控制，将战刀向嘴里一含：“擂鼓登城，死了就去找大王团聚！”尔朱世隆慌忙来拉，被他肩膀一扭甩开，士卒大声呼喊，向城墙放箭，云梯搭上城墙，顿时城墙上弓箭如雨，尔朱度律盾牌横在头顶，不能尽数化解，时不时有弓箭从侧面射到，他依仗重铠，眉头不皱闷声向上。尔朱荣之死让他伤心欲绝，早有赴死之心，一块面盆大小的石块砸在盾牌，将他打翻，数支弓箭刺入，他哼了一声，鲜血从咬着战刀的口腔中流淌，换一口气继续攀爬。

忽然城下欢呼，尔朱度律看到，一排涂着油脂的滚木排在城下，黑黝黝的巨大木楼从身边飞驰划过，如此巨大！如此速度！绳索绷直，木楼咯吱在城墙边停靠，速度和分寸如此之好。城墙上的弓箭射向飞楼，尔朱度律加快步伐接近城头，一杆长槊刺下，尔朱度律猛然用力握住，借这股力登城，守城士兵被从上到下掀翻，被飞楼上一名梁兵用弩机射中。飞楼挡板一翻，梁兵攻上城墙结阵聚集，杀出七八步再退五六步，越来越多的梁兵攀爬悬梯，跃入城墙，数量很快达到百人。

城墙上伸出手来，尔朱度律抓住，那人跃上，正是杨忠。若论攻城，辎重营远比骑兵有优势，率先登城也不奇怪。尔朱度律心里感激，嘴里说不出来，四处观察战局。此时云梯已经在两座飞楼间连成一片，契胡士卒迅猛登城，北中城即将陷落。尔朱度律忽然看见，奚毅痴痴呆呆站在城门正中，也不逃跑，他复仇心切，带着几十名士卒包围过去。

奚毅跪地，双手举天："天子，奚毅未能守住北中城，有负于你！百死莫赎！只望你能够赦免大王部属，不要自相残害了！"他转身面向尔朱度律，"奚毅有愧于大王，前年天子便要刺杀大王，我替天子掩饰，这次我将大王借围猎迁都之事告知天子，亦知天子杀大王的图谋，实在是害死大王的罪魁祸首！我奚毅不忠不义，有何面目活在世上！"奚毅猛然站起怒吼，"我夹在皇帝和大王之间，忠义难以两全，天子是大王所立，大王为何要废他！北乡长公主是魏国血脉，大王世代为国家屏障，为何要图谋篡逆！天子，你既娶了皇后，为何要杀死她的父亲！你口口声声说赦免河阴之罪，为何要杀死大王！"奚毅刀尖指着胸口，"我该怎么办？背叛天子便是不忠，背叛大王便是不义，你们杀了我，杀了这个不忠不义之人。"

尔朱度律恨奚毅入骨，上前刺入他脖颈，契胡士卒见到大仇人，一起拥去，奚毅血葫芦一般奋起余力向城墙跃下，大喊："这是什么世道？至亲之人互相残杀！我走了！"

04 回波梼杌

尔朱歌抚摸着肚子，宝贝时不时就翻个身，提醒自己的存在，或者是饿了？或者只是要翻身继续睡？尔朱歌满心都投入他的身上。如果你是皇子，就将成为太子，没有什么力量可以阻止，自己是皇后，父亲手握重兵，平定了魏国全境的叛乱。如果是皇女更好，不用去面对外面那个纷乱的世界，只需要在妈妈的呵护下长大。外面喧喧嚷嚷，宫女们脸色常常露出慌张，尔朱歌心思全都放在肚子里的胎儿身上，没什么能够让她的注意力移开。她甚至忘掉了贺六浑，忘掉了渴望的流浪生活，即便在夜里也梦不到。元子攸和以往一样，殷勤地聊天，端来茶水，扶着自己在徽音宫内散步，抚摸自己的肚子感受即将出生的孩子，一切平淡而美好。

元子攸今天和往常一样到来，神色中却有一丝不同，兴奋？还是担忧？总之他神色不安，与这个年轻帝王成婚两年，尔朱歌能够分辨出他情绪的变化，轻声问道："天下平定，天子有何忧虑？"

元子攸身体僵了一会儿下了决心："我听说，如果产子，天柱就要让朕册封孩子为皇太子。"尔朱歌嗯了一声，这没有什么不对，元子攸长长叹气："让朕做太上皇。"

尔朱歌“啊”了一声，这是她没有想到的情形：“孩子那么小怎么做天子？我和爹爹说去。”元子攸愣了一下说不用了，尔朱歌坚持：“爹爹最近怎么没来看我？”

死人怎么来？明光殿刀光剑影那天，元子攸严令不得向徽音宫走漏消息，现在天下的人都知道了，唯有尔朱歌蒙在鼓里。元子攸不知道该怎么面对，他愧对尔朱歌，又怕影响她腹中胎儿，他沉默的时候，尔朱歌越来越觉得怪异，父亲不来探望自己，弟弟尔朱菩提许久不来宫里，他们去了哪里？元子攸神情越来越不安。尔朱歌正要追问，忽然一名内侍进来禀报：“陛下，急报！”

元子攸带着内侍走出正殿，低声耳语：“奚毅死了？北中城丢了？”连招呼都不打，径直走了。尔朱歌震惊，奚毅怎么会死了？谁杀死了他？可怕的预感袭来，尔朱歌抚摸肚子，仿佛害怕孩子受到惊吓，赤玉卮“啪”地掉在地面，碎裂。

元子攸离开徽音宫，在明光殿召见杨侃和高道穆，询问北中城丢失的经过。北中城是连接晋阳和洛阳的咽喉要津，尔朱世隆进可攻退可守，尔朱兆的契胡大军也将迅速渡过黄河。杨侃安慰道：“华阳太守段育前往慰谕，可暂时等待消息。”

元子攸寄希望尔朱世隆接受赦免，昨日刚派出使节，今天就传来北中城陷落的消息，对他不抱希望：“如果劝降不成，又当如何？”杨侃叹息：“守城！”元子攸沉默，这是他不愿意看到的情形，如今洛阳城人心惶惶，百姓出城避祸，人心乱了还怎么防守？元徽匆匆进来：“陛下，不好，大夏门！”

大夏门外烟尘冲天，一道雪白色的战线进入视野，速度缓慢，唱着悲伤的胡乐，全身雪白的丧服，到城下齐齐下马向上跪倒，前面两人正是尔朱世隆和尔朱度律。元子攸大惑不解，难道他们跪倒投降？连忙找来主书牛法尚："跟他们说，太原王立功不忠，阴图叛逆，王法无亲，已正刑书。罪止荣身，余皆不问，他们若降，官爵如故。"

牛法尚心惊肉跳，前几日劝降的段育被尔朱度律砍头，自己出去也是九死一生，可是当着天子无可退缩，战战兢兢来到城下，传达元子攸意思。尔朱度律涕泣答道："臣等随太原王入朝，忽致冤酷，今不忍空归，愿得太原王尸，生死无限。"言语间哀不自胜，四周的契胡族人一起恸哭，声震城邑。

元子攸听不见说话，却听见了悲声，心里不禁难过，尔朱荣最大的过错是河阴之变，可是早在两年就被赦免了，自己趁他入宫庆贺皇后产子杀死，确不是堂堂正正的天子所为，不禁怆然。牛法尚保了性命，匆匆回来向元子攸讲述尔朱世隆索要尔朱荣尸身的请求。元子攸对尔朱荣有愧，没有侮辱尸身，将其盛放在上好棺木之中，想起他平时对自己还算尊重，不如送个顺水人情，派遣牛法尚带着铁券，押运棺木送到城下。尔朱世隆和尔朱度律等人跪迎，哭声更隆，城墙上士卒忍不住泪水。牛法尚取出铁券奉上，尔朱世隆看也不看："太原王功格天地，赤心奉国，长乐不顾信誓，枉加屠害，今日两行铁字，何足可信！吾为太原王报仇，终无降理！你送大王回来，我不杀你，你转告长乐，我必攻破洛阳，为大王复仇！"说完率领骑兵上马，护送尔朱荣灵柩向北邙而去。

"哎！"小猴子也不知道元子攸和尔朱荣谁对谁错，问杨忠道："你已经报了仇，满意了吗？开心了吗？"

杨忠看着契胡士卒悲声呛天，不禁心软，他亲手杀死尔朱菩提，尔朱荣死于眼前，不禁向天拱手：“大仇已报，请大哥瞑目。”小猴子明白了他的意思，和尔朱荣的仇恨到此为止，应该不会再牵连尔朱世隆等人。杨忠抽刀指向城头：“我与元子攸不共戴天，必杀之！”小猴子瘫倒，元子攸是魏国皇帝，哪能随便可以杀掉。

城墙上的元子攸觉得不妙，尔朱世隆和尔朱度律并不攻城，显然是在等候尔朱兆、尔朱仲远和尔朱天光举兵响应，晋阳、长安和徐州三路大军杀来，自己根本不能抵御。看来我算错了，当初以为王允杀死董卓后赦免李傕等人，便不会有后来的兵变，然而尔朱荣不是董卓，他拥有一支忠心耿耿的百战精兵，葛荣、邢杲、元颢和陈庆之、万俟丑奴和萧宝夤都不是敌手，自己凭什么击败这支军队？

“禀报陛下，河北高乾和高敖曹入京驰援！”一名士卒跑来禀报，元子攸心情一振。没多久，一队骑兵奔到城门，为首两人翻身下马：“臣高乾，臣高敖曹，入京护驾！”高乾，字乾邕，是东冀州刺史高翼长子，当初渤海高氏的高照容十三岁入宫，得到孝文帝宠幸，生宣武帝元恪，后来元恪即位，追尊生母为文昭皇后，渤海高氏在朝廷中举足轻重。高乾生性聪颖，才干过人，富有谋略，相貌出众，举止合礼，年轻时触犯国法，幡然改过，轻财重义，担任员外散骑侍郎时与领军将军元叉意气相投，结为好友。后来元叉被胡太后赐死，高乾暗中依附长乐王元子攸。尔朱荣发动河阴之变，高乾返回东冀州接受葛荣官爵，起兵造反，屡次击败朝廷兵马。元子攸继位与尔朱荣暂时和好，册封高乾为龙骧将军，通直散骑常侍，高乾便归降朝廷。在这危急时刻，高乾和高敖曹驰援洛阳，给元子攸吃了一颗定心丸。城门打开，高乾兄弟奔驰进来，元子攸被虎步龙姿的高敖曹吸引，听说尔朱荣对他十分忌惮，将他擒获放在身边，他真有这么大的本事？

高乾跪拜之后站起："陛下，请打开库府，立即征兵。"元子攸恍然大悟，现在不可能招降尔朱世隆等人，唯有一战。于是他命令打开皇宫宝库，财物放在西门，招募士兵。高乾心中安慰，这个天子年轻气盛，却不糊涂。他和元子攸来到皇宫西门，金银丝帛堆积如山，御林贴出告示征集死士，洛阳百姓和尔朱荣有河阴之仇，纷纷响应，一日内征集到万人之众，随即下令李叔仁为大都督，率众讨伐尔朱世隆。

"哇，哇"，深宫中传来了婴儿的啼哭之声。

"恭喜陛下，是皇子！"内侍飞奔到明光殿，元子攸正在和亲信大臣议事，元徽、高道穆、杨侃和温子升等人一起向元子攸跪下："天眷命，嗣天子臣，统御万方！"

元子攸来到徽音宫，蹑手蹑脚进去，孩子哭声停歇，他用手指轻轻夹了一下肉嘟嘟的脸蛋儿，孩子忽然睁开眼睛，不哭不闹地看着元子攸，目光不像婴儿那么透明，射出了可怕的眼神儿。元子攸全身一凛，这孩子还没有出生，便成为我杀死尔朱荣的棋子，这么一想，孩子的眼神儿竟然与尔朱荣临死的目光几乎一模一样。元子攸仓皇逃离，转身撞到侍女，撞飞琉璃盏，尔朱歌靠在榻上，脸上挂满泪水，目光与那孩子十分相似。元子攸想去说几句话，尔朱歌指着门口："走，我再也不想看到你。"

得到孩子，失去父亲。尔朱歌小时候在父亲臂膀上唱歌，跟着他的战马学骑射，自己和高欢浪迹天涯，父亲不远万里把自己接回身边，带给她无限宠溺的父爱，在尔朱歌心中，父亲是坚不可摧的大山，想起他就自豪。连斩名王的葛荣，佣兵数十万的邢杲，直捣河洛的陈庆之，占据长安的万俟丑奴和萧宝夤，在尔朱荣眼前都是跳梁小丑，弹指间灰飞烟灭。父亲却在探视自己产子时，横死宫中，父亲对女儿的爱让他失去戒备。尔朱歌轻轻唱起《回波乐》，那是父亲和自己手挽手最爱唱的歌曲，不禁泪满衣襟。

回波尔时酒卮，微臣职在箴规。
侍宴既过三爵，喧哗窃恐非仪。

回波尔时小歌，流向岭外生归。
身名已蒙齿录，袍笏未复牙绯。

想起父亲一边歌唱一边踏地起舞的情形，尔朱歌泪水滂沱。

05 善阵不战

自从高敖曹得到了陈庆之指点，便弃武学兵，返回北冀州说服大哥高乾练兵，可是葛荣和邢杲被灭，只有韩楼龟缩蓟州，北冀州安宁，私下练兵形同谋反，被高乾严词拒绝，高敖曹闷闷不乐，将家丁操练起来。家丁各有所忙，三天打鱼两天晒网，也不用心。练兵绝非练武，高敖曹如果要修炼武功，找个荒山野岭就能修习，江湖上有数不清的门派之争和倚天屠龙的宝物争夺，街市之间意气用事，三壶酒一只肥鸡就可以切磋武功。江湖侠客爱吹牛，脚踩嵩山猛虎，拳打黄河鲤鱼，高敖曹兴趣索然，江湖之间打打杀杀都是皮毛，就像小孩子打闹。北中城下三天十一战，千军万马，一刀毙命，与军队相比，江湖侠客好似话痨般的骗子。既然这么牛，葛荣几十万大军兵临城下，夺你粮食，杀你父母妻子，这些江湖高手去了哪里？高敖曹将剑扔在一边，兴趣索然，无兵可练，无仗可打，还练个什么。

尔朱荣被杀的消息传来，高敖曹有一丝激动，虽然曾被他抓住，装在木笼囚车，却没有丝毫虐待，在北中城和尔朱荣大战，这口气已经出了，他对尔朱荣没有怨恨之心。让他兴奋的是，天下乱了，英雄有用武之地，他和高乾一拍即合，赶赴洛阳。在洛阳城下，他再次找到了北中城大战的感觉。瓮城中是新征集的一万人马，他策马大喝：“诸位，军令如山，令行禁止，不得违抗！”他话音未落，众人杀出城门，将他挤在城门。

阵形散乱，高敖曹拦在死士之前，按照兵书大声指挥：“兵非道德仁义者不能为，虽有天下，君子不取。战国时，齐以技击强，魏以武卒奋，秦以锐士胜，然齐之技击是亡国之兵，魏之武卒是危国之兵，秦之锐士是干赏蹈利之兵。故齐之技击不可遇魏之武卒，魏之武卒不可敌秦之锐士，故曰：善师者不阵，善阵者不战，善战者不败，善败者不亡。”

高乾苦笑，这对兄弟感情莫逆，个性大不相同，高敖曹临阵讲出一番大道理，意思是士卒武艺高强的齐国，打不过阵形齐整的魏国，魏国打不过名将辈出的秦国，道理虽然正确无比，没人听他掉书袋。众人将高敖曹推搡开向阵前冲去，前面就是尔朱度律的数千铁骑。

尔朱度律策马阵前，令旗一展，人马缓缓后撤，洛阳守军跑出五百步，阵形乱了，契胡军队仍然向后，让守军进入弓箭射程，他们手中沉重的盾牌渐渐落在后方，前面的士兵挥舞刀枪，高敖曹策马追上，整顿阵形：“站住，等候盾牌，保持阵形。”

箭雨飞扬，冲在前面的洛阳死士倒了一片，勇猛者继续前冲，希望近战格杀，懦弱者停在原地等候盾牌，阵形更乱。尔朱度律指挥军队压前，杀散敌兵，继续后退，将敌军吸引距离城门越来越远。高敖曹看出形势危急，只要敌军骑兵两翼杀来，这上万临时拼凑的军队便要崩溃。果然两翼扬尘，骑兵向城门兜来，城外人马各自为政，不听指挥，高敖曹只觉得脖颈发凉。

“随我杀！”高敖曹带领上百名燕赵豪侠，向左翼骑兵杀去，暂时挡住敌军，才能将他们救回来。这一百多人都是燕赵豪杰，单打独斗，契胡士卒都不是对手，却不敢硬冲骑兵锋芒，不断开弓放箭，对面射来更加密集的箭雨。临时拼凑的洛阳士兵看出不对，掉头奔向城门，反而冲散了高敖曹的部署，契胡士卒反身追击，右翼骑兵切断退路，高敖曹拼死抵挡，从左翼撤到城墙边缘。

尔朱度律的军队久经战阵，洛阳守军毫无阵法和纪律，仿佛斗殴，损失十之二三，敌军毫发无损，打下去毫无胜算。一切和元子攸预想不同，尔朱荣虽然死了，他的部属的忠诚度远远高于董卓，势力也更强大。东汉末年还有忠于朝廷的十八路诸侯聚集天下强兵，将董卓打到长安，如今有谁可以指望？

“放箭！”指挥战斗的李叔仁下令，他和元天穆有同袍之谊，不赞同元子攸杀死尔朱荣和元天穆，多次劝谏化解恩怨，元子攸都听不进去，如今势成水火，他无可奈何。

高敖曹终于率领残兵败将逃回城内，想起当年陈庆之在北中城大展神威，自己败得如此窝囊，郁闷至极，想要斩了几名冲在前面不管阵形的士卒，被高乾拦住，临阵斩勇者，只会摧毁士气，众位大臣劝说半晌，高敖曹郁郁不乐，只好放弃，灰溜溜不知道该躲到哪里。

“辎重营，上！”尔朱度律来到梁兵营盘，杨忠在西阳门救了尔朱世隆，又在北中城搭乘飞楼率先登城，尔朱度律态度大变，说来说去，梁兵只是元颢借来的人马，没有深仇大恨，如今元颢和尔朱荣接连被杀，梁兵早不是敌人。

杨忠不想攻城，洛阳城高壁厚，陈庆之和尔朱荣都用计谋分化瓦解，外围决战，强攻会把这些兄弟们都搭进去。杨忠用树枝在地面画了弯弯曲曲的黄河，南边洛阳，西边长安，东边徐州，北边晋阳，河北邺城，都掌握在尔朱荣部众之下，他手指画了几个粗重线条，从徐州和长安两翼夹击洛阳，指着晋阳说道："尔朱兆将军得知大将军遇害，必整顿人马南下，只要徐州、长安、晋阳和邺城大军合围，元子攸岂能逃出？既然稳胜，何须冒险？北中城是决定天下的要津，我们应该牢牢守住，洛阳城墙坚固，大军未集，不是决战之地。"

尔朱度律在军中的地位及不上尔朱兆、尔朱世隆、尔朱天光等人，却常伴尔朱荣身边，知道杨忠有道理："撤回北中城固守？"

杨忠跟随陈庆之南征北战，马佛念又常教他，耳濡目染自然懂得兵法："北中城由尔朱世隆大人亲守，为正兵，我军佯攻洛阳，敌军出城则战，不出城则拖住朝廷主力，待我军云集洛阳，元子攸绝无逃生之理。"

"吐沫儿与大王情同父子，必不惜一切复仇，用不了几天就可来到此处！"尔朱度律被杨忠说服，洛阳守军虽然在野战中不堪一击，守城绰绰有余，强攻风险太大，"我军当初攻破洛阳时对不住你，在此赔罪。"一揖到膝，放弃强攻打算。尔朱度律粗鄙质朴，杨忠这一年对他有了好感，谁能想到敌人变成了同袍，杨忠真的分辨不清谁好谁坏，谁对谁错。

06 烧断河桥

尔朱度律兵在洛阳城下，临时招募的军队不敢出城，死守孤城，元子攸召集群臣博议，众人恐惧不知所出。高敖曹抱着陈庆之的兵书坐在大殿门口，苦苦思索，喃喃念叨：统六军之众，将百万之师，而无选锋，浑而杂用，智者无所施其谋，辩者无所施其说，勇者无所奋其敢，力者无所着其壮，无异独行中原，亦何所取于胜负哉！故曰：兵无选锋，曰败。高敖曹感慨，用兵先要选兵为锋，这几天在洛阳城外战斗毫无章法，必败无疑，精选强兵进行训练才可以作战。大臣们束手无策，高敖曹懒得理会，继续翻看兵书，眼前一亮：天圆地方，本乎阴阳。阴阳既形，逆之则败，顺之则成。夫天地不为万物所有，万物因天地而有之；天地不仁，以万物为刍狗；昔王莽征天下善韬钤者六十三家，悉备补军吏，及昆阳之败，会大雷风至，屋瓦皆飞，雨下如注。故孙武曰：明王圣主贤臣良将以动而胜人。吴子曰：料敌有不卜而战者，先知也。范蠡曰：天时不作，弗为；人事不作，弗始。高敖曹敲打脑袋，以动而制人？城墙上死守显然不行，阴阳既形，逆之则败，顺之则成，洛阳为阳，何处为阴？高敖曹奋衣而起，跑进朝堂："贼军唐突如此，朝廷有不测之忧，正是忠臣烈士效节之日，臣虽不武，请以一旅之众为陛下径断河桥。”

高敖曹曾在北中城和尔朱荣大战，熟知地形，只要出奇兵断了尔朱世隆退路，便能逆转战局。通直散骑常侍李苗大声附和：“好！”

元徽等人赞同，尔朱度律的人马都在洛阳城下，乘虚奇兵旁击，确是至高无上的兵法。元子攸立即问道：“你要多少人？”

乌合之众只会混乱，高敖曹只要精锐：“一百！”元子攸惊疑，难不成高敖曹要逃跑？大臣们哪里知道他心事，孤注一掷，纷纷赞同。元子攸长吸了一口气，不再多说。

高敖曹收好兵书，选了一百人，趁着天色刚黑，从阊阖门偷偷潜出，洛阳百姓心向朝廷，尔朱度律人马不多，不能封锁道路，路途顺利，他们奔到黄河岸边，备好小船、木材和火油，咆哮的黄河和黑暗的夜空掩盖了行迹，五艘小船从上游数里出发向黄河舟桥驶去。黄河水急，舟船载满木材顺水而下，去势极快。高敖曹发出命令：“点火！”

尔朱度律的军队白天挑战，晚上归营，他听从杨忠劝谏，大营就在黄河南城，这无异于又救了他性命。尔朱荣军纪森严，瞭望塔上士卒不敢懈怠，黄河之中星星点点顺水沉浮，便发出警报，鼓角大作，小船上燃起熊熊火焰，立即大喊：“火！有人烧桥！”

尔朱度律匆匆爬起奔到营栅，五艘小船撞到河桥。河阳浮桥都是木质，在火油加持下必然猛烈燃烧，一旦后路被断，补给供应不上，洛阳周边百姓站在朝廷一边，进退维谷，绝难攻下洛阳。可是仓促之间来不及调集船只，只能看着火船渐渐接近，这时杨忠赶来，尔朱度律如同见到救星：“果然如你所料，敌军要烧断河桥，如何是好？”

洛阳一时难以攻下，如果从东边虎牢关撤退，地形更加不利。杨忠说道：“敌军不多，桥梁未断，即刻渡河北返。”

尔朱度律哪有时间多想？下令撤军，数千人马争桥北渡。木材引燃桥下木船，发出噼里啪啦的声音，在岸边都听得清晰。河桥只容四五人并行，辎重全被抛弃，尔朱度律和杨忠跨马冲出一片火光，渡过河桥，再回头时，北岸仍有士卒列队通过。没有挤踏和强行，杨忠心里佩服，难怪尔朱荣席卷天下，这份儿军纪就不是一般军队可比。

大约一顿饭时间，浮桥中一艘小船全被烧毁，没了束缚，被黄河激流卷走，河水顺着缺口涌进，越冲越宽，桥梁中断，北岸士卒卸掉铠甲跃入水中，被河水卷走，再无声息。尔朱度律在战场上都没有伤了这么多士卒，涕泪齐下，跪在桥头：“大王，您刚走就遭此大败，度律这就随您去了。”起身欲跃入黄河，杨忠一把拉住尔朱度律，将他扔上战马，在亲兵护卫下进入黄河北岸的北中城。杨忠去年在这里为了保护桃儿身受重伤，今天又救了敌人，也不知道对错。刚到对岸，看见黄河中小渚挤满上百士卒，铠甲不像尔朱荣军队，应该是烧桥的洛阳守军，他们的船只被焚毁，被河水冲到这里。契胡军队分外眼红蹚水冲去，一阵弓箭，大半倒地，只有一人冲天而起，踩准一艘小船，跃上桅杆，如同巨鸟跃上北岸舟桥。契胡人马冲入小渚，洛阳派出夜袭的军队被斩杀殆尽，一人大喊：“陛下，您的援军在哪里？”此人正是李苗，他冒死烧毁河桥，洛阳前来接应的小船却没有到，毅然赴水而死。这一百人之中只有高敖曹身怀绝世武功，得以逃脱，这些忠心耿耿的豪杰不能幸免，全军覆没。杨忠叹气，乱世哪有好人坏人，只有杀戮和仇恨。

高敖曹本想带走李苗，被他甩开毅然赴水就死，难过至极，自己的士卒伤亡殆尽，回去如何面对他们的父母？大火沿着浮舟向北岸燃烧，他劈手夺来盾牌和长刀杀回去。契胡士卒无心恋战向岸边逃窜，高敖曹脚踩地面，东边放亮，他遥遥向黄河三拜，祭奠李苗，反手抢来一匹战马，向洛阳城奔去。

洛阳派出一支队伍接应高敖曹和李苗，因惧怕敌军而不敢渡河，看到大火吞噬河桥，欢天喜地带回来河桥烧断的消息，城中热闹非凡，年轻的天子运筹帷幄，击杀尔朱荣和元天穆，断去敌军后路，淹死在黄河的敌军以百千计，算得上大胜。高敖曹策马直奔皇宫，王公大臣正在弹冠相庆，元子攸不顾天子威仪，拉着高敖曹手腕向大臣说道："此番洛阳解围，全因高敖曹！"

高敖曹愤恨难消，这些人钩心斗角，互相利用，各个擅长，一旦出事儿都是缩头乌龟，连接应都不敢，将李苗等人害死，他们却在这里活蹦乱跳庆祝抢功。高敖曹将烧毁河桥的经过讲述一遍，说到李苗赴水而死，涕泣难言，责问援兵去了哪里。这冲淡了庆祝的气氛，元徽前来劝解："我军大胜，军心可振不可泄，高将军勿要悲伤。"他责怪高敖曹冲淡了喜庆，影响军心。

高敖曹向来桀骜不驯，恨得眼睛流出血来。高乾知道兄弟性格，将他拉在身边，元子攸同情李苗遭遇，制止众人喧哗："李苗左右皆尽，赴水死，朕伤惜难言，特赠车骑大将军、仪同三司，封河阳侯，谥曰忠烈。"

追赠慷慨，人死了有什么意义？高敖曹依然不满，被高乾紧紧拉住不让说话。元子攸无心多谈李苗的抚恤，发出圣旨，命令行台源子恭将步骑一万出西道，镇守太行丹谷，筑垒防御，杨昱率领八千士卒从太行山以东进兵讨伐，最后命令黄河北岸的建州刺史陆希质闭城拒守，绝不放尔朱世隆北归。

大臣们喜气洋洋退朝，高乾恭恭敬敬跪倒，朗声说道："陛下，臣请返回北冀州，招集乡勇，为表里形援。"

元子攸停住脚步，猜到高乾还在愤怒："爱卿，你还为李苗生朕的气？"

元子攸派出的接应人马怯懦，责任不在元子攸，高乾答道："臣不怪陛下，战事将起，臣打算联合河北五族三十六坞，起兵抵御契胡大军。"河北是燕赵故地，共有五大望族，高乾和高敖曹的渤海高氏仅为其一，渤海封氏祖先曾担任的东夷校尉，在十六国事前多为中枢重臣，绵延不绝，宗族根基庞大，族长封回官至御史中尉，在河阴之变中被尔朱荣所杀，其子封隆之性情宽和有度量，聚众自守抵御葛荣。赵郡李氏人口繁衍，土地贫狭，李显甫开拓李鱼川，人口茂盛达十万计，数量超过高氏和封氏。范阳卢氏卢文伟借修筑督亢陂之力，人口大量依附，确立宗族中领袖地位，又有大量年轻力壮的劳工。崔氏原是齐太公后裔，在西汉初年分别定居于清河郡东武城县与涿郡安平县，分为清河崔氏与博陵崔氏两支，南北朝时极盛，号称"门榜盛于天下，鼎族冠于海内"。尤其在崔浩时臻于极盛，太武帝晚年，国史之狱爆发，崔浩被夷族，崔浩堂弟崔蔚逃到江左，仕于刘宋，魏孝文帝年间返回北方。崔蔚的儿子崔稚为永昌太守，崔稚的长子崔彦珍门荫入仕，被授为秘书郎，迁员外散骑侍郎。清河崔氏名望排在崔卢李高之首，为天下名族所仰慕。河北五族尽集河北、冀州、幽州和殷州之地，各拥数十万户百姓，暗蓄实力，在葛荣横行河北时结成坞壁，时叛时降，屹立不动。

元子攸在朝堂上踱步，走到高乾和高敖曹身边："你们可是担心洛阳守不住？"

派去接应高敖曹和李苗的士卒懦弱不敢乘船渡河，导致李苗战死，高乾极为不满，不想在洛阳蹚浑水，嘴上却不敢向元子攸承认："陛下，尔朱仲远在徐州，尔朱天光在长安，尔朱兆屯兵在晋阳，他们都对尔朱荣忠心耿耿，不会投降，一旦三路夹攻，洛阳须有外援。"

元子攸早做了安排："东边我任命贺拔胜为东征都督，和郑先护防御尔朱仲远，西边我已经派人联络贺拔岳，让他阻止尔朱天光出兵。"贺拔胜没有逃出洛阳，反而归降朝廷，让元子攸信心大增。

"尔朱兆必会不惜代价为天柱出兵。"高乾最担心的是北边，虽然河桥被夺下，但是没人敢低估尔朱兆。

元子攸哈哈一笑："可知纥豆陵步蕃？"纥豆陵步蕃是扶风人，早为河西贼帅，万俟丑奴在关陇起兵造反，他反而投降朝廷，手下精兵数万，极为强劲，连尔朱荣都十分忌惮。高乾点点头，元子攸说道："不出一个月，步蕃就将回师西进攻打晋阳，尔朱兆自顾不暇，更不能南向洛阳。"

高昂不为所动，坚持要走："陛下，我和高敖曹孤身赴援，军队还在河北，请陛下准许我们返回河北。"

元子攸舍不得高乾兄弟离开，尔朱度律败退，必然和尔朱兆会合，卷土重来，自己确需要外援，勉强答应："既然如此，你们就暂且回去，你兄弟在洛阳立了大功，听封！"高乾和高敖曹跪倒，元子攸册封高乾为河北大使，高敖曹为直将军，颁发圣旨，让他们召集乡勇作为朝廷的外援。

高敖曹得了圣旨兴奋异常，下殿之后说道："大哥，你终于答应练兵啦！"

如今大乱将起，练兵才能图存："敖曹，打算怎么练兵？"

此事困扰高敖曹多年，这次在洛阳城吃了大亏，要不是用了陈庆之兵法，奇兵烧毁河桥，这一战绝对会输，魏国的江山社稷就要崩塌："江湖高手长于技击，不善战阵，我打算立几个规矩：其一，统一打制兵器，不能你用长剑，他用暗器；其二，军阵中禁绝轻功，否则敌军一来，用轻功躲闪，哪里还有阵形？第三，不分江湖门派，力出一气，令出一门，不能各自为战。"

"别用江湖侠客，当初枋头坞抵御葛荣三十万大军，士卒都是当地百姓，为了保护父母妻子，绝不畏死。"高乾多次看到高敖曹练兵，思索了许久，"枋头坞抵御葛荣时有三百梁兵入援，平时严加操练，战士作为奇兵，故进退有余，能战能守。"

高敖曹练兵走了不少弯路，现在稍微摸到些许门道，见高乾态度大变，更是开心："好，就用北冀州百姓。"

高乾返回住处收拾行装，高敖曹搞不懂为何如此着急，高乾压低声音："天子薄恩寡义，言而无信，杀死尔朱荣，恐已伤朝臣之心。"高敖曹很意外，难道不该杀死尔朱荣？高乾叹气一声："天子冲动，如果要杀尔朱荣，不该亲自动手，做事毫无余地，当初高道乡公曹髦被杀，司马昭何曾亲自出面，派了亲信贾充在南面宫阙之下拼杀，成济抽出长戈把曹髦弑杀于车下。司马昭闻讯赶到跪倒在地，太傅司马孚奔来，把曹髦的头枕在腿上哭喊。群臣悲恸欲绝，尚书左仆射陈泰说杀掉贾充谢罪于天下。司马昭考虑很久，杀掉成济谢罪。后来群情激愤，诛杀成济三族，成济兄弟不服罪，光着身子跑到屋顶，大骂司马昭，被军士从下乱箭射杀。”

高敖曹暗骂司马昭不是东西，拿成济当替罪羊。高乾深通权谋，叹气说道：“陛下年轻，异想天开，即便要杀天柱，不该在明光殿动手，更不该亲手斩杀，应该顺水推舟将罪过都推到那些梁兵身上，将他们处死，再宣旨抚慰尔朱世隆等人，只要他打死不认，天下人虽然怀疑，却没有证据，就不会跟着尔朱世隆等人反叛。”高乾没工夫多说，他得到圣旨，身兼河北大使，正好联络河北五族三十六坞，练兵保家：“我们回冀州召集五门商议，再去枋头坞。”

“为何？”高敖曹一心都在练兵，不想耽搁时间。渤海高氏、博陵崔氏、渤海封氏、赵郡李氏和范阳卢氏都有数十万百姓，河北三十六坞人数少则五六千，多则数万，若论人多势众，枋头坞只能排在末尾。

“名师大将莫自牢，千军万马避白袍，陈庆之用兵不在尔朱荣之下。”高乾感慨万分，陈庆之直捣河洛给了他十足的信心：“梁军兵败后，一部分被俘在尔朱荣军中，还有很多到达枋头坞，人数达到一千以上！为首之人便是率先登上荥阳城墙的宋景休，把他们请来，为我们练兵。”好！高敖曹去年在北中城与尔朱荣三天十一战，又得到陈庆之兵法，对梁兵态度大改。

“早些休息，明日出发。”高乾盖上被子，鼾声响起。

第二天元子攸亲自将高乾和高敖曹送到河桥，举酒指水：“卿兄弟冀部豪杰，能令士卒致死，京城倘有变，可为朕河上一扬尘。”高乾垂涕受诏，高敖曹援剑起舞，誓以必死，两人登上舟船，顺流而下到达延津渡口，弃舟登岸向北奔驰。战事一触即发，一刻也不能耽搁。

07 改元建明

九月二十五日，元子攸在明光殿埋伏武士，声言皇后生子，杀死尔朱荣和元天穆。九月二十六日，尔朱世隆攻占北中城，杀掉奚毅。十月初一，尔朱度律杀回洛阳大夏门，索要尔朱荣尸身。十月初二，元子攸任命李叔仁为大都督，讨伐尔朱世隆。十月初六皇子出生，大赦天下。十月十三日，高敖曹和李苗在夜间顺流而下，烧断河桥。一个月间，形势大变，杨忠在西阳门救了尔朱世隆，率先登上北中城，在河桥阻止尔朱度律跳水，被提拔为统军，总管辎重，饮食待遇如同契胡嫡系，再无当初被俘时的谩骂和侮辱。他随着尔朱度律撤到黄河北岸后攻下建州，尔朱世隆屠城泄愤，城中百姓无论老幼，尸体填满街肆。

婴儿啼哭声传到耳边，梁兵不忍滥杀，留下了这名失去父母的襁褓遗子，杨忠将臂弯处的孩子交给一名梁兵："送到附近寺庙中吧，留下粮食，把孩子养大。"杨忠走出城门回到军营，让梁兵戒备，走进帐篷，小猴子、鱼天愍、黄老七等候在里面。

"趁乱走吧。"鱼天愍是东阳人，是陈庆之最早招募的义勇，对江东故土念念不忘。

"走得了吗？"黄老七本是居无定所的江淮土匪，被陈庆之收编，不是良善之辈。

“先去枋头坞落脚。”小猴子惦记着坞壁的小伙伴儿，“他们连孩子妇女都杀，这么下去不得好死。”如今朝廷占据洛阳，四周都是尔朱氏人马，要把近千名梁兵带走，并不容易。

“不走。”杨忠一心为明月报仇，尔朱度律等人肯定反攻洛阳，他对元子攸志在必得。四人正在商议，帐外喧哗，杨忠走出来，一队骑兵全身缟素扬尘而来，为首一人跳下战马正看见杨忠，抽出战刀：“你敢在此！”杨忠毫不客气，抽刀一横格住尔朱兆。两人正要再斗，尔朱世隆从营帐中出来，拦住尔朱兆：“吐沫儿，杨忠有大功，听我慢慢说来。”

尔朱兆收起长刀，从战马上抽出马鞭，向尔朱世隆劈头盖脸砸下来，恨恨说道：“你在洛阳，怎敢让大王横死！”他向来视尔朱荣如父，平常都在他身边冲锋陷阵，这次尔朱天光出击万俟丑奴，尔朱兆被留在晋阳坐镇根本。尔朱世隆的辈分和职务在尔朱兆之上，却不敢还手，只是痛哭流涕。尔朱度律从军帐中跑出，他一直对尔朱荣之死愧疚万分，趴在尔朱世隆身上：“吐沫儿，扶律归对不住你，早不想活了，打死我吧，我去黄泉路上找大王。”

尔朱兆毫不收手，杨忠冷眼旁观，心里感动，尔朱荣部属的忠心无人能比。“住手！”北乡长公主出来喝止尔朱兆：“世隆写了皇帝要刺杀大王的手书，贴在大门，多次劝谏，大王不听才有此祸。”

尔朱兆对尔朱荣如父，待北乡长公主如母，如今尔朱荣不在了，他仍不敢对北乡长公主无礼，匍匐在她脚下放声痛哭，涕泣横流。他得到尔朱荣被杀的消息，占领晋阳，点齐人马向洛阳进发，途中遇到从洛阳败退的人马，打听到尔朱世隆所在，不由分说冲进军营算账。“你若是男儿，当为大王复仇，何须如同妇人哭号？”北乡长公主转身进帐，尔朱世隆和尔朱度律被抽打一顿，心里反而好受一些，不怪尔朱兆，擦去血迹和泥土，拉他一起进来。尔朱兆仍然愤愤不平地看着杨忠，用马鞭遥指：“杨忠，你在荥阳打我两锤，我都记得。”

尔朱兆被尔朱度律拉入帐篷，北乡长公主已经跪倒在尔朱荣灵前，她年仅十四岁的儿子尔朱菩提被元子攸杀死，铁心为尔朱荣父子报仇，抓来一支弓箭：“从此以后，一心一意为大王复仇，不得有二心。”尔朱兆等人满腹仇恨，大声响应，公主折断箭杆：“如有违誓，如同此箭。”将断箭扔在一边。尔朱兆忽然说道：“我们与元子攸不共戴天，当奉立太原太守，长广王元晔为帝，讨伐元子攸！”元晔小字盆子，个性轻躁，颇有膂力，是景穆帝拓跋晃曾孙，南安惠王拓跋桢之孙、扶风王元怡次子，与皇室血脉颇远，拜为太原太守后，与尔朱荣交往密切，刚好又在尔朱兆手中，阴差阳错成为皇帝的首选。

尔朱世隆不想奉立元晔，又不能自己当皇帝，如果没有元晔，确是难以号令天下。四人议定，也不知会元晔，宣布大赦天下，改元建明，册封尔朱兆为大将军，进爵为王，尔朱世隆为尚书令，赐爵乐平王，加太傅、司州牧，尔朱度律为太尉，赐爵常山王，任命尔朱仲远为车骑大将军，兼尚书左仆射、徐州大行台，彻底和元子攸决裂。尔朱兆仍觉得难以控制元晔，忽然一拍大腿：“有了，咱们效法大王！”尔朱世隆和尔朱度律不懂他想什么，尔朱兆处处按照尔朱荣行事：“我女儿还未婚配，可为皇后。”

尔朱世隆和尔朱度律连连叫苦，尔朱荣把女儿嫁给元子攸，酿成悲剧，尔朱兆还要照葫芦画瓢，不知道如何说起，尔朱兆觉得自己计谋无双，要冲出营帐为女儿和元晔做媒去。

“等等，贺六浑在哪里？”尔朱世隆叫住尔朱兆，当初尔朱荣赶赴洛阳前，有不好的预感，曾经问左右：一日无我，谁可主军？众人推荐尔朱兆，尔朱荣说：吐沫儿勇于战斗，所将不过三千骑，多则乱矣，能够取代我的唯贺六浑耳，并警告尔朱兆：尔非其匹，终当为其穿鼻。尔朱世隆当时亲耳听到这番话，看不见高欢，心中起疑。

“我已派人送信给他，让他立即前来合兵，攻打洛阳！”尔朱兆得知尔朱荣被杀，当即起兵南下，随即想起应该调兵遣将，立即差人送信通知高欢。

08 按兵不动

尔朱荣被杀第三天，高欢就得到了司马子如派人送来的信件，将尔朱荣在明光殿被杀的情形一五一十写清楚。高欢招来刘贵、段荣和尉景等人商议，几人也是目瞪口呆，没想到元子攸竟然如此果决。刘贵等人跟随尔朱荣出生入死，感情深厚，破口大骂元子攸卸磨杀驴，天下刚刚平定就对功臣动手，让人寒心。

“天柱崩，社稷覆！”高欢叹气，尔朱荣确有废立之心，可是元子攸没有军队，如何镇住尔朱荣手下的骄兵悍将？天下又要乱了。

“我们赶紧出兵赴援，攻打洛阳为天柱复仇！”尉景与刘贵一样心思。

“且慢，天柱死了，天下如何？”高欢谋定而动，没有看透形势前绝不轻举妄动。

“天子手下无兵，死得会很惨。”段荣嘿嘿冷笑，显然不满元子攸做法。尔朱兆、尔朱仲远、尔朱世隆等人绝不会向元子攸投降，必定兵临城下，元子攸一定不是对手。

“孝文帝推行汉化，虽然惹出六镇之叛，却深得中原民心，弘农杨氏、渤海高氏、赵郡李氏又岂能看着魏国社稷覆亡？”高欢仍然看不清，又问道，“即便天子战败，又将如何？难道尔朱兆要称帝吗？”高欢这句话问住了刘贵等人。尔朱荣是众人主心骨，可是他死了，没人能够轻易替代。

“来，我等为天柱服丧，等等孙腾的消息。”高欢并没有大张旗鼓祭奠尔朱荣，只是在刺史府邸为尔朱荣设灵堂致哀。半夜时分，他不禁想起了尔朱歌，刚刚得到了一个儿子，丈夫却杀死了自己的父亲，这种人间惨境竟然发生在她的身上。

孙腾字龙雀，是北凉中书舍人孙通的孙子，北凉被魏国灭都迁徙到怀朔镇，那时就和高欢熟识，他朴实坦诚，熟悉吏事，河阴之变后随尔朱荣进入洛阳，任冗从仆射，后来高欢攻打邢杲时，隶属高欢帐下，拜后将军、晋州长史，封石安县伯。由于孙腾年长，又是尔朱荣旧部，高欢便派遣他往来洛阳、晋阳和晋州之间联络协商。

几天之后，孙腾从晋阳带来尔朱兆的口令，命令高欢前往会合，攻打洛阳。高欢犹豫万分，他驻守晋州，处于晋阳和洛阳之间，距离近了许多，尔朱兆和尔朱世隆不是成大事之人，他不想掺和进去，可是不出兵就得罪尔朱兆。

“一边是朝廷，一边是天柱旧部，如果出兵攻打洛阳，便是与朝廷为敌，这种事情咱们不能干。”高欢要了滑头，坚决不肯做出头鸟。

“懂了。”孙腾年纪大了许多，虽然不满元子攸，却也不肯为尔朱兆获罪天下，“我先找个借口推辞，看看天下形势。”

高欢不想声张，让孙腾赶紧北上向尔朱兆复命。孙腾听说尔朱兆到了建州，飞马赶去见到尔朱兆，借口山蜀叛贼未平，正在攻讨，不可退兵，致有后忧，一旦平定蜀贼，便隔黄河为掎角之势。尔朱兆很不开心，让孙腾回报："你回去告诉贺六浑，我做了个好梦，我和祖先登上高丘，高丘周围土地耕翻熟了，只剩下了马蔺草，祖先命我拔除，我随手拔除干净，由此可见，出兵洛阳一定无往而不克。"

孙腾应诺，自从尔朱荣死后，他往返奔波，几乎没有闭眼，得知高欢要按兵不动，歇息休养几天，直到尔朱兆来催，他才慢悠悠带着随从南向晋州。

"怕是借口！"尔朱世隆在洛阳城下兵败，已是惊弓之鸟，贺拔胜投降朝廷，高欢拒不出兵，尔朱天光按兵不动，显然由于贺拔胜等人心向朝廷，定定神说道："还是子如的那句话，天下汹汹，唯强是视，当此之际，不可以弱示人，唯使天下畏我之强，不敢叛散。"

"正该如此！"尔朱兆难得和尔朱世隆意见相合，派遣使节通知尔朱仲远和尔朱天光，从东西夹攻洛阳，布置妥当，率兵向南，誓为尔朱荣复仇。

09 丹谷之战

元子攸的喜悦被越来越多的坏消息冲破。尔朱世隆等人奉立元晔为帝，尔朱兆将女儿嫁给元晔，显然与自己不共戴天。尔朱仲远发誓为尔朱荣复仇，从徐州起兵向西，尔朱天光攻克平凉，宿勤明达请降，既而复叛向北逃窜，贺拔岳领军追击。尔朱荣被杀的消息传来，贺拔岳停下军队，在泾州等待尔朱天光，打算发兵洛阳为尔朱荣复仇。这时朝廷使节到达收揽人心，尔朱天光等人密谋迫使元子攸逃出洛阳，更立宗室，频频上书：臣尔朱天光实无异心，只想面见皇帝申述罪责。贺拔岳私下派遣下属向朝廷禀报：尔朱天光密有异图，愿陛下想好对策，一面麻痹朝廷一面准备进兵。第三个坏消息来自河北，范阳太守卢文伟得到尔朱荣被杀的消息，诱使平州刺史侯渊出猎，闭门拒之。侯渊屯兵于郡南，为尔朱荣举哀，勒兵到达中山，击败行台仆射魏兰根。

元子攸以为尔朱荣死去，枝叶自应散落，现实不是这样，叛军四起，党众日盛，元子攸渐渐忧怖，短暂的茫然无措后全面开战。十一月初一，任命车骑将军郑先护为大都督，与行台杨昱共讨尔朱仲远。初四，元子攸将尔朱天光进爵为王，尔朱兆控制的元晔立即对着干，任命尔朱天光为陇西王。战事随即爆发，尔朱仲远十一月初五攻下西兖州，活捉刺史王衎。十一日，元子攸任命右卫将军贺拔胜为东征都督，与郑先护共同讨伐尔朱仲远。郑先护对贺拔胜有所怀疑，将其置于大营之外，二十八日贺拔胜在滑台战败投降，尔朱仲远沿着去年元颢的进军路线，逼近荥阳虎牢。

“报！”一名侍从奔入明光殿，“尔朱兆南下，攻打丹谷。”元子攸大惊失色，最凶狠的敌人果然是尔朱兆，他的进军速度太快了。

一条小河蜿蜒流向太行山，尽头是丹谷，战国时秦赵长平之战，血水流入河流，便有了这个名字，峡谷被一座石垒封锁，拦住尔朱兆进军道路。尔朱兆将契胡骑兵摆在阵后，步兵铺天盖地向丹谷冲去。“源子恭，你出来！”尔朱兆策马阵前，向上喊道。

源子恭本姓秃发，字灵顺，源自数百年前流落到青海的一支鲜卑人，祖父源贺为北魏太尉，父亲源怀官至司徒。六镇反叛后，他在河北与葛荣作战，有胜有负，后来元颢入洛称帝，册封他为车骑将军，源子恭不受仍然效忠元子攸。元颢败亡后，源子恭被晋升为征南将军、兼右仆射，假车骑将军。高敖曹和李苗烧毁河桥后，尔朱世隆败走，源子恭进占丹谷筑垒防守，他登上石垒拱手说道：“尔朱将军有话说？”

尔朱兆挂起马鞭，跳下战马跪倒：“恕我愚笨，向将军请教。”他向来跋扈，突然在战场上跪倒，着实让人吃了一惊，源子恭身边将领喊道：“使不得，兆将军。”这两人是源子恭手下的都督，名为史仵龙和羊文义，曾听令于尔朱荣，与尔朱兆有同袍之谊。尔朱兆并未起身，跪倒问道：“大王在河阴之罪，皇帝可曾赦免？”

当时元子攸的赦令发布天下，源子恭不能否认，闭口不言，史仵龙答道：“我亲眼所见赦文，绝无虚假！”尔朱兆又问：“我家祖先在魏国龙兴时追随道武帝，百年间忠心耿耿，大王娶北乡长公主为妻，长女为当今皇后，血脉相连，是否？”这些更加无可辩驳，尔朱兆满脸泪水，“大王亲当矢石出于敌阵，平灭叛乱，是否有功？”

源子恭叹气一声，都督羊文义眼中含泪：“大王冤枉！”周围士卒都放下刀枪。

尔朱兆撕开铠甲袒露胸膛，指着心口：“诸位兄弟，大王待我如子，我不敢不为他复仇，可是你们都是我军中的兄弟，我也不能与你们开战，源子恭、史仵龙、羊文义，你们朝这里射！我心甘情愿追随大王于九泉之下！”尔朱兆孤身来到城下不要命了，尔朱世隆策马要抢回尔朱兆，谁知尔朱度律掀开铠甲向地面一跪：“我随同大王到了洛阳，却不能保护，我早不想活了，射吧！”

攻城士卒停下战鼓和号角，放下兵器跪倒，声音含悲向源子恭说道：“大王冤枉！请诸位做主！”

兵临城下，两军抱头痛哭，仗打不下去了，源子恭对元子攸没有二心，也不敢命令手下士卒射杀尔朱兆，弄不好就会酿成兵变。羊文义向史仵龙暗暗使个眼色，率领亲兵下了营垒，史仵龙拔出战刀喊道：“大将军战功赫赫，横遭巨祸，冤情天地可鉴！打开城门，迎接尔朱将军！”

源子恭看出形势不妙，要派人擒拿史仵龙，营门已经被羊文义打开，尔朱兆翻身上马，率领骑兵向城门冲来，地动山摇。史仵龙来到源子恭身边躬身施礼：“我等不愿加害，送将军返回洛阳。”史仵龙和羊文义有情有义，放源子恭和亲信离开营垒后门，迎接尔朱世隆等人入城，众人为尔朱荣放声痛哭，此战兵不血刃，尔朱兆夺取丹谷。

源子恭急慌慌渡过黄河返回洛阳，元子攸正在太极殿朝议，源子恭跪倒禀报：“丹谷丢失，尔朱兆恐怕到了黄河对岸，请陛下早做打算！”元子攸心里恨得发痒，恨不得砍了源子恭，可是战局不利，他是沙场老将，杀他会众叛亲离。源子恭见元子攸不语说道：“陛下请即刻撤出洛阳！”

“撤出洛阳，何处安身？”元子攸生于斯，长于斯，不肯迁都才杀了尔朱荣，万般不愿离开。

“何须慌张？”元徽出列启奏，“我已下令收缴黄河两岸舟船，尔朱兆一艘也得不到，他能插翅飞过黄河吗？”

自欺欺人！去年陈庆之驻守北中城，尔朱兆和贺拔胜缚薪为筏渡过黄河，从背后偷袭元颢，往事历历在目，元子攸极不放心却又不能自乱阵脚：“不能坐视尔朱兆渡河，朕御驾亲征，自率诸军讨之！”这番话落在朝堂，大臣无人应对，元子攸尴尬异常，在他想象中应该是文臣出谋划策，武将摩拳擦掌，将士欢欣鼓舞共抗强敌，现在竟然如此局面！心里翻腾，难不成我杀了尔朱荣，寒了天下人之心？他向殿中看去，高道穆生病没有上朝，杨侃借口照顾老父返回弘农。温子升更加干脆，自从郑先护兵败后再也见不到他人影，这是众叛亲离吗？两个月前高敖曹和李苗烧毁河桥，尔朱世隆仓皇而逃的时候，可不是这般情形。他勉强鼓励士气：“步蕃大军就要偷袭晋阳，只要能够在黄河守住一个月，尔朱兆就要退兵。”

朝臣你看我，我看你，都不太相信元子攸所说，华山王元鸷躬身：“黄河万仞宽，尔朱兆哪能渡过来，陛下多虑！”

总算有人应话，元子攸勉强应道，无须多虑。太极殿冷冷清清，无人愿意出谋划策，元子攸退朝来到明光殿，想和亲信商议，等了许久也无人到来。他孤孤单单来到徽音宫，我的儿子去了哪里？猛风吹来，飞沙走石，昏天黑地，白昼如同黑夜，宫人奔走，竟把元子攸当作不存在一般。

第二章

洛阳陷

天下，
是天下人的天下

10 泅渡黄河

尔朱兆夺取丹谷，被黄河拦住，他当年曾经从马渚渡过黄河击败元颢军队，元子攸当时也在军中，当然知道此事，在黄河对岸设置哨所，日夜不停巡逻，无法偷渡，尔朱兆不想耽搁时间，元子攸肯定得知丹谷被攻克的消息，一旦逃出洛阳，便无法复仇。这时晋阳信使到达，步蕃军队已经从河西出发，从北边草原绕过黄河，正在直扑晋阳。尔朱兆顿时呆若木鸡，我竟然小看了元子攸吗？他杀死叔父之后，便联络了纥豆陵部落，猜到我一定率领全军南下洛阳，趁晋阳空虚偷袭。

尔朱世隆也惊慌万分，如果被打掉晋阳根本，这些士兵的父母子女成为人质，还怎么攻打洛阳？可是尔朱兆复仇心切，一定不会回师，如果洛阳打不下来，晋阳又被攻陷，恐怕只能逃奔徐州或者长安了。

“强攻北中城！”尔朱兆果然没有考虑退兵。

“且慢！”帐外一声呼喊，杨忠和小猴子一起冲入大帐，“去年在北中城大战，三战十一负，你还记得吗？”

尔朱兆和杨忠的仇恨没有化解，想起被杨忠一锤打落马下，恨得咬牙切齿，尔朱世隆和尔朱度律在洛阳受过杨忠和小猴子恩情，连忙将两人向外推：“不懂规矩，我们商议军中大事，你们来凑什么热闹？”

“天柱刚去，军规就没有了吗？”尔朱兆果然拿出了军纪压人，尔朱荣在时，佩带兵刃私闯中军大帐按照刺客论罪，是斩首的重罪。”

尔朱度律知道军纪，向尔朱兆解释：“他们是投降的梁兵，不懂规矩，绝不是刺客，这个我拍胸脯保证！”

“不用攻城，我带你过河。”小猴子去年将攻城器械运到北中城，对地形极熟。

“造木筏渡河？元子攸肯定有防备！”尔朱世隆不在战场上攻略，也知道此计行不通。

“步蕃就要攻到晋阳，你们还在这里耽误时间，不知道大祸临头吗？跟我走，今晚就攻下洛阳！”小猴子大声嚷嚷。尔朱世隆皱起眉头，这个小孩子大言不惭，不知死活。

“不攻北中城？不结木筏？今晚攻下洛阳？”尔朱兆忽然转回来，指着小猴子说道，“叔父在军中就敬重两个半人，一是上党王元叔叔，二是綦母怀文大师，你是那半个，如今元叔叔和大王一起去了，綦母怀文大师返回大漠，我听你一次，侯先生如果带我渡过黄河，你在军中说一不二。”

“废话真多！时间耽搁不起，走！”小猴子把屁股甩给尔朱兆，几人出帐点兵，轻兵倍道兼行，心急如焚绕开北中城来到河桥以西，暴风黄尘障天，视线不出十步，尔朱兆喊道：“侯先生，为何带我来此？”

“渡河。”小猴子和杨忠并骑走出，他当年和尔朱歌游历大漠，得到尔朱荣赠送的一袋子水，陈庆之兵败后躲藏在山洞中被尔朱荣发现，他不但没有为难，反而送到宫中与尔朱歌重逢，对尔朱荣充满同情，随着尔朱兆的人马来到黄河岸边，指引尔朱兆来到此处。

“结筏！”尔朱荣生前对小猴子极为尊敬，尔朱兆也一样客气，渡黄河是轻车熟路，只是担心时间，如果耽搁时间，元子攸一旦出逃，大海捞针便是麻烦。

小猴子用树枝探探河水：“你造好木筏，皇上早跑了。”尔朱兆不解其意，小猴子催战马来到岸边叫来杨忠，脚下砂石缓坡向河中延伸，小猴子一指河水：“想为桃儿报仇，就从这里蹚过去。”这是黄河！小猴子让自己骑马渡河，是不是疯了？灰蒙蒙的天空望不见尽头，小猴子神色很严肃，当初他在东冶铁炉堡打制兵器，在荥阳城下造出飞石机，也是这般表情，他手指雾沉沉的河水：“前面有个沙洲，可以歇脚。”河桥是南北通行要津，小猴子去年在洛阳时探测水位，发现这里水浅浪缓，便做了标识。

杨忠紧夹马腹踏入黄河，这匹战马比一般战马都高出一头，在河边彷徨几步，确定主人意图踏入黄河，河水刺骨，一阵凉意包裹脚腕。“嘿，你们干吗？”鱼天愍吼道，杨忠孤身骑马进了黄河，太匪夷所思，辎重营停下活计，呆若木鸡。

他要跑！契胡士卒只能想到这种可能，张弓搭箭，按照尔朱荣军纪，临阵脱逃只能是死罪，尔朱度律相信杨忠要赴水自杀，绝不是逃跑：“别射！”

杨忠身影消失在河水之中，契胡军队还在争论，到底杨忠是逃跑还是自杀，尔朱兆心机一动，来到岸边踟蹰，战马踏入水中，跟着杨忠前行，小猴子大喊："诸位兄弟，上天怜悯大王之冤，黄河可渡！"

契胡士卒下马向天空跪拜，一骑一骑蹚水下了黄河，前行数百步到了那个沙洲，两个模糊的身影正在河中。尔朱兆追上杨忠，战马头连着战马尾，艰难前行，河水淹到战马脖子，两人紧紧伏在战马身上浮在河中，黄河万仞宽，冰寒刺骨，尔朱兆将性命交给了老天，心中默念：大王在天之灵保佑，渡过黄河。想到尔朱荣，泪水霎时涌上，从幼年开始的回忆一幕幕在脑海中展现，尔朱荣是一座伟岸的大山，不败的战神，对他的挚爱超越了生命，得知尔朱荣被杀死的那天晚上，尔朱兆像孩子一般痛哭，在黄河中更加肆无忌惮地挥洒泪水。

战马渐渐高起，"哗啦"一声冲出河面，马蹄踏上对岸，尔朱兆从马上下来，面向秀容草原方向跪倒，泪水和河水混在一起，"哗啦啦"在岸边流淌，举手发誓："黄河万仞宽，战马得渡，上天为您冤屈，黄河为您落泪，吐沫儿定当擒获元子攸，送到晋阳三级佛寺，祭奠英灵。"

他起身拥抱杨忠，他本有两锤之仇，为尔朱荣复仇的决心压倒一切："你在荥阳将我击伤，在北中城将我砸落马下，两军阵前各为其主，本无仇怨。你在西阳门救了叔父，又在夺取北中城时立下大功，在河桥阻止扶律归自杀，今日天降神迹，带我渡过黄河，从此之后，我们就是生死兄弟，这条命就是你的。"

魏梁两国交兵，梁军先杀死尔朱世承和尔朱袭，尔朱荣与马佛念有旧交，临阵劝降，只是马佛念抱着必死决心保护陈庆之，死于乱兵中，极难完全怪在尔朱荣头上。究其根本在于自己被元颢利用，又对桃儿一片痴心，如果在宋景休婚礼之上挟持元颢退出洛阳，梁军也不会全军覆没。想到桃儿更加难受，连累马佛念战死，也没有救了她，让她的头颅高悬阊阖门。不知不觉中，他对尔朱荣有了愧疚，男子汉大丈夫应该在战场上决生死，自己跑到皇宫杀死一个十四岁的手无寸铁的孩子，又算什么？

契胡骑兵从黄河中渡过，都认为尔朱荣的冤屈感动了上天，一起跪拜，从杨忠身边经过时再没有轻视的目光。他们多次和梁军大战，先在荥阳和虎牢，后在北中城，最后在嵩高山，梁军被俘之后一年里被欺侮责骂是家常便饭，但是尔朱荣被杀后三军无主，梁军辎重营在北中城力挽狂澜，契胡骑兵善于野战不善攻城，辎重营让他们如虎添翼。如今杨忠泅渡黄河，简直是不可思议的奇迹，连尔朱兆、尔朱世隆和尔朱度律都对杨忠感恩戴德，契胡士兵对辎重营心服口服，不但不歧视虐待，更加敬重。

尔朱兆翻身上马，飞沙走石，狂风大作："随我杀进洛阳！"不管不顾直扑洛阳，这是行军打仗的大忌，洛阳城高壁厚，绝非轻易可以攻下，攻城器械不能渡过黄河，一旦久攻不下连后路都没有。尔朱兆哪管这些？他的精锐骑兵也是这般心思，只想为尔朱荣复仇，匹马渡河，不带辎重粮草，也没有阵线，一股脑向洛阳城扑去。狂风漫卷黄沙，人迹难寻，骑兵毫无阻挡，突至洛阳城下直叩城门，守军竟不登城守卫，一哄而散。小猴子率领梁兵砍伐树木做成云梯和攻城车，梁兵登上城墙打开城门，骑兵破门而入。尔朱兆双眼喷火，策马直奔皇宫，宿卫惊醒，登城放箭，阵阵大风竟将弓矢吹得七零八落，京城御林军很少临战，见此情形，一窝蜂散去逃命。

11 云龙门

元子攸惶惶不可终日，尔朱仲远兵锋直指洛阳，尔朱兆攻破丹谷，西边长安又是尔朱天光的地盘，自己能够躲到哪里？南边是梁国宿敌，只能逃亡河北寻求河北五族的庇护，可是他们敌得过尔朱荣的百战雄狮吗？天下之大没有容身之处，我的江山社稷怎么办？逃出洛阳还能回来吗？天柱大将军，我冤杀了你，是上天对朕的处罚！宦官宿卫奔走，完全不顾皇帝。元子攸喝问："你们去哪里？"

"陛下快跑吧，尔朱兆进城了！"宿卫呼喊着穿过宫城，向东西掖门逃出。

尔朱兆不是在黄河北岸吗？前天攻下丹谷，还有重兵防守的北中城和万仞宽的黄河，他怎么能插翅飞过黄河？步蕃你还没有到达晋阳吗？连你也辜负我！前面杀声震天，城墙失守，皇宫都被夺取。金根车？奚毅被尔朱世隆杀死，连车夫都没有了！元子攸孤家寡人，用袍袖遮挡面容，混杂在人群中步出云龙门。云龙门之问难道是为朕而发吗？东汉永平十七年，班固、贾逵、傅毅、杜矩、展隆和郗萌等人被召到云龙门。小黄门赵宣拿着《秦始皇帝本纪》询问秦朝灭亡的原因，司马迁议论秦朝灭亡，哪怕子婴只是平庸君主，即便大臣没有经天纬地之才秦朝也不会灭亡。班固念诵了贾谊的《过秦论》，被汉明帝刘庄招进宫中应答，这是有名的云龙门之问。朕为什么失去天下？问题在脑海中升起，登基前江山社稷风雨飘摇，河阴之变更是精英尽毁，随着尔朱荣崛起，山穷水尽变成柳暗花明，仅仅两年时间荡平叛乱，河洛澄清，南下渡过长江也并非不可能。自己杀死尔朱荣仅有两个月，内外崩摧，天下再没有我的容身之处，元子攸默默在心里念叨：天柱，我悔之不及！

元子攸仓促间连马匹都没有，自古亡国之君哪有这般凄凉？他抬脚向城门奔去，暂且逃出洛阳，或许高乾和高敖曹还会收留我。忽然前面冲出数十匹战马，向城外奔驰，元子攸一眼认出元徽，大喊："城阳王，朕在此处！"

元徽回头看见了落魄的衣衫不整、步履蹒跚的元子攸，带他只会引来追兵，猛抽战马一溜烟奔出。元子攸难以置信，亲信大臣竟然连一匹马都不给自己："元徽，你看不见朕吗？"

元徽急催战马，仆役们策马从元子攸身边冲过，马鞭在头顶晃动，竟似他这个天子不存在一般。元子攸扑倒在地："元徽，给朕一匹马也可以啊！"元徽头也不回，队伍瞬间消失不见。元子攸甩去长袍，巍峨城门就在眼前，只要逃出去，便可以暂时逃出生天。忽然，一匹战马悠然并行，雪白马蹄，乌黑皮毛，马镫就在脸边，元子攸抬头望见杨忠，心里产生了一丝希望，他亲手杀死尔朱菩提，应该不会把自己交给尔朱兆吧？他双手抱住杨忠的左腿："杨壮士救我！"杨忠将元子攸挽起按在马鞍上，调转马头。元子攸见情形不妙大喊："杨壮士，去哪里？"

尔朱兆冲入皇宫时到处搜寻，杨忠判断元子攸一定出逃，打开小猴子的地图，元子攸一定从最近的城门逃出去，带领手下直奔城门，果然擒获元子攸。他策马向皇宫奔驰，元子攸大喊：“杨忠，我杀死尔朱荣，如果你把朕交给尔朱兆，不得好死！”

杨忠哼了一声，他擒获元子攸，马佛念和桃儿的大仇得报，却开心不起来，人死不能复生，只为泄愤而已，心情无比沮丧。他返回皇宫，眼前已经变成地狱，契胡士卒憋着冤屈和怒火，见到侍从和宦官便挥刀砍倒，遇到嫔妃宫女，拉到房中剥光衣物强暴，赤身裸体的女人们在男人的尸身和鲜血间奔跑，杀戮已经展开。

杨忠穿越后宫来到太极殿外，众人看清马鞍上元子攸的面孔，停下砍杀僵立不动，刹那间时间静止，只有马蹄击打石板的声音“哒哒哒”。杨忠绕过丹陛，高大巍峨的太极殿台阶之上，尔朱兆将龙床搬出，高高独坐，尔朱度律和尔朱世隆坐在台阶上，面前跪着一群大臣，司空临淮王元彧、尚书左仆射范阳王元诲、青州刺史李延寔跪在当先，高道穆也在其中。

尔朱兆见到元子攸，跪倒在地，泪水奔流向天自语：“大王，狗皇帝被擒获，上天知道你的冤屈！”契胡士卒跪倒，哭声感天撼地。杨忠策马登上太极殿，将元子攸摔落马下。尔朱兆抹去泪水，走到杨忠面前跪倒：“杨将军，我有眼无珠，屡次刁难你，大恩大德此生难忘。”

尔朱度律过来拍拍杨忠肩膀：“特晋你为昌县伯，授任都督。”杨忠短短一年间从俘虏被飞速晋升为都督和县伯，不可不称为奇迹。

元子攸豁出去了，大笑指着杨忠：“你们真是瞎眼，此人杀死了尔朱菩提！”

“竟有此事？”尔朱兆本性鲁莽，只要参与杀害尔朱荣的人，绝不会放过。

杨忠缓缓翻身下马，不发一语，看着眼前的光怪陆离，人们为什么前脚称兄道弟，转首就自相残杀？尔朱度律走到元子攸身边，飞起一脚将他踹倒：“还敢陷害杨兄弟！”尔朱世隆出来为杨忠说话：“大王被害那天，我们从府中逃亡，杨兄弟正好来洛阳采买，见宫中大乱，率领辎重营兄弟们夺了西阳门，将我们救下，我亲眼所见，难不成他会分身？”

这都是小猴子安排，杨忠入宫时，小猴子代为请假，率领梁兵潜伏西阳门，接应杨忠出宫，正巧遇到尔朱世隆，说是杨忠一晚都在城内，听说宫中出事儿才去了仆射府。元子攸被踹翻扑地，堂堂天子斯文扫地，仍然不屈：“你们找到杨侃一问便知！”

尔朱世隆笑出声来：“杨侃逃出城外，偏让我问他？”

尔朱兆想了半天，渐渐明白：“杨兄弟亲手抓住狗屁皇帝，如果心中有愧，一刀将他杀了，何须送到我们面前，足见杨兄弟坦坦荡荡。”

尔朱世隆对杨忠十分感激：“杨兄弟在西阳门救我出城，率领辎重营夺下北中城，功劳赫赫。”此时怎么少的了尔朱度律，他也说道：“河桥被烧，我要跳河去见大将军，被杨兄弟救起，我绝不相疑！”

尔朱兆走到杨忠身边拍着他的肩膀：“黄河万仞宽，哪能轻易渡过？杨兄弟蹚水过河，这是天意！杨兄弟亲手擒获这狗皇帝！狗皇帝谎称皇后产子，诓骗大王，是一等一的骗子，还要被他骗吗？如果被他害死杨兄弟，我等有何面目祭拜大王英灵！”杨忠哭笑不得，在小猴子帮助下，自己竟成了为尔朱荣复仇的大恩人，实在意想不到，他向尔朱兆等人拱手退到一边。元子攸万念俱灰，扯上一个杨忠又能怎样？

“冤枉！大王被害，我毫不知情。”背后传来一阵呼喊声，临淮王元彧被抓来，他前年曾经因为河阴之变逃亡梁国，后来听说元子攸继位，返回朝廷担任司空，没有参与杀死尔朱荣的谋划。

“哦，那你说说，何人所为？”尔朱兆走到元彧身边。

“城阳王元徽、高道穆和杨侃三人撺掇天子做的，我如果知道绝不会答应。”元彧全身被绑爬到元子攸身边：“大王是擎天之柱，你砍断栋梁，不怕社稷倾覆吗？祖先江山怎么就交给了你这无知小儿！”

“你叫他什么？”尔朱兆颇有兴致，蹲下来问道。

“无知小儿！”元彧真的极不赞同杀死尔朱荣。

“不对，前一句。”尔朱兆见元彧发蒙，提醒道，“你说元徽、高道穆和杨侃撺掇天子做的，现在新帝登基，你还当他是天子？”尔朱兆找了个罪名安在元彧身上，下令：“杀！”

元彧知道今天必死，辞色不屈：“尔朱兆，你攻入洛阳皇宫抓了天子，大逆不道，必有报应。”元彧临死前仍然硬气，契胡士卒一拥而上，拳打脚踢，处处致命，元彧鲜血横流，渐渐没了气息，被活活殴薨。尔朱兆很不满意，这么杀人一点儿仪式感都没有：“把天子金鼓拿来，设置刻漏，连环夺命鼓，一刻杀一人！”

这是天子御用之物，尔朱世隆觉得不妥，却不敢阻拦，尔朱兆跷脚坐在天子御座，脚下跪满一地王公大臣，刻漏时辰一到，金鼓三响，便有一名大臣人头落地。尔朱世隆觉得过于血腥，不想再看，向宫外走去。尔朱兆来到元子攸身边，他一个个斩杀大臣，就是要看他痛苦：“狗天子，感觉如何？”

元子攸万念俱灰：“若非这些人贪生怕死，怎会让你进了洛阳，该杀！”

尔朱兆恶从胆边生，走到高道穆身边：“元颢攻入洛阳时，这位高中丞随你逃亡，对你忠心耿耿，你不心疼吗？”尔朱兆将刀架在他脖子上。

“当初我要杀死天柱，他积极谋划，害我折断国家栋梁，臣子不能劝阻君王行不义之事，该杀！”元子攸把一切想得太简单了，如果自己年长十岁，绝不会铸成如此大错。

高道穆匍匐在地向元子攸喊道：“陛下说得对，臣未能劝阻陛下，臣之死罪！”

尔朱兆觉得晦气，元子攸没心没肺，看着这些王公大臣一一被斩杀，毫无所动，真是铁石心肠：“当初大王为何偏偏要选了你这个混蛋，当日贺六浑说不能奉立年长的君主，拼死劝谏，差点儿被杀，大王一世英雄竟死于你手！”金鼓三响，高道穆人头落地，血液横流……尔朱兆坐在龙床，饶有兴致地看着一颗颗人头落地，拍手站起来：“天色晚了，押起来，明天继续杀！”数十大臣杀死，太极殿下鲜血汩汩，他翻身上马看着元子攸：“狗天子，敢不敢再去杀一人？”

元子攸父母兄弟去世，再没牵挂：“有何不敢！只怕你杀得越多，欠债越多，以后还不起。”

尔朱兆策马向外，让元子攸跟在身后，走得慢了，契胡士卒扬鞭抽打，毫不留情。契胡士卒将洛阳百姓轰到铜驼街，百姓们呆呆地看着天子被鞭打责骂，心都碎了。仅仅两个月前，他还意气风发在洛阳城墙，指挥御林军击退尔朱度律的军队，现在如此悲惨，纷纷落泪。杨忠默默跟在后面，大仇已报，元子攸绝无好下场，他毫不开心，回头望着皇宫内的尸身，我这样做对吗？临淮王元彧、尚书左仆射范阳王元诲和青州刺史李延寔都躺在血泊之中，他们有什么罪过？队伍来到瑶光寺，杨忠不想再看杀人正要离开，尔朱兆策马回来并辔而行："杨兄弟，杀完这一场，我们去吃酒。"

12 人间地狱

吕桃儿在瑶光寺见到杨忠之后，再不能心无旁骛和阿阇梨讨论佛法，她在世上唯一惦记的就是杨忠，可是尔朱荣被杀，杨忠逃到了哪里？战火重开，找到他更加困难。好在阿阇梨托人寻找，只要他得到消息，一定会来寻找自己，她毫不怀疑，在涡阳城下，他解救了自己和元颢的逃亡队伍；在邺城，他将自己拥入怀中在千军万马中奔驰；在北中城，他冲进敌军，将自己推回浮桥，他不是元子攸，他心里没有天下，只有我。

“咚咚咚”，房门沉重击打，吕桃儿拉开门，什么事情让阿阇梨露出惊慌的神情？“尔朱兆攻入洛阳了，走！”阿阇梨带来了外面的局势消息，“啊？尔朱兆攻进洛阳？杨忠也来了吗？”明月去收拾行装，被阿阇梨握住手腕出了房门，士兵已经冲入瑶光寺。一名嫔妃匆匆逃走，被士兵横刀拦下，两三下剥光，横抱进厢房，惊叫和沉重的吼声传了出来。这里是后宫嫔妃出家的寺庙，元诩的几十名如花似玉的嫔妃都在这里，还有王公大臣的如花美眷。士卒向阿阇梨和明月冲来：“绝色！是不是狗皇帝的妃子？”

一道血柱从为首那名士兵的胸口射出，阿阇梨动了真怒，指尖稍动，谁也看不清她用了什么兵器洞穿重铠，士兵一声不吭倒地身亡。这下引来更多士兵，阿阇梨拉着明月向外冲，门口全被封死，吕桃儿全身颤抖："出不去了。"

阿阇梨掉头接连杀死几名契胡士卒来到东院，推门而入。这是一个小小院落，静悄悄没有一人。契胡士卒冲来将院落包围，吕桃儿从怀里掏出一把剪刀："你走，出去告诉杨忠，我是他的妻子，绝不会被玷污！"

阿阇梨向正房走去，传出婴儿啼哭之声，随即传来摇篮曲，竟是敕勒歌，哭声渐止，婴儿睡着，阿阇梨说道："放心，她可以保你安全。"

尔朱歌得知父亲被杀的消息，带着初生的孩子住进瑶光寺，再也不想见元子攸一眼。在父亲的安排下，自己嫁给这个天子，心里忘不掉高欢，时不时怼元子攸几句，自从元颢和陈庆之攻入洛阳，两人结伴逃亡，尔朱歌放下了高欢，接受命运的安排。那段时间，元子攸的态度越来越好，尔朱歌开心又担心，洛阳皇宫到处都是权谋和杀戮。出人意料的是，元子攸再不是那个孤傲的皇帝，时不时来到徽音宫，陪自己喝茶赏梅，尔朱歌为他展开歌喉，他如痴如醉。日日缠绵，珠胎已成，元子攸来得更勤，尔朱歌毫不怀疑，父母都会为未出生的孩子开怀，那是新的人生阶段，告别年轻，更加有责任，心甘情愿地为孩子付出。可他竟利用未出生的孩子杀死了父亲，我要用弓箭将他射死。尔朱歌怒火勃发，一切都是欺骗，虚情假意是为了麻痹父亲，还未出生的儿子都成了诱饵，自己战神一般的父亲出于葛荣阵后，表里合击，用七千骑兵击败数十万大军，何等英雄气概！他分遣诸军入青州，平长安，与陈庆之隔河大战，亲自追歼五千白袍！名师大将莫自牢，千军万马避白袍，最终在父亲战马下灰飞烟灭！他却死在心肠歹毒的年轻人手中。父亲小看了元子攸，元子攸也小看了父亲，他的精兵强将谁能抵挡？性情如火的尔朱兆的忠心谁能相提并论？父亲的大军将要踏破洛阳城，将这里变成人间地狱！只是尔朱歌没有想到，报应来得如此之快。

门外进来两人，那小姑娘在华林苑见过，好像是元子攸青梅竹马的正妃；另一人年纪略大，一尘不染不似人类，仿佛仙界才有。“阿阇梨！”尔朱歌脱口而出，听说她去年在嵩高山一人拦截了父亲的大军，将陈庆之带走。

阿阇梨走到摇篮旁看着熟睡的孩子，安静和美好，他生于皇家，本应大富大贵，却背负了不可化解的血仇。一幕悲惨的画面出现，阿阇梨掩面痛哭，不能说破天机！可是她又忍不住悲声：“歌嫔，保护好孩子，不要让他离开身边。”

尔朱歌不知道怎么回事儿，阿阇梨为什么见到孩子痛哭？她来不及多想，门外响起刀枪碰撞的声音和士兵的呐喊声。她摘红弓挎箭囊，这是她和高欢在金山银水策马奔驰所用，也是他们两人唯一的念想。尔朱歌推门出来，面前是汹汹的士卒，他们是父亲的部属，但不是所有人都认识尔朱歌，他们杀红了眼，将尔朱歌包围在门口：“你是元子攸的什么人？”尔朱歌痛恨元子攸，不想承认是他的皇后，一名士卒大喊：“管她是谁，不是元诩就是元子攸的妃子，剥光挂在旗杆给那个狗皇帝看。”

“光溜溜的四仰八叉地挂在阊阖门！”士卒们说干就干，扛出一面军旗，上面捆绑着一位赤身裸体的女子，正是元子攸的崔嫔。士卒向尔朱歌问道："你是什么品级？这叫上下有别，尊卑有序，如果比她高贵，就白花花地骑在她头上，否则只能把脖子放这儿了。"说完指着崔嫔的双腿之间。

"我是皇后！"尔朱歌又恨又爱，他们为给父亲报仇，做出这般兽行。

"皇后？剥光挂在最顶上。"这士卒见尔朱歌握着弓箭，拔出长刀扛在肩膀，向尔朱歌冲来，却发现情形不对，回头看时士卒们跪地匍匐流涕，述说为尔朱荣报仇的决心！"啊？"他恍然大悟，皇后便是大王的女儿！

"退出去！"尔朱歌没有责怪，他们是父亲的士兵，杀到洛阳就为复仇，虽然元诩和元子攸曾是自己的丈夫，恨意早已将尔朱歌吞噬。

"咣当"，大门打开，尔朱兆和杨忠策马进来，两人翻身下马，杨忠退到后面，看着瑶光寺的惨景，到处都是赤身裸体的昔日嫔妃。尔朱兆在尔朱歌面前恭恭敬敬施礼，她是尔朱荣的女儿，没人敢对她不敬，即便自己也不敢："我已攻入洛阳，抓住了狗皇帝！"

元子攸被推搡出来，他脱下黄袍盖在崔妃身上："大王是我杀的，何苦连累她们！"又走到尔朱歌身边，长长作揖，"皇后，我对不起你，如今身陷囹圄，罪有应得。"

尔朱歌不想救他，扭脸过去。尔朱兆拉来杨忠："杨都督是我兄弟，他的大功我就不说了，昌县伯没意思，报答不了他的恩情。"尔朱兆走到崔妃身边，轻轻拂去她的乱发，"崔妃出自清河崔氏，给你！做妻做妾都行，特许你带入军营。"

杨忠拱手答道："我妻刚刚亡故，无心再纳。"

"看不上？给你们。"尔朱兆哈哈狂笑，将崔妃推入乱军之中，他以为崔妃受到凌辱，杨忠看不上，在人群中看见一个尼姑，姿色奇绝，送给杨忠："这个还干净，要不要？"

士卒们哈哈狂笑，那个尼姑约莫二十岁，浑身簌簌发抖，如果杨忠拒绝，受尽凌辱之后就会被全身赤裸吊在城门，任由百姓围观，最终被折磨致死。杨忠心里只有桃儿，仍然拒绝，小猴子从身后蹦了出来："要了，要了！"拉着那尼姑躲入辎重营中。

明月从窗口看到了杨忠，心脏怦怦跳动，奔向门口，他一定可以保护自己。阿阇梨轻轻一点，明月再不能走出半步："等等！尔朱兆疯了！"

明月受制，动弹不得："杨忠在，尔朱歌也在，他们会保护我。"

阿阇梨回头看着那个婴儿，悲伤抑制不住，忽然窗外一道血光，尔朱兆一刀砍断了崔妃的脖颈，拎着人头来到元子攸身边："你杀大王时，可想到今日！"元子攸平常极爱崔妃，看她身首异处难过得要命，表面仍然倔强。忽然屋内传来婴儿啼哭的声音，尔朱兆笑出声来问道："里面可是大王的亲外孙？我这做叔父的还没有见过，抱出来看看。"

尔朱歌转身回到摇篮抱起儿子，想起阿阇梨的叮嘱犹豫一下，尔朱兆破门而入，笑呵呵地抢来，举起亲了几下，在臂弯处摇晃让孩子睡着，走到元子攸身边："抱抱你的儿子，这是你这辈子最后一次抱他。"

元子攸死期不远，抱来亲吻，孩子睡得正香，鼻息散发出奶香。

孩子出生便被带入瑶光寺，元子攸远远看见过几次，从未抱过，能够在临死前抱抱孩子也算心满意足，泪流满面。尔朱兆夺回孩子：“狗皇帝，你就要死了，对儿子有什么话说？”

孩子来到人世已经两个月，渐渐长开，既像父亲也像母亲，皮肤白净又像尔朱荣。元子攸满含愧疚：“孩子，父王不能看着你长大了，希望你一辈子平平安安，不要学父王，不要背负太多，天下不是一个人的天下，不要强求，母后会带你长大，我不担心。”

尔朱兆收回胳膊，把孩子放在嘴唇上亲着：“他的话你听到了吗？他让你平平安安，不要强求，顺其自然，听懂了吗？可惜你永远做不到！”他猛然举起婴儿向地面扔去，“哇”的一声，孩子发出最后一声啼哭，没了性命！两个月的婴儿被摔死在眼前，杨忠突然之间心底蹿出一股悲伤，向孩子跪倒“哇哇”痛哭。如果知道攻入洛阳是这番景象，他还会这么做吗？他被各种想法缠绕，神志不清。尔朱兆状若癫狂，斜眼看杨忠，抽出刀来：“你哭什么？他是这狗皇帝的血脉！”没想到契胡士卒一起跪倒痛哭，他们要为尔朱荣复仇，谁想到尔朱兆摔死了他的外孙！

尔朱歌惊叫着将冰冷的孩子抱在怀里，哪里还来得及？元子攸惨叫一声，萎靡在地。尔朱兆狞笑：“伤心吗？难过吗？哭了吗？你敢杀死大王，我就杀死你的儿子！后悔了吗？想到今天了吗？”尔朱歌昏厥过去，尔朱兆咆哮着：“兄弟们，狗皇帝的这些嫔妃都是你们的，往死里折磨，享用完之后交给你的士兵，让她们活着，忍受永远不能超脱的苦难，才能安慰大王的在天之灵！”他走到杨忠身边怒目而视，“不许哭，高兴，我们为大王复仇了。”见杨忠仍然跪地不起，握紧刀柄，“听见吗？不许哭。”

尔朱度律冲进来，呆呆看着婴儿尸体，扑向尔朱兆，一拳轰在他的鼻梁："你杀了大王的亲外孙！你杀死了小歌的儿子！你这疯子！"

"打死我吧，我为大王复仇，死无憾矣！"尔朱兆不还手，仰天怒吼，鼻腔的血液和泪水喷射，可怜、可悲又可恨。

杨忠痛恨尔朱兆，他对尔朱荣的忠心达到了丧心病狂的程度，不由得有一丝同情！我何尝不是这样？为马佛念报仇杀死尔朱荣，为桃儿擒获元子攸，我是被仇恨驱使不断杀戮的行尸走肉，我与尔朱兆有什么不同。他不想再看下去，上马向瑶光寺山门走去。

房舍内的吕桃儿看着这人间惨境，尔朱歌的第一个皇帝丈夫被亲生之母毒死在怀中，在父亲的强迫下嫁给新皇帝元子攸，用来弥补族人和皇家的仇恨，可是元子攸用她生子为借口，杀死了她的父亲，儿子又被尔朱兆扑杀。比较起来，自己虽然被元子攸抛弃，却有杨忠舍生忘死相随，不知道幸福了多少。啊，杨忠，他被尔朱荣俘虏，怎么变成了杨都督和黄县伯？见到杨忠要离开，明月想追出去，脚步却移不动。"不要动，危险！"阿阇梨在耳边轻说。

杨忠离开瑶光寺，毫无神志地走在洛阳街头，这座雄伟的城池经历浩劫，尔朱兆纵容士卒抢掠烧杀泄愤，士卒们也不用返回军营，市井百姓都不能幸免。街肆还在杀戮中，士卒结伙冲入民宅，孩子和妇女被追逐砍杀，男人们拿着棍棒抵抗，哭声喊杀声乱糟糟。有仇必报，有恩必偿，这是杨忠得知明月和马佛念死讯之后的誓言。亡者神识坠，乘烟入地狱，他与猛虎搏杀重新踏入战场，向死而生，可是十四岁的尔朱菩提和我有仇吗？他只是仇人的儿子。瑶光寺的嫔妃和尔朱兆有仇吗？她们是元子攸和元诩的妃子。

老百姓有什么罪过？因为他们是元子攸的臣民。两个月的婴儿又有什么罪过？

杨忠策马行尸走肉般来到一座府邸面前，这里没有血腥，只有一排戒备的士卒。在这一年多的时间里，杨忠从一名卑贱的战俘成了都督，有了黄县伯的爵位，人人都知道这个在嵩高山杀虎的勇士，士卒没有拦阻，向他行礼。这是尔朱世隆的仆射府，杨忠策马进去，想求个心安。天色全黑，正厢灯火明亮，忽然一名宫装丽人被一队士卒押进仆射府，尔朱世隆笑呵呵出来："长公主，下官有礼！"

这女子正是元子攸的姐姐元莒犁，被封为寿阳长公主，嫁给逃亡来到魏国的萧综，公主容色美丽，萧综十分敬重，说话时自称下官。尔朱世隆故意学萧综的口吻称呼，其实有调戏之意。萧宝夤被擒获到洛阳问斩之后，萧综被封为都督齐济西兖三州诸军事、骠骑大将军、开府仪同三司、齐州刺史，前往济南就任。尔朱荣被杀，天下再乱，萧综逃出州城，躲到白鹿山，在阳平病殁，寿阳长公主被抓到京城。尔朱世隆正要说话，忽然看到杨忠，满面笑容："杨兄弟，怎么不去作乐！"

杨忠痛恨尔朱兆滥杀，却又拦不住："累了，找地方睡一夜。"

尔朱世隆把杨忠当作自己人，拉着战马缰绳："你蹚水渡过黄河，直叩宫门，铁打的身子都受不了，歇息吧！把府里最好的房子腾出来，找几个娇滴滴的公主伺候着！"

杨忠向尔朱世隆道谢，策马离开，在月亮门看着庭院中孤零零的丽人，眉眼竟与明月有些相似，不由得停住战马。"请进，公主！"尔朱世隆久在京师，早就觊觎公主容貌，如今萧综已死，自己一手遮天，元莒犁哪敢不从，将公主带进房中，拿起毡巾：“公主一路劳苦，下官伺候公主梳洗。”尔朱兆攻破洛阳，元子攸被擒，社稷颠覆，元莒犁再不是以往那个任性的公主，她静静站立让尔朱世隆擦去身上灰尘。尔朱世隆见她任自己摆布：“一路辛苦，请公主进食。”不禁去牵公主手腕，被元莒犁甩开，尔朱世隆拦腰横抱：“下官仰慕许久，今日一亲芳泽，必全力保全公主！”

“胡狗，敢辱天王女！”元莒犁与元子攸一般刚烈，挣扎反抗。

尔朱世隆大怒，将公主踹翻在地，拉着她来到庭院，扯下她的披纱向树上一扔：“我再问你一遍？从不从我？”

元莒犁雍容华贵，不与他争辩：“你杀了我吧。”

“来人，缢！”尔朱世隆一声令下，士卒冲来拉扯轻纱，把公主吊在树枝上，她挣扎几下就没了呼吸。杨忠五内如焚，元莒犁的喝声还在耳边，便失去生命，这是杀戮和可怕的乱世！杨忠调转马头来到元莒犁尸体身边，鼻息全无，解开白绫拦腰抱起：“仆射大人，她已经死了，让我为她入土为安吧。”

尔朱世隆本想凌辱公主，无奈将她杀死，本想暴尸三日，不好拒绝杨忠的求情，正在犹豫的时候，门外喧哗，哭声震天。尔朱世隆摆手不管这边，杨忠将元莒犁搭在马鞍之上，随着众人出了仆射府。尔朱度律哭喊着拉扯着尔朱兆来到府门，扑通跪倒：“造孽啊！吐沫儿这狗贼摔死了大王的亲外孙！”

尔朱世隆脑袋轰鸣，那皇子才两个月，又是尔朱歌亲生，他可是尔朱荣的亲外孙！尔朱兆竟做出这等残忍的事情。他晃动尔朱兆：“吐沫儿，真是你下的手？”

“我亲眼所见，还能假了？”尔朱度律哭丧着脸，万般对不起尔朱荣。

尔朱世隆跪地放声痛哭："大王，对不起你！"举起马鞭向尔朱兆劈头盖脸砸下去，"你疯了，连大王的亲外孙也敢杀！孩子才两个月！小歌亲生的！"

前几天尔朱兆因为尔朱荣之死抽打尔朱世隆和尔朱度律，今天尔朱世隆反过来抽打尔朱兆，完全没有长辈、晚辈之分。跟在战马旁的元子攸看见元莒犁，来到杨忠身边，抚摸着姐姐的身体，垂泪施礼："烦请杨都督好生安葬，莫让莒犁再受辱。"

"够了！杀戮还不够吗？流血还不多吗？"杨忠怀抱着元莒犁的尸身，猛然翻身回到尔朱兆和尔朱世隆身边："车骑将军，仆射大人，请下令停止屠杀，士卒返回军营！"

尔朱兆早已疯魔，尔朱世隆看了一眼尔朱度律，他们入城前答应士卒抢掠，如今时日未到，不好收回成命。元子攸走上前来："是朕亲手杀了天柱。杀了朕，莫要再牵连他人。"

"杀！他们都是害死天柱的凶手，一个不留，一只鸡一只狗也不留下！"尔朱兆忽然冲出来，向士卒喊道。这句话适得其反，士卒虽然对尔朱荣忠心耿耿，也没有像尔朱兆这般昏头，更不愿意遵守他杀光洛阳的将令。尔朱世隆摇头叹气，如此杀戮怎么向天下交代，他扶着尔朱兆向内室走去，关上大门。尔朱度律还算清醒，命令士卒："杀得差不多了，赶紧跟我去军营分黄金，晚了就没了。"

士卒呼啦散去，洛阳城的杀戮终于停止，杨忠对元子攸再也生不出一丝恨意，低头看着公主的苍白面孔，策马离开洛阳城，在荒野中策马奔驰，将元莒犁安葬在一棵大树之下，茫然四顾，不知道该去哪里。

13 尔朱仲远

尔朱仲远少年时浪荡不羁，曾临摹尔朱荣字迹，用印鉴伪造奏表，授予官爵收取贿赂，整日花天酒地，尔朱荣仍然宠爱不减。他得知尔朱荣被杀之后号啕大哭，领兵西兖州，进逼东郡，击败都督郑先护和右卫将军贺拔胜，听说尔朱兆攻入洛阳，便带领骑兵队伍前来洛阳会合。

尔朱仲远带着临阵投降的贺拔胜来到尚书省时，尔朱兆仍在按照刻漏击金鼓屠杀大臣，尔朱世隆愁眉不展，遍地鲜血和尸身，跪地大臣中还有几个他不想杀的熟识之人。贺拔胜在尔朱度律身边见到洛阳血腥，忍不住一脚踢飞刻漏，推翻金鼓，解开一名大臣的绑绳。

尔朱兆勃然大怒："贺拔胜，你干吗？"

贺拔胜对朝廷忠心耿耿，也受过尔朱荣大恩，立场犹豫不决，见到洛阳城中惨景怒火勃发："尔朱兆，杀了大将军的仇人便是，为何牵连这么多人？"

"还敢为他们讲情？"尔朱兆站起来，顺手抄起一把战刀来到贺拔胜身边。

尔朱仲远突然扯开贺拔胜，挺身在尔朱兆身前："来，你砍。"

尔朱兆不敢砍了他，悻悻走到一边，犹自瞪着贺拔胜，尔朱仲远向没死的大臣拱手："我来迟了，对不起诸位！"

尔朱兆早已杀够，跷脚靠在御座上，笑呵呵看着："仲远，你确实来迟了。"他言下之意是指自己先攻入洛阳，为尔朱荣报仇，尔朱仲远来迟一步。

尔朱仲远不搭理尔朱兆，走到尔朱世隆和尔朱度律身边："他是疯子，你们是傻子吗？天下人都知道大王冤屈，故此都不抵抗，你们竟然连大王的外孙都扑杀了，在洛阳城劫掠滥杀，天下人谁还同情咱们？离死不远。"

尔朱度律粗鄙，尔朱世隆胆小，两人想法和尔朱仲远一样，为了皇子被杀和尔朱兆翻脸，但是尔朱兆握有军队，根本不听，只是停止了对洛阳百姓的洗劫，仍然要杀那些王公大臣。尔朱兆向司马子如喊道："你来，把话说说。"司马子如蒙了，不知道他让自己说什么，尔朱兆将他原话说了一遍："大王被杀之时，叔父要逃走，子如说，今天下汹汹，唯强是视，当此之际，不可以弱示人，使天下畏我之强，不敢叛散。"

司马子如叫苦不迭，那时他劝尔朱世隆不要逃亡，这段话传到尔朱兆耳中，当作了杀戮法则。尔朱仲远性格强横，不是尔朱度律和尔朱世隆可比，指着尔朱兆说道："大王血仇已报，你滚回晋阳，不得踏入洛阳一步。"

尔朱兆眼中只有尔朱荣，从来不把尔朱仲远放在眼中，他女儿嫁给了元晔，早已把洛阳当作自家："我若不走，你要如何？"

尔朱仲远拔出刀来："替天下人砍下你的头颅，尔朱家还能容于天下！"

这是尔朱兆地盘，哪容尔朱仲远放肆，“围了！”尔朱兆的士兵都是尔朱荣手下精锐，“哗啦”将尔朱仲远围在当中。尔朱度律走上几步：“你杀了大王外孙，连仲远也要杀吗？”尔朱度律当初带着五千骑兵保护尔朱荣来到洛阳，比尔朱兆的人马还要精锐，话音刚落，他的士卒推开大门，将尚书省团团包围。

“啪啪啪”，三记耳光清脆地砸在尔朱兆脸上，他抽出战刀却认出眼前之人，立即跪倒：“长公主！”北乡长公主跟随尔朱世隆进入洛阳时，血海难收，大错已铸，听说尔朱仲远进入洛阳，要召集几人商议，见到尔朱兆狂悖再忍受不住。尔朱世隆急得跳脚，尔朱兆的血腥杀戮失了人心，内讧起来绝没有好结果，跪地指天恸哭：“大王，你在天之灵看见了吗？一家人要杀起来了！”拉着尔朱度律跪行到尔朱荣灵位前，尔朱仲远收刀在灵前跪倒落泪。尔朱兆伏在地上狂哭：“大王，我报仇心切，杀了您的外孙，后悔莫及，每夜痛哭！”

北乡长公主总算化解了尔朱仲远和尔朱兆的争执：“吐沫儿，步蕃正在攻打晋阳，你即刻返回，仲远坐镇大梁，洛阳交给世隆和扶律归。”纥豆陵步蕃是扶风人，早为河西贼帅，元子攸杀死尔朱荣后，命令他出兵秀容，可惜尔朱兆进兵太快，夺了洛阳。步蕃兵势强盛，乘虚进兵，正在围攻晋阳。尔朱兆眼珠一转：“我走可以，狗皇帝我要带走。”元子攸如果被尔朱兆带走，绝活不了，燎原的仇恨必将蔓延，可是元子攸是谋杀尔朱荣正主，绝不可赦免，谁也劝不住尔朱兆，一旦谈崩，便要自相残杀，尔朱世隆几人商议。尔朱度律也不容元子攸活着，北乡长公主痛恨元子攸杀死尔朱荣父子，闭嘴不言，尔朱世隆也难开口为元子攸求活路，只好咬牙答应尔朱兆。

尔朱兆哈哈大笑，翻身上马，将元子攸双手捆绑坠在马尾：“兄弟们，跟我回晋阳，先打败步蕃，再将这个狗皇帝吊死在三级佛寺！”说完策马将元子攸拉扯在地，浑身鲜血。

尔朱世隆叹息许久，向司马子如问道：“我们在洛阳滥杀，恐失天下人之心，有何对策？”

“谁敢多言？”尔朱度律瞪起眼睛，他后悔杀死皇子，洛阳百姓杀了就杀了。

“哎，仆射大人好自为之吧。”司马子如极为不满尔朱兆在洛阳杀戮，事已至此还能怎么样？尔朱兆失去人心，自己是不能留在他们身边，须赶紧通知高欢早做准备。

14 劫持天子

尔朱兆在洛阳屠杀的消息很快传遍天下，晋州距离不远，怀朔镇众将都吃惊不小，尔朱兆进军速度太快，远超过当时尔朱荣发动河阴之变，以及后来平灭元颢，如有神助。更让人吃惊的是尔朱兆在洛阳的屠戮，河阴之变杀了两千多王公大臣，却并未在洛阳城中流血，也不涉及平民百姓，尔朱兆却在洛阳城中乱来。那些大臣协助元子攸刺杀尔朱荣，杀了就杀了，可是闯入瑶光寺，暴虐嫔妃，又在洛阳街头到处杀人，连刘贵等人都觉得难以接受。

“幸好我们没去洛阳，否则不杀得罪尔朱兆，杀了便得罪天下。”高欢喃喃自语，他志在天下，是断断不会去做丧人心的事情。

“尔朱兆暴虐洛阳，连尔朱世隆、尔朱仲远和尔朱天光都看不下去，差点儿动手。”孙腾从洛阳来，最了解那边情形，拿出一封信件给高欢：“尔朱兆被尔朱世隆等人排挤，动身北上与步蕃决战，请你前去会合。”

“皇帝在哪里？”高欢不关心作战，更关心元子攸的命运。

“被尔朱兆带往晋阳了，估计难以活命。”孙腾叹气，元子攸很得民心，也一直在拉拢怀朔镇的人马，众人都得过他的好处。

“你再去见尔朱兆，劝他不要弑帝。”高欢猛然站起，“诸位，出兵！天下仍然是大魏的天下，仍然是天子的天下！”刘贵等人想不明白，高欢说道：“尔朱兆在洛阳暴虐，尽失人心，如果他还要杀了皇帝，恐怕不但天柱全家被灭，就是我等也活不过明年。”

“尔朱兆绝不会把天子交给咱们。”尉景深知尔朱兆。

“他如果不给，我们就抢。”高欢心里却有其他想法：只要将元子攸控制在手中，天下就得到了一半。

15 天下崩离

屠杀持续数天之后，小猴子才在城外的大树下找到杨忠，扔给他一块烤牛肉，看着他大口吃喝，唠叨起洛阳的事情：“元徽也死了。”元徽在云龙门对元子攸见死不救，带了黄金百斤，马五十匹，逃出洛阳走至山南，到达洛阳令寇祖仁家。寇祖仁一门三刺史都是元徽引拔，他表面接纳，私下对子弟说：尔朱兆正在购募城阳王，得之者封千户侯，富贵至矣！回来吓唬元徽说官捕将至，元徽匆忙逃亡，寇祖仁派人在路上截杀，将首级送给尔朱兆。尔朱兆当晚梦见元徽：我在寇祖仁家里有黄金二百斤，马百匹，你可以取来。尔朱兆梦醒后掩捕寇祖仁，索取黄金和马匹。寇祖仁以为有人密告，承认得到黄金百斤和五十匹马。尔朱兆怀疑他隐匿，按照元徽的托梦寻找，寇祖仁家自有黄金三十斤、马三十匹，全部上缴。尔朱兆犹自不信，抓住寇祖仁悬首高树，大石坠足，捶之至死。

“有恩不报，人心险恶，寇祖仁活该。”杨忠将牛肉吃完拍拍双手，他协助元子攸杀死尔朱荣，又抓住了元子攸，所有的仇恨都报了，却没有高兴起来：“那皇帝怎样了？”

“前几天一直被关在永宁寺塔上，夜间寒冷向尔朱兆索要头巾都得不到，也是可怜。”小猴子又开始絮叨洛阳的消息，十二月初七新皇帝元晔大赦天下，杀戮停止，此时尔朱仲远率领军队从滑台来到洛阳。

杨忠不知道该做什么，打算去见贺拔胜和独孤如愿：“尔朱荣死了，元子攸看着亲信大臣、姐姐和爱子死于眼前，你还想报仇吗？”此处僻静正好说话。造化弄人，杨忠为复仇留在尔朱兆军中一再立功，成了黄县伯，如今元子攸的悲惨不在尔朱荣之下。杨忠跪倒向天：“大哥、桃儿，你们大仇得报，在天上看见了吗？”站起茫然不知去处。

“尔朱兆攻入洛阳，自认为有功，责怪尔朱世隆没有保护好尔朱荣，按剑瞋目，声色甚厉。尔朱世隆和尔朱度律痛恨尔朱兆杀死皇子，两边越来越僵。尔朱仲远来了洛阳，两边都骂。尔朱天光率领轻骑到达洛阳，见尔朱世隆一面，没有见尔朱兆就立即返回长安，显然不满他胡乱杀人。尔朱荣已死，他的军队虽然无敌，却一定长久不了。”小猴子看出尔朱兆等人丧尽人心，绝对不能长久。

杨忠上马向洛阳城缓缓前行，尔朱兆进入洛阳后军队驻扎尚书省，辎重营也在那边，到了城门说道：“把兄弟们带走吧，先在枋头坞会合，然后解散回家，不在战场上打打杀杀了，在父母膝下尽孝，再娶妻生子。”

这正合小猴子心意，带走军队并不容易，两人到了尚书省还没有商量出好办法，看见士兵正在列队。尔朱兆策马过来：“杨兄弟，出发！”

尔朱荣死后，元子攸下旨令河西贼帅纥豆陵步蕃攻击秀容，尔朱兆进入洛阳时，步蕃南下，兵势甚盛，尔朱兆不愿久留，急返晋阳抵御。队伍正中有一驾马车，元子攸衣衫单薄，瑟瑟发抖，尔朱兆向杨忠说道："防守晋阳少不了你，我和扶律归说了，跟我走。"杨忠的辎重营在出征队伍中整装待发，杨忠隶属尔朱度律，不如在途中伺机把队伍带走，向尔朱兆拱手答应。

"报，晋州刺史信使到！"大军刚出城，斥候带来一名信使，正是高欢的长史孙腾，他出自关中咸阳郡鲜卑，祖父孙通初仕北凉沮渠氏，担任中书舍人。北凉灭亡后归顺北魏，定居北部边地，朴实坦诚，熟悉吏事，六镇兵起时冒险偷渡关戍来到秀容，恰逢尔朱荣发动河阴之变，孙腾跟随尔朱荣进入洛阳升任冗从仆射，不久担任高欢都督府长史东征邢杲。军队驻扎齐城时，当地军队阴谋造反，欲害高欢，孙腾急报高欢，一举擒获叛将。他今年已经五十岁，老成历练，早年跟随尔朱荣，故此高欢将联络交通之事全部交给孙腾。

尔朱兆进军洛阳前曾经召唤高欢，他以蜀人作乱为由拒绝，尔朱兆憋了一肚子气，取来信件阅读，高欢先恭贺尔朱兆攻入洛阳，又说不宜执天子受恶名于海内。尔朱兆怒气冲冲将信件扔回："贺六浑不为大王复仇，还敢为狗天子求活！看我击败步蕃找他算账，滚！让他赶紧带兵来晋阳，一起灭了步蕃。"

孙腾远远看了一眼马车上的元子攸，拱手告辞向北急奔。尔朱兆望着孙腾背影，尔朱荣刚刚被杀，高欢就起了异心，留着必是后患。

晋州为尧舜之都，春秋属晋，战国属魏，后为秦国河东郡地，三国时设置平阳郡。北魏太平真君四年在此设置东雍州，后来改为晋州，《水经注》记载：汾水又南迳白马城西，魏刑白马而筑之，故世谓之白马城。元晔登基后册封高欢平阳郡公，高欢在白马城建立郡府。孙腾从洛阳归来，北返白马城直入府邸，怀朔镇的兄弟们济济一堂，将洛阳情形说了。高欢想了许久，缓缓说道："天下又要乱了，我等当如何？"

尔朱兆在洛阳所作所为天怒人怨，连尔朱世隆和尔朱度律都觉得过分，侯景、刘贵、孙腾和段荣等人出身怀朔镇，并不是契胡嫡系，厌恶尔朱兆杀戮，却不敢有什么话说。刘贵面团脸分不清楚喜怒哀乐："尔朱兆将军怕是失了人心，这样不行啊。"

孙腾带来了尔朱兆的军令："尔朱兆命我们对付步蕃，是去还是不去？"

刘贵是从小在怀朔镇玩闹在一起的，说话没有顾忌："吐沫儿执意挟持天子，咱们就在半路把天子抢在手中？"

段荣出自鲜卑武威段氏，祖辈生活在凉州，在北凉任职，魏国灭北凉后，被迁徙到北疆，他少时喜好阴阳历算，娶娄昭君的姊姊为妻，六镇兵败后被裹挟河北，他和高欢诛杀杜洛周失败，共同投奔尔朱荣，与高欢无话不谈："尔朱兆人多势众，咱们能抢来天子吗？"洛阳被攻破之后，尔朱家的势力更加兴旺，控制了大多数的州郡。

孙腾最了解洛阳那边情形："现在尔朱兆、尔朱世隆、尔朱度律、尔朱仲远和尔朱天光都快打起来了。"众人连声催促孙腾详说："大王被杀之后，尔朱度律和尔朱世隆在洛阳起兵，尔朱兆和尔朱仲远得到消息出兵，唯独尔朱天光按兵不动，似乎在犹豫，直到尔朱兆拿下洛阳，他到洛阳见了一面尔朱世隆就匆匆返回长安。我猜测，贺拔岳和侯莫陈崇都忠于朝廷，他有后顾之忧。尔朱兆出力最大，却杀了大王的亲外孙，与尔朱世隆、尔朱度律和尔朱仲远差点儿翻脸，他带着天子返回晋阳，就怕落在尔朱世隆等人手里。”

“尔朱兆得罪了天下人。”尉景不得不承认，尔朱兆的罪行罄竹难书。

“尔朱兆拥兵为暴，天下苦之。”孙腾咬文嚼字。

“尔朱兆举兵犯上，囚禁皇帝，扑杀皇子，大肆杀戮，此大贼也，吾不能久事之。”高欢表明态度，众人纷纷点头，他取出地图，众人围拢来看，晋州处于洛阳和晋阳之间，刚好可以抢得先机，拦住尔朱兆北返之路。

“尔朱兆速度极快，恐怕截不住了。”孙腾眼见尔朱兆的骑兵绝尘而去，他才北返晋州，恐怕此时尔朱兆已经快到晋阳了。

高欢叹气一声:“出兵,借着攻打步蕃,趁机把天子抢到手中。”

“我们兵力单薄，打不过尔朱兆。”孙腾立即劝谏。高欢此举等于和尔朱兆公开决裂。

16 含悲入鬼乡

“晋阳！我还是来到了这里，这是命运的安排。”元子攸想。尔朱荣发动河阴之变后要迁都，被都部尚书元湛和祖莹阻拦，尔朱荣急于出兵攻打葛荣，接受反经合义的安排，元子攸迎娶尔朱歌。尔朱荣平定天下叛乱，打算趁围猎之际强迫迁都，被元子攸先下手为强杀死，再次避免了迁都的厄运。

“八十八天！从九月二十五日戊戌，杀尔朱荣于明光殿，十二月二十三日甲子，自己被尔朱兆擒来晋阳，只有八十八天。”元子攸在冷风中穿着单薄的冠冕，登上晋阳三级佛寺。“如果时光可以重来，我会杀死尔朱荣吗？肯定不会，即便迁都晋阳，我仍然是皇帝，即便退位也是太上皇，我的儿子继承皇位，魏国祖先的血液仍然流淌在他身体里。儿子在这个世界上存活了两个月，都是因为我的自大和愚蠢。”元子攸万念俱灰，自己的性命注定在晋阳终结。

“一根绳索摆在眼前，尔朱兆为我保留了天子最后的尊严，不让我身首异处。或许我还会回到洛阳，魂牵梦绕的天下之都，百姓悲痛欲绝，跪迎我的灵柩，那又有什么用？拼死捍卫的江山社稷灰飞烟灭。”

“天子后悔了吗？”尔朱兆坐在塔下，准备看元子攸被缢杀的景象，那才是为尔朱荣的终极报复，谁也不能阻拦，即便所有人反对。

后悔说出来徒惹耻笑，元子攸放弃了全部的希望：“这是天命，朕不后悔！”

“天命？我告诉你什么是天命！”尔朱兆得意扬扬地站起来：“临淮王元彧死了，城阳王元徽死了，这些都是你的宗室大臣！”尔朱兆念着被杀死的王公大臣的名字，刺激元子攸：“与你合谋的大臣们也死了，奚毅被斩杀在北中城，高道穆死在你面前，哦，你知道吗？杨侃也死了，还有他弘农杨氏的上百口。”尔朱兆非常享受这个过程，详细讲述着杨侃被杀的全部过程：“我攻入洛阳的时候，杨侃逃回弘农，尔朱天光派遣他的岳父韦义远征召，答应赦免他的罪行，杨侃临行前说，尔朱天光即使食言，死者不过我一人，希望保全弘农杨氏百口。他以为自己一死，便能保住全家？哈哈，他到了长安就被杀死，天光立即出兵，弘农杨氏百口，上至杨椿下至婴孩儿，一个都没有活下来。”

杨侃死了？弘农杨氏被举族杀死？元子攸惊心动魄，自己的轻率之举害死多少人？尔朱兆还在炫耀：“杨侃的叔父杨津，被你任命为北道大行台，正在邺城招募人马，听说我攻入洛阳，解散部众，轻骑还朝，你说他傻不傻？”杨椿和杨津都是孝文帝时候的老臣，也被连累，元子攸心里一痛。尔朱兆继续念叨元子攸的亲人的结局：“你的伯父李延寔死在你面前，你的姐姐寿阳长公主，我不想杀她，我杀过一个女人吗？没有，在瑶光寺的那些女人不是都配给我的士卒了吗？我不杀女人，只杀男人，公主绝色，我哪儿舍得？可是那几天我只顾杀人，她被尔朱世隆抢走，大骂不止，咱们杀了那么多人，骂几句有什么？可是尔朱世隆竟将公主吊死了，简直暴殄天物，我本来想将她活着，脱得光溜溜，在营帐里为将士们端酒布菜，兄弟们，想不想啊？”

身边将士一起呼号，尔朱兆还不罢休：“这些人我都恨不得食肉寝皮，杀个痛快，可是你的两个月的儿子，我不该杀！那是小歌的儿子，大王的骨血！我后悔啊，我死后还怎么在九泉之下面对大王！”尔朱兆哇哇大哭，是真的伤心。

“你要报仇就来吧，我不该杀死天柱，天下之人会说我活该，折了擎天之柱。”元子攸露出悔意，随即语气一转，“杀吧，你杀得越多，罪孽越重，你的死期就越近，我在地下等着你，一起向天柱大将军谢罪！”

这句话噎住尔朱兆，忽然挥手：“你以为死就这么容易，元宽！”

陈留王元宽娶了尔朱荣的小女儿，一向与尔朱荣亲近，没有参与元子攸谋杀的阴谋，也被带到了晋阳，他哆哆嗦嗦出来，尔朱兆抽出长刃，一脚将元宽踢倒：“狗皇帝，你放心去吧，这是送给你的陪葬。”一刀挥下一道血红，元宽尸身倒地。尔朱兆丧心病狂，连将士们都看不下去，一起跪倒：“咱们已经为大王复仇了，别杀了，大将军。”

“我曾在大王灵前起誓复仇，不放过每一个害死他的人。”尔朱兆仰天狂笑，“可是我答应你们，兄弟们，咱们不杀了，你们这些笨蛋，我还能杀谁？掰着指头数数，该杀的全杀了，我找不到人可杀了。”他指向佛塔，“只有这最后一个，他看着至亲一一死在面前，我只杀这最后一个，他亲手杀死了大王，能放过他吗？”

将士们抬头，冤有头债有主，元子攸才是害死尔朱荣的真正凶手：“杀，为大王报仇！”

唯有司马子如跪倒地面：“大王对我有知遇之恩，我恨不得亲手杀了这个狗皇帝，可是天下鼎沸，杀了他，恐怕会激起大祸！”

“贺六浑劝我不要杀他，你今天也来劝，莫不是和他有什么阴谋？”尔朱兆脸色立变，司马子如是晋室司马血脉，八世祖曾为西晋司空，永嘉之乱时出奔凉州，魏国崛起平灭姑臧，他们一家被迁徙到云中，父亲司马兴龙曾为鲁阳太守。司马子如喜欢结交豪杰，少时便和高欢相结托，情谊甚深，六镇叛乱时投奔尔朱荣担任中兵参军。尔朱荣发动河阴之变后，任命他为建兴太守。司马子如明辩，能说时事，多次被尔朱荣派遣奉使诣阙，元子攸对他不错。后来葛荣围攻邺城，尔朱荣派遣司马子如进入邺城协助防守，没有参加滏口之战，仍被进爵为侯。尔朱荣被杀之后，他放弃妻子跟随尔朱世隆逃出，建议反攻洛阳，尔朱兆也对此赞不绝口。念及此处，尔朱兆扶起司马子如，双膝跪倒：“请先生准我杀了此人，再不滥杀。”

契胡将士跪倒一片喊道：“请先生准我等杀了此人，再不滥杀！”司马子如劝无可劝，拱手说道：“请大将军好自为之，你若杀了天子，天下必反，我们都将死无葬身之地！”说完起身，知道自己劝不住尔朱兆，缓缓步出三级佛寺，尔朱兆暴虐，绝不能长久，不如远远避祸，策马而去。尔朱兆哼了一声，不理司马子如，登上佛塔。

“朕和杨将军说几句话。”天子尊严让元子攸仍有居高临下的口气，知道自己绝无幸免可能，尔朱兆将亲人和大臣在自己眼前杀死，现在他们都死了，轮到自己了。

尔朱兆疑心大动，他拷问大臣，得知当日确实有十几名梁军杀手埋伏在明光殿，杀死了尔朱荣和元天穆的护卫，导致两人孤立无援，在明光殿被元子攸杀死。这十几人泥牛入海，消失无踪，高道穆也不知道他们的来历和下落，只知道是杨侃一手安排，杨侃被尔朱天光杀死，死无对证，唯有元子攸一口咬定是杨忠率领的梁军所为。可是尔朱世隆口口声声说，杨忠夺了西阳门，救他们逃出洛阳，有数百人目睹，尔朱兆不能不信。可是能够杀死尔朱荣三十多名近卫的绝非普通人，他曾和梁军交战，似乎只有他们才能做到。可是杨忠策马渡过黄河，帮助自己攻入洛阳，擒回元子攸，哪里像杀死尔朱荣的仇人？尔朱兆听到元子攸呼喊心中起疑，走到杨忠身边：“杨都督上去见见这个狗皇帝，听他还有什么话说。”

杨忠和尔朱兆登上三级佛寺，元子攸面色苍白，仍不失天子气度，向杨忠拱手：“朕死前想留几句话，可否准备笔墨？”尔朱兆让士卒去取，元子攸再问，“朕想知道你和桃儿有什么瓜葛？”元子攸在临终前想起明月，“当初我鬼迷心窍，如果不当这个皇帝，也不会有今天这般。”

杨忠并不隐瞒，将自己在涡阳结识吕桃儿，遵陈庆之将令将她护送到洛阳和邺城，在枋头坞抵抗葛荣，后来席卷千军攻入洛阳，在驼牛署救出桃儿的经过详详细细讲了一遍。尔朱兆知道杨忠是陈庆之部将，却不知道他和吕桃儿的渊源，听得津津有味，元子攸对这些早有耳闻，又问：“听说元颢在洛阳做主将她嫁给你？你又在河桥救她身负重伤？”

杨忠点头，尔朱兆在北中城大战时没见到杨忠，才明白原来他与夏州士兵作战受伤，频频点头，杨忠和元子攸所说完全对得上，不像有假。元子攸回忆着往事：“桃儿从邺城来到洛阳后在华林苑，与皇宫一墙之隔，朕不敢去见她，怕被尔朱世隆看见，只想先娶小歌，再将她迎进宫中，连心爱的女人都保护不了，却要争夺天下，朕自不量力了。”元子攸死期将近，自古君王从未有如此凄凉：“朕将她托付给你，好好照顾她，让她开心，不要像我。”

尔朱兆不想听这些儿女情长，只想知道杨忠是不是杀死尔朱荣的帮凶，他们竟有这么多牵连？元子攸偏一句不提，尔朱兆不耐烦逼问元子攸：“啰唆什么，狗皇帝，你不是说杨忠杀死尔朱菩提吗？可有此事！”

死到临头，元子攸不再害怕：“如果我说是他，你又如何？”

“就信你一次，来，拿下杨忠！”尔朱兆杀了无数人，只要为尔朱荣复仇，谁都不会放过，佛塔下的契胡士卒一起跪倒：“大王，不可！杨都督绝无可能害死大将军。”他们沾满鲜血，罪孽深重，不想再杀。尔朱兆犹豫，自己的部下都为杨忠求情，一名士卒喊道：“大王，你答应不再滥杀，如果再杀，便是违反誓言！”

尔朱兆提刀奔下佛塔，举刀要砍，数千士兵怒目而视，这是他从来没有见过的眼神，众人喧嚣：“你连大王外孙都杀，又要杀对我们有恩的杨都督，要不要把我们都杀了！”尔朱兆犯了众怒，呆在当场，不敢下刀杀人。

杨忠一头雾水，桃儿死了，还有什么照顾之说。元子攸笑了一下："元颢败亡后，头颅被传到洛阳，朕亲眼了，确认无误。另外还有一个从高台坠下的妇人，面目全非，脖颈上有一颗红色的痦子，她不是桃儿。"

桃儿没有死？那我和元子攸有什么仇恨？忽然升起同情之心，元子攸从脖颈解下一块玉佩坠儿交给杨忠："收下吧，这是我和桃儿定亲的信物，她也有一块，合成一对儿。"他和杨忠说完走到塔边向下说道："朕逢阳九之运，将立中兴之业，其不遂者，何也？昔齐桓公有鲍叔牙，晋文公有赵衰和子犯，然克清宗国，遂伯诸侯。朕羽翼心膂无闻英彦，果于一剑之端，终致夷灭之祸。德之不健，斯可哀也。"元子攸深深悔恨，只怪自己年轻气盛，不知好歹，死了还要拉着祖宗社稷陪葬："温子升等人屡劝朕不要杀天柱大将军，朕当时说，宁为高贵乡公死，不为常道乡公生，杀天柱大将军是朕一人所为，与他人无干！"

佛塔下的尔朱兆听了此话，将佩刀收好，扶起那名士卒。侍从将笔墨放好，元子攸走到几案前，提笔写下《临终诗》：

权去生道促，忧来死路长。
怀恨出国门，含悲入鬼乡。
隧门一时闭，幽庭岂复光？
思鸟吟青松，哀风吹白杨。
昔来闻死苦，何言身自当！

元子攸将笔放回，向杨忠拱手："将这首诗带回洛阳，交给皇后吧。”说完走向悬梁，将头颅套进绳索，“别忘记朕的嘱托，找到桃儿，照顾她一生一世。”

尔朱兆率领将士们跪倒，或许他还记得元子攸曾为天子，或许祭奠尔朱荣在天之灵。狂风吹过佛塔，元子攸身体强烈抽动，缓缓没了动静，尸身挂在三级佛寺。“上天护佑，大王冤仇得报，步蕃逼近晋阳，让我们用一场大胜祭奠大王！”尔朱兆翻身上马，回头看着佛塔上的元子攸：“打开寺门，让晋阳百姓看看，这就是和我们对抗的下场！”

桃儿没死？我那天在瑶光寺听见她的呼唤，便是真的？尔朱兆士卒在瑶光寺杀戮，桃儿也在那里吗？杨忠乍一听到吕桃儿还在人世，急急返回军营，满心只有桃儿。

17 鸠占鹊巢

阿阇梨只出去半天，返回瑶光寺就找不到吕桃儿，立即明白。果然在佛龛之下压着一张纸条，感谢自己的照顾，然后说自己离开洛阳寻找杨忠去了。她肯定前往晋阳，那边步蕃和尔朱兆正在开战，一个单身女孩子的旅程将会多么危险？她出了瑶光寺找到一辆追锋车，带着一个熟悉的僧侣离开洛阳。河桥已经修复，北中城中人们脚步匆匆，还没有从杀戮中平静下来，她留下几人打探吕桃儿消息，继续向北直奔晋阳。

小猴子用篝火烧了热水，用水桶搬进军帐，来回数次才将浴盆中的冷水加热。那个小尼姑端端正正坐着："浴巾。"军营中哪有浴巾？小猴子被指使得团团转，好在他在辎重营，物资极全，尔朱兆的士卒们在洛阳城大肆劫掠，抢了无数财物。小猴子跑到营帐中找来绸缎，却见那个小尼姑坐进水盆，正在洗浴。他拿着绸缎坐在帐篷口，唠叨起来："我当初是不想看着你被杀死才要了你，对你有恩吧？你不该这般对我。"

"哦？你想我如何报答？"那小尼姑将纤细洁白的后背对着小猴子，从离开洛阳到现在，她再也没有剃发，圆圆的脑壳长出了一层细密的黑发。

“你鸠占鹊巢，占我帐篷，害得我天天睡在外面，天寒地冻，冻得我龇牙咧嘴。一日三餐都给你弄来，还要给你收拾碗筷，给你打洗澡水，烧柴热水，行，我可以，但是咱们行军打仗，辎重营的车是给伤兵的，你每天都在车上，身上哪里脏了，不用每天都洗吧？”小猴子心肠极好，得到这个小尼姑，时间长了反而变成了她的随从。

“你叫侯植？这名字挺好，为什么偏偏叫作小猴子？”小尼姑不理小猴子的抱怨，连续问了两个问题，躺在木桶里舒适极了。

小猴子总被她带偏：“我就叫侯植，爹妈起的，小猴子是杨忠胡乱叫的。你别打岔，咱们继续说鸠占鹊巢的事情。”小尼姑从木桶旁拿了皂荚擦拭身体，小猴子多日没有洗澡，眼睁睁看着发呆。

“你父亲是秦州刺史，你为何做了匠作曹？”小尼姑对他的身世很感兴趣，继续追问。

小猴子惊了，枋头坞都没人知道他的名字，皇帝元子攸和这个小尼姑反而一语道破自己的身世，回去要问问父亲，他年轻的时候做过什么？

“我洗好了，还不回避？”小尼姑让小猴子离开，从水桶中站起，用绸缎裹住身体，胴体惊鸿一现，让小猴子的心情波荡无边。

帐帘掀开，杨忠冲了进来，看见裹着绸缎的小尼姑和小猴子，不禁惊呆，他心情激动，忘记了这个小尼姑的存在，急匆匆来到她身边，目光却不看她：“我来打听一件事。”

“哦？杨都督请讲。”小尼姑端端正正坐着，摆足名门闺秀的坐姿。

“你在瑶光寺可认识一个叫作吕桃儿的女子？还有一位名叫阿阇梨的居士？”杨忠一心只有桃儿，直接问道。小猴子心惊，难道她没有死？

小尼姑点头承认：“我知道桃儿，阿阇梨常来和我聊天，她们在瑶光寺住了半年，虽然很少出门，我却知道。”杨忠两次经过瑶光寺，听到了桃儿的呼喊，竟以为听错，与她擦肩而过，忽然抱起小猴子开心大笑：“太好了，桃儿还活着，就在洛阳瑶光寺！”

第三章

东出太行

天下，是天下人的天下

18 烟花易冷

晋阳三级佛寺之下，一个孤单细弱的身影摇摇欲倒，缓缓跪下，泪流满面："皇帝哥哥，我来了。"正是从洛阳来到晋阳寻找杨忠的吕桃儿。杨忠不易寻，元子攸被缢杀的消息传遍天下，她立即寻到三级佛寺。尔朱兆为了向天下示威，严禁收敛，元子攸的身体就在佛塔上随着风声摇摆。

一幕幕往事闪现，初识元子攸在长乐王府，那时姐夫元颢便有结缘的想法，她正在园中赏梅，忽然元子攸匆匆进来，明月情窦未开，匆匆躲避，一头撞到花丛中，脚步踉跄，几个年轻的王爷一起哄笑，元子攸轻轻将她扶起，心跳现在还能感到。完美的恋情被天下大乱打破，她和元颢逃亡梁国，为和他成亲回到北方，即便在邺城高墙，她被杨忠拥在怀中躲避如雨的弓箭，她仍然一心一意。她和元子攸行过六礼，只差共牢合卺，却不得不在华林苑参加采选，桃儿感到屈辱，后来也就不生气了。当初元子攸是长乐王，现在是皇帝，礼仪当然不同。即便尔朱歌为后，自己为妃也能接受。天有不测风云，尔朱歌大婚之日，她被投到金墉城。杨忠！他竟然神奇地从梁国来到洛阳，威风凛凛把我救出。这个男人不一样，全副身心只有我，元子攸心中只有天下。

桃儿理解元子攸，他流淌着祖宗的血脉，肩膀扛着江山社稷，手托日月乾坤，可是你却是这般下场，吊在晋阳三级佛塔在风中摇摆。她泪水敷面一步步走进佛寺，踏上台阶，登上佛塔，他就在眼前，再没有当年从花丛中扶出自己的模样，她泪水喷薄，委顿在地许久才能够慢慢站起，抬来木凳，解下元子攸脖颈的绳索。塔下一阵喧哗，士卒发现搭上动静，谁胆子这么大，敢在晋阳做这等事，大声呼啸，向塔上冲来。

洛阳陷落，瑶光寺坍塌，沙弥不再，繁华遁入空门，折煞世人。大梦偏冷，辗转一生，与你的情缘有几本？你我在河桥盟誓一生，我生死枯等。一圈又一圈的年轮，浮屠塔断几层，断了谁的魂。心痛直奔残灯，倾塌的山门，容我再等，乾坤中转身，等酒香醇，等你为我古筝舞。雨纷纷，街巷故里草木深，我听闻你在斑驳的城门，盘踞着老树根，石板上回荡你的等待，雨纷纷草木深。我听闻，你守着孤城，城郊牧笛声落在那座野村。缘分落地生根是我们的过往，太谷关的笑声羡煞许多人。温柔不肯留，杀戮太狠，烟花易冷，人易分。你在问，我是否在等你，或许千年后累世情深，还有谁等待？青史岂能不书魏洛阳城，如你在，前世过门，跟着红尘随我浪迹一生，雨纷纷草木深，你始终一人，瑶光寺听雨声，盼你我永恒。

杨忠得知桃儿还在瑶光寺，赶紧去见尔朱兆。尔朱兆正要出征步蕃，听了杨忠述说，拍拍他的肩膀：“去吧，等你回来。”杨忠从辎重营拉出踏燕，快马加鞭离开晋阳奔向洛阳，径入城门来到瑶光寺外，这座寺庙已经被战火毁去，再也没有桃儿的踪迹。杨忠却舍不得离开，卧倒在禅房，何处寻她踪迹？

19 燕赵豪杰

自古燕赵多壮士，名将灿若星空。燕国名将乐毅统率五国联军攻打齐国，连下七十城。赵国李牧北抗匈奴，南阻强秦，屡胜敌军未尝一败。廉颇长驱深入齐境，攻取阳晋，威震诸侯。赵奢本是征收田租的官吏，被平原君引荐为将，在阏与之战中打破秦军不可战胜的神话。三国时期，燕人张飞以勇武著称，刘备败退长坂坡，他率二十骑断后，据水断桥，曹军没人敢逼近，后来张飞扫荡西川，在汉中大败张郃，声名流传千古。赵云是河北常山真定人，身长八尺，姿颜雄伟，参加博望坡之战、长坂坡之战、江南平定战，被刘备盛赞：子龙一身是胆也！往事悠悠，名将的传奇不朽，到哪里找到廉颇、张飞和赵子龙这样的无敌统帅？怎不让人叹气！

洛阳被攻克的消息旋即传遍天下，接着传来元子攸被缢杀在晋阳的消息，群情激愤。率先举起义旗的是幽州刺史刘灵助，他是燕郡人，落拓不羁，亦贩亦盗，有时在街市上算命占卜，善于妄说图谶，刻毡为人像，桃木为符书，作诡道厌祝法，后来投奔尔朱荣，卜筮屡屡应验，成为功曹参军。河阴之变时，尔朱荣大杀王公卿士，刘灵助帮助大臣逃亡，庇护数十人。元颢攻入洛阳，陈庆之占据北中城，尔朱荣受挫，以时盛暑，议欲且还，以待秋凉。元子攸诏令占卜，刘灵助说，三天内北中城必破，果然尔朱兆三天内渡过黄河，陈庆之弃城而走，刘灵助进爵燕郡公。他后来和侯渊一起讨伐韩楼，担任幽并营安四州行台，元子攸死后天下鼎沸，纥豆陵步藩举兵逼晋阳，尔朱兆频战不利，刘灵助算出尔朱氏诛灭之兆，自号燕王，为元子攸举兵复仇，下令幽瀛沧冀军民百姓，举火为号，不举火者，诸村共屠之。

高乾兄弟回到冀州，便传来洛阳陷落的消息，高敖曹想领兵支援洛阳，没想到尔朱兆进军太快，渡过黄河当天夺下洛阳。随即元子攸被缢杀的噩耗传来，五内俱焚，高敖曹又想出兵晋阳与尔朱兆决战，被高乾拦住，河北五族三十六坞连葛荣都抵御不了，与尔朱兆对敌只有送死。消息旋踵而至，刘灵助起兵为天子伐丧，高敖曹要举兵响应，被高乾劝住，尔朱强兵横行天下，贸然起兵只能引来巨祸，当务之急是练兵，结盟共同对敌。

高翼在冀州为元子攸搭起灵堂，白衣吊唁，高乾用河北大使的名义召集燕豪杰，先和河北五族宗主商议，再做定夺。河北五族的宗主先祭奠了元子攸，满怀悲愤来到刺史府邸。高翼年纪老迈，身体越来越糟，坐在中间主位，高乾和高敖曹陪在副位，随时照顾病入膏肓的父亲。侧面是渤海封氏的宗主封隆之，他父亲在河阴之变遇害，国耻家怨极深，常怀报仇之志，与尔朱荣有不共戴天之仇，尔朱兆攻入洛阳时刚被升任河内太守，立即持节东归，他讨伐尔朱兆的决心还在高乾兄弟之上。赵郡李氏的宗主李元忠的父亲李显甫开拓李鱼川，人口茂盛，他年轻时曾为清河王元怿的司空，后被拜为长流参军。他精读史书和阴阳数术，通晓鼓筝，常有巧思，却无心做官，常常酩酊大醉，但是葛荣祸乱河北时，他结垒抵御，最有战功。卢文伟年近五十岁，世代为河北冠族，少年时孤傲有志向，博涉经史，笃于交游，少为乡间所敬，曾任平北府参军，督造亢陂，灌溉良田万顷，造福百姓。他善于营理，家素贫俭，深得人心。六镇反叛时在范阳城储存稻谷，赈济饥民，随即被杜洛周俘虏，在流民庇护下没有被杀。杜洛周被葛荣击败，葛荣被尔朱荣擒获，卢文伟返回家中。当时韩楼占据蓟城，卢文伟屯守范阳相抗，与士卒同劳苦，分散家财，拯救贫乏，人人感动。侯渊讨平韩楼后，卢文伟被封为范阳太守，元子攸被杀之后，他诱骗侯渊出城围猎，闭门拒之，被击败后赶赴东冀州，与刘灵助一起举兵造反，这次特来联络冀州。河北五族之中若论名望，当属清河崔氏，崔浩被太武帝杀死后株连甚广，崔氏势力大受打击，声势反不如其他四族。高乾以河北大使起兵讨伐尔朱兆，清河崔彦珍和博陵崔念圣联袂赴会，崔彦珍神采卓然，伏膺儒教，十五岁时与河间邢子才和京兆韦孝宽入洛阳太学，偏相友爱，吏部尚书李神俊有知人之鉴，见而叹曰：王佐之才也。崔念圣与渤海高氏渊源极深，他的女儿貌美，高乾求婚被拒，高敖曹将她劫到村外扔给高乾说：何不行礼？两人婚后情投意合，举案齐眉，嫂子是名门闺秀，六礼之后才是共牢合卺，却被高敖曹害得先失身再论嫁，名不正言不顺，高敖曹促成了渤海高氏和崔氏的联姻，却因手段卑劣，被耻笑好多年。

高翼在两个儿子搀扶下起身环拜：“主忧臣辱，主辱臣死，主崩臣则矢志复仇！今社稷阽危，人神愤怨，破家报国在此时也。尔朱兄弟性甚猜忌，忌则多害，诸位宜早图之。”说完发出一阵咳声，在佣人扶持下卧床休息。

河北五族三十六坞曾经抵御鲜于修礼、杜洛周和葛荣，听说尔朱兆入洛，反应各不相同，范阳卢文伟与刘灵助同谋起义，被侯渊击败来到冀州求援："高兄，你有何打算？"

也不知道他口中的高兄是指谁，高敖曹扯大嗓门："天子受难，我等在此处聚义，誓为天子复仇，退则守护一方，进则匡扶天下，诸位以为如何？"

高乾谨慎，不敢过于激进："葛荣肆虐时，我们各自为军，互不相援，被各个击破，这次请大家来，一为练兵，二为结盟。"

河北五族拥州连郡，各自拥有数十万百姓，拥兵上万，三十六坞也有数百到数千不等的乡兵，都对练兵没有异议，唯独对联盟态度不一，几人议论纷纷。他们没有争雄天下的想法，只想坐等形势发展，安定后归附强者。赵郡李元忠成天泡在酒坛中，其实老成持重："尔朱荣纵横天下，无人能敌，虽然被皇帝杀死，军队毫无损伤，尔朱兆等人掌握天下雄兵，我们更不是对手，兵是自然要练的，却不能举兵，要默默等待时机。"

高敖曹当日没有留在洛阳，对元子攸心中有愧："天子之仇岂能不报？"

封隆之最为痛恨尔朱荣，仍不敢轻举妄动："咱们心无旁骛好好练兵，早晚有用武之时。"

李元忠将话题拉到练兵，问高敖曹："你练兵如何？"

高敖曹说起练兵激动万分："统六军之众，将百万之师，而无选锋，浑而杂用，则智者无所施其谋，辩者无所施其说，勇者无所奋其敢，力者无所着其壮，无异独行中原，亦何所取于胜负哉！故孙子曰：兵无选锋，曰北。”

河北五族都是耕读传家，无奈生逢乱世开始练兵，听到高敖曹所说无不色动，这段话来自陈庆之的兵书，意思是说兵一定不能混而杂用，正是河北五族与葛荣屡战屡败的原因之一。高敖曹将兵书背得滚瓜烂熟：“夫选士以赏，赏得其进；用士以刑，刑慎其退。”他手下江湖高手武功高强，却没有军纪，他最为苦恼也感同身受，几人击节叫好。

“如何选士？”封隆之问起了高敖曹所说的第一条，实为检查他是否真的懂了。

高敖曹看了兵书茅塞顿开：“古之善选士者，悬赏于中军，有深沉谋虑出人之表者，名曰智能之士。有辞纵理横、飞箝捭阖，能移人之性、夺人之心者，名曰辩说之士。有得敌国君臣问间请谒之情性者，名曰间谍之士。有知山川水草次舍、道路迂直者，而礼之，名曰乡导之士。有制造五兵、攻守利器，奇变诡谲者，名曰技巧之士。有引五石之弓矢贯重札，戈矛剑戟便于利用，陆搏犀兕，水攫鼋鼍，佻身捕虏，搴旗摭鼓者，名曰猛毅之士。有立乘奔马，左右超忽，逾越城堡，出入庐舍，而亡形迹者，名曰矫捷之士。有往返三百里不及夕者，名曰疾足之士。有力负六百三十斤行五十步者，得而聚之，名曰巨力之士。有步五行、运三式，多言天道、阴阳、诡谲者，名曰技术之士。”高敖曹口若悬河都来自陈庆之所授，“夫十士之用，必尽其才，任其道。计谋使智能之士，谈说使辩说之士，离亲间疏使间谍之士，深入诸侯之境使乡导之士，建造五兵使技巧之士，摧锋捕虏、守危攻强使猛毅之士，掩袭侵掠使矫捷之士，探报计期使疾足之士，破坚陷刚使巨力之士，诳愚惑痴使技术之士，此谓任才之道，选士之术也。得其道而兴，失其道而亡，兴亡之道不在人主聪明文思，在乎选能之当其才也。”几人被他的滔滔宏论彻底折服，高敖曹叹气一声：“名师大将莫自牢，千军万马避白袍，关中侯席卷河洛，选兵练兵的本领，咱们差得太远了。”众人才知道这是陈庆之练兵之法，他在北中城与尔朱荣大战，不分伯仲，难分优劣。

“燕赵多豪杰，河北五族三十六坞人才济济，未必输于陈庆之和尔朱荣。”崔彦珍突然开口，河北五族在葛荣阵前输了气势，不知道他哪来的底气，“我在长安读太学时，有两位好友，若京兆韦孝宽在此，何愁尔朱兆！”他曾和兄长崔彦穆在洛阳求学，认识了邢子才，此人十岁能文，博闻强识，授奉朝请迁著作郎，累官中书侍郎、尚书令，与魏收和温子升号称“北地三才”，第二人便是韦孝宽，为人深沉机敏，温和正直，萧宝夤在关中叛乱时孤身前往洛阳，被任命为统军，挥师西进，屡立战功，代理华阴郡太守。恰好侍中杨侃镇守潼关，对韦孝宽领兵打仗的本领十分惊奇，把女儿嫁给他为妻，可惜远水不解近渴。崔彦珍另有用意，不慌不忙说：“我们三十六坞还有一坞壁，以数千之众硬抗葛荣三十万大军，陈庆之兵败之后收留梁军达到千人，练兵日日不息。”

众人明白，崔彦珍说的是枋头坞，这是河北三十六坞中最南边的坞壁，老坞主杨祯出自六镇，与河北五族关系疏远，交往不多，枋头坞抵抗葛荣时，五族没有出兵援助，双方更加淡漠。崔彦珍说道：“坞主杨祯战死左人城，他的弟弟杨闵接任，率领众人向南迁徙到枋头坞，如今年事已高，将坞主之位传给女婿宋景休，这人是陈庆之手下有名的战将。”

高敖曹在北中城大战时，宋景休驻扎太谷关，为梁军打通退路，虽然没有见过，却听马佛念说起，宋景休和杨忠是马佛念结拜兄弟，是练兵的行家里手。高敖曹十分敬佩在嵩高山战死的马佛念，爱屋及乌对宋景休也是敬佩，本来还想反对，听到宋景休的名字立即击节叫好。崔彦珍在定州时与杨祯有旧，也见过杨闵："宋景休的儿子刚刚百日，不如前往贺礼，看看动向。”

我也去，高敖曹心痒难耐，葛荣造反时，河北三十六坞躲入山林，亦战亦耕，聚众自守，不敢和葛荣硬抗，枋头坞人马虽然不如河北五族之众，却与葛荣连番恶战，高敖曹十分向往。他本来只想在冀州好好练兵，听到宋景休的名字，立即改变了主意。

20 合击步蕃

自从高欢被册封为晋州刺史，便在白马城扎下根来，这里不是咽喉要冲，近年战乱从未波及，百姓安居乐业，怀朔镇人马养得兵强马壮。谁想风波骤起，元子攸血溅明光殿，尔朱兆出兵攻破洛阳，怀朔镇人马心情复杂，他们大都参与六镇之叛，被流放河北追随葛荣造反，在滏口投降高欢，和尔朱荣并不是一心一意，可是自从归入尔朱荣麾下，战无不胜，攻无不取，得到不少赏赐，对尔朱荣发自内心敬佩又畏惧，都觉得他死得冤枉。如果尔朱兆只杀元子攸一人另立皇帝，没人再次造反。可是尔朱兆在洛阳杀戮过重，人人惊骇，民心巨变，反而同情起元子攸来。

高欢整兵从白马城出发，带走所有辎重，仿佛再不回来，将士人人猜测，有人说高欢要拦截尔朱兆救回皇帝，也有人说高欢应尔朱兆之约合击步蕃，莫衷一是，纷纷询问领军将领，却得不到明确答复。行军一天，得知尔朱兆早已领军北上，难以追上，高欢索性在傍晚时扎营，不去追赶，将领们不约而同聚到高欢营帐。刘贵、段荣和侯景都在怀朔镇和高欢一起长大，从来也不拘谨，让伙兵上了酒肉，刘贵脚搭在几上：“贺六浑，你说走就走，咱们干吗去？当真劫了皇帝？”

高欢将密信向他扔出："皇帝被杀了。"众将都不怀疑，尔朱兆能把元子攸留到现在都是意外，按照他的火暴脾气，攻入洛阳就把元子攸千刀万剐，高欢懂得尔朱兆心思："这是最残忍的死法，皇帝两个月大的儿子被摔死在眼前，嫔妃受尽凌辱，姐姐被缢杀，叔父李延寔被杀死，亲信大臣被一一屠戮，这是最大的折磨，自古帝王从未如此之惨。"

众人击败葛荣凯旋时都得到过元子攸封赏，后来击败元颢陈庆之曾经朝觐，对这个年轻果敢的皇帝都印象颇佳。侯景得到元徽的帮助，得到胡笳，一年来物是人非，堂堂天子竟如此悲惨地死去，心里有了一丝同情。孙腾充当信使，多次往返洛阳与晋阳之间，说道："若为大王复仇，我等义无反顾，可是皇帝已死，何须为尔朱兆卖命？"

高欢早有想法，担心属下人心不一："尔朱兆多次来函，让我领兵与他抵御步蕃。"

孙腾琢磨很久拿不准主意，现在兵马即将与尔朱兆会合，再不说就来不及了："你写信劝尔朱兆不要杀死皇帝，他极为愤怒，我担心他会对我们下手。"

尉景是高欢姐夫，向来亲密无间："尔朱兆凶残好杀，不能不防啊！"

高欢想了一会儿，将酒杯扔到一边："尔朱兆被步蕃击败，急需援兵，暂时没有其他想法。"他走到行军地图旁边，尔朱兆屡战屡败，领兵向南躲避，步蕃进军平乐郡："进军石鼓山，合击步蕃。"

刘贵眼珠一翻："不如等他们两败俱伤，再趁火打劫。"此言一出，可见尔朱兆不得人心，早晚必反。

“尔朱兆手里有块肥肉，我们不去吃，就要被别人叼走了。”高欢从地图旁边回来，抓起一块烤肉放在嘴里大嚼，尔朱兆手中的六镇部众，他势在必得。

21 蹉跎两地

桃儿逃出瑶光寺，前往晋阳寻找杨忠，听说元子攸被缢杀在三级佛寺，悲不自抑，鬼使神差登上佛塔，解下他的身体。守塔士卒纷纷拥上，被一位须发皆白的老僧喝住，将吕桃儿带走。这位老僧是什么人？连尔朱兆的士卒都不害怕。她找来棺木收敛了元子攸，魏晋习俗停灵一七、三七、五七和七七不等，元子攸是天子，吕桃儿坚持七七四十九天，朝夕守灵。

僧人在旁闲谈，老僧便是闻名北方的昙鸾法师，这必是阿阇梨的安排。当初吕桃儿在南梁建康时，就听说阿阇梨和昙鸾法师联袂来到南方，从陶弘景得到《仙经》十卷，本想依法修炼，行至洛下遇到了天竺三藏菩提留支，昙鸾询问佛经中长生不死之法，菩提留支说，世上哪有长生之法？即便长生不死也要六道轮回，送给昙鸾《观无量寿经》，鸾拜看后焚毁陶弘景的仙经，专修净业，遂成净土宗。这个老僧十分呆板，不与她说话，也不让她离开寺庙，等待阿阇梨到来。吕桃儿心里暂时放下寻找杨忠的心思，一心一意为元子攸守灵。

杨忠在洛阳城遍寻吕桃儿，四处打听，却哪里能够找到？人们都说她前一阵子就在瑶光寺，尔朱兆攻破洛阳后便消失不见，那个阿阇梨也不知道去了哪里。杨忠心里略为安定，无论如何她都幸免于难。他来到尔朱世隆府中，尔朱度律也在，两人都受过杨忠的恩情，立即酒肉款待，不把他当作梁军俘虏，还要劝说他带领辎重营返回洛阳，言语间对尔朱兆大为不满。杨忠哪肯掺和这些事情？酒肉之后述说了自己和吕桃儿的过往，尔朱世隆唏嘘不已："好好好，你夺了元子攸的女人，是一件大好事儿。"

杨忠哭笑不得，当时桃儿一心都在元子攸身上，都是自己痴心妄想，直到陈庆之在黄河岸边向元颢求亲，杨忠在河桥舍身救了桃儿，护送她到了太谷关，杨忠恍若梦中，可惜从此永别，想到这里说道："桃儿与我已定终身，可否将她赦免？"

尔朱世隆和尔朱度律相对而视，元颢杀死了尔朱世隆的两个弟弟，他哪肯赦免吕桃儿？可是杨忠得到尔朱兆的信任，真要为一个女人得罪尔朱兆吗？没等尔朱世隆回答，尔朱度律已经拍了胸脯："前几天司马子如从晋阳回来，劝谏咱们不要再行杀戮，元颢和天子已死，恩怨已了，吕桃儿一个女娃娃有什么大罪？既然杨兄弟开口，我哪能不从？"

杨忠得了赦令，离开尔朱世隆府邸，孤身找到元颢陵墓，荒草稀落，旁边是吕桃儿坟丘，杨忠找来铁铲将墓地清空，找来工匠写上元颢王妃的名讳，换走墓碑深埋地下，坐在墓前百感交集，天下之大哪里可以寻她？

一阵战马嘶鸣传入耳中，杨忠扭头看见独孤如愿翻身下马，奔到自己身边："杨大哥，终于找到你了，跟我来，我带你去见贺拔大哥。"

22 再废皇帝

元晔坐在皇帝御座沉沉发呆，他与皇家血缘极远，从未想到可以坐在太极殿正中俯瞰天下，登上帝位也不是好事儿，这是囚笼，自己被尔朱兆扶上帝位，是和元子攸对抗的幌子，现在洛阳已经被攻破，自己还有什么价值？一名宦官冲入太极殿，扑倒在地：“太后出事儿了。”元晔担心自己的命运，没想到母亲先遭厄运。宦官传信不敢多说一句话，一字不差说道：“太后出行，被盗贼数十骑在岷巷中截杀，仆射大人贴出告示，悬赏千万钱捉拿凶手！”

元晔心惊，必是尔朱世隆所为，为防止母亲干政也为警告自己：“唤尔朱世隆！”元晔咽不下这口气，猛击御座。话音刚落，钟鼓齐鸣，大臣将要上朝，尔朱世隆要做什么？不待元晔吩咐，大门两分，尔朱世隆在左，尔朱度律在右，分领大臣上殿，恭恭敬敬跪拜。元子攸的亲近大臣被屠戮一空，他们都是尔朱世隆亲信。尔朱度律久跪不起，重施三拜九叩之礼，大声宣布：“天柱大将军抗表问罪，清宫掖，肃纪纲，功绩岂出伊霍之下？虽有过失，应贬则贬，应褒则褒，岂能妄杀！长乐王元子攸运接交丧，招纳勤王，时事孔棘，卒有四海，猾逆擅命，神虑独断，欲除芒刺，天未忘乱，祸不旋踵，自兹之后，社稷土崩，实为罪人。十二月甲子被缢于晋阳三级佛寺！凶顽已除，江山永固，恭喜陛下！”

这段话是说尔朱荣功盖古今却被冤杀，尔朱兆在十二月二十三日将元子攸缢死于晋阳佛寺，不啻五雷轰顶，天子死了？谁都能猜到元子攸结局不好，消息还是让人震惊。尔朱世隆杀死元晔母亲，尔朱兆再杀元子攸震慑元晔。尔朱世隆走向朝堂：“凶顽已除，可喜可贺，诸位不高兴吗？为何一个个都哭丧着脸？”

元晔站起质问：“杀死先帝，为何先不启奏于朕？”

尔朱世隆吓了一跳，自己这般威胁，元晔竟然不屈：“如果启奏，陛下准否？”元晔狠狠看着尔朱世隆，并不屈服。尔朱度律不想杀元子攸，但是拦不住尔朱兆，如今已经杀了，还能怎么样，冷笑着说道：“你是皇室远宗，谁让你当上皇帝？还敢多言！”

元晔当即顶回去：“我既是天子，你们便要向我启奏！”

元晔如此强硬，或许背后有尔朱兆撑腰，我就换个皇帝给你看。尔朱世隆已经杀死元晔母亲，绝没有容情的余地：“来人，拉下龙床，废了你！”尔朱度律慌了，尔朱兆把女儿嫁给元晔，尔朱世隆不和他商量就废元晔，简直疯了。

23 练兵结盟

高乾等人正要启程前往枋头坞，范阳卢文伟匆匆赶来，脸上挂着汗水，带来军情：刘灵助兵败了。尔朱兆派遣叱列延庆、侯深和尔朱羽生进军河北，围剿刘灵助。战前刘灵助卜卦不吉，偷偷用手折断占卜所用蓍草扔在地上，进兵出战，他善用占卜蛊惑人心，不通作战，一战被擒斩于定州，传首洛阳，身体被分解示众。当初刘灵助卜卦说：三月末，我必入定州，尔朱亦必灭。他的首级果然在三月间被送到定州，众人都说这是天命。尔朱羽生等人击败刘灵助，肯定举兵向南，战火又要燃起。

高乾等人不再犹豫，更加坚定练兵的决心，立即前往枋头坞。枋头坞在冀州南边百里，战乱还未波及，崔念圣和崔彦珍以恭贺宋景休儿子百日之喜为名，具帖拜会，启程出发。一行数十人骑马而行，队伍中间有数辆马车，那是女眷所乘。进入枋头坞地界，桑田方正，树木成行，此时寒冬，行人穿棉披毡，见到队伍也不慌张，枋头坞这片土地井井有条，没有乱世的景象。

沿途村庄修筑围墙，坞壁士兵戒备森严，查验通关文书，自成一体。枋头坞将周围数百村镇纳入势力范围，拥众十万，势力不弱于河北五族，还有梁兵加以训练，打起仗来恐怕还在河北五族之上，沿途布防，村寨坞壁互为支援，葛荣再世也见不得能够击败枋头坞。地势渐高，一座巨大的坞壁横亘半山间，前有汲水，桃花林夹岸数百步，中无杂树，寒风凛冽，缤纷落英无迹可寻。坞壁大门至水面初极狭仅通人，复行数十步便豁然开朗，阡陌交通，鸡犬相闻，往来种作，黄发垂髫，怡然自乐。大门轰然打开，两人并骑而出，他们都折损了一边臂膀，正是杨闵和宋景休。宋景休率领梁军来到枋头坞，杨闵痛痛快快地将坞主之位传给他，洛阳陷落，天下再乱，河北五族以宋景休儿子百日为名道贺，必有来意，两人一起出迎，可见对清河崔氏和渤海高氏的重视。当初高敖曹在北中城大战时，宋景休率领坞壁百姓前往太谷关探路，并没有见到他的身手，可是不少梁军兄弟都对高敖曹钦佩，故此迎出坞壁。

河北三十六坞都是当地百姓聚众自保，杨祯和杨闵来自六镇，本与鲜于修礼、葛荣、杜洛周同源，被流放到河北就食。杨祯忠于朝廷与六镇叛军反目，收留流民，河北五族三十六坞都不敢轻信，从无支援。直到枋头坞和葛荣大战，河北五族三十六坞才确认枋头坞与六镇叛军不是一路，但是关系冰冷，并无交道。杨闵臂膀已断，无法拱手，深深一躬："清河崔氏和渤海高氏来访，枋头坞蓬荜生辉，有请！"

高敖曹落在队伍最后察看，围墙三面连山，规模比不上冀州，却挖出护城河，城墙半用泥土，半用山石，比土夯坚固许多。瓮城是禁区，士卒列队巡逻，校场内熙熙攘攘，闭门而市，好不热闹。高乾一行人向半山而去，一座简易森严院落出现，既像祠堂又像府衙，门口蹲着两座石头老虎，这很是奇怪，想想洛阳阊阖门摆着两个铜骆驼，高敖曹也就释然。谁说门口一定要摆狮子，俗气。

女眷向后院走去，男人走进大厅，分宾主落座，宋景休坐在主位，杨闵在侧面，显然将主政大权全部交出。高乾、崔圣念和崔彦珍坐在左侧，上茶之后，宋景休把儿子抱出，众人起身道贺，这都是俗礼。高乾和崔圣念等人打算多盘桓几日，不急着谈联盟，谈着当年抵抗葛荣的事情，一团融洽。高敖曹想去看看枋头坞的兵器、铠甲、营房、战鼓和旗帜是什么形制，又觉得偷看军事不太好，正在犹豫，杨闵开口说道：“如今天子被害，诸位前来想必有见教，不妨直说。”枋头坞消息十分灵通，获知元子攸被杀的消息，天下形势如同烈火烹油。

高乾直接询问：“枋头坞与我河北五族三十六坞相连，一旦战事爆发，是何立场？”

杨闵没有问鼎天下的志向，不想掺和河北五门的事情：“我等只想保住家园，在乱世偷生，不想轻开战端。”在宋景休看来，元子攸和尔朱荣都是敌人，两边自相残杀，乐得看热闹，不愿意掺和进去，收到贺帖之后便猜到高乾等人来意，一语不发，其实支持杨闵决定。

“乱兵再起，尔朱羽生击败刘灵助，即将南下，枋头坞能够独存吗？”崔彦穆不甘心联盟失败，极力劝说。

枋头坞与河北五门为邻，不能不有所顾虑：“练兵可以，出兵不可。”宋景休在枋头坞过了一年，这里便是家园，一旦尔朱羽生等人杀来，不知是否与枋头坞为敌，做了让步。高乾几人略为失望，双方连续几天商议练兵细节，才返回冀州。

24 哑巴皇帝

天下大乱，皇帝轮流转，尔朱世隆以元晔血统太远，将他踢下皇帝宝座，此时他才刚刚登基三个月。替换他的是元恭，他和元子攸都出自献文帝拓跋弘一脉，是广陵惠王元羽之子，母出自琅琊王氏。元恭生于太和二十二年，好学仁孝，侍奉祖母和嫡母以孝顺闻名，早年袭封广陵王，历任散骑常侍、黄门侍郎、仪同三司。正光二年兼领给事黄门侍郎，因京兆王元叉专擅朝政，声称得了哑病，不能言语，八年间一语不发，住在龙花寺不与人交往。前几年有人说元恭打算反叛，民间传言他有天子气象，他畏惧祸患，逃到上洛躲藏，不久被押回京城拘禁多日，无罪赦免。

尔朱世隆决定废除元晔，寻找宗室中血缘最近的亲王。尔朱天光推荐元恭：广陵王是高祖幼子，夙有令望，沉晦不言，多历年所。若奉以为主，必天人允叶。尔朱世隆担心元恭不会说话，尔朱彦伯表达意向，语带胁迫。元恭突然张口说话："天何言哉！"尔朱世隆等人大喜，于是废黜元晔，元恭奉表三让即位，改元普泰，罢税市及税盐之官。黄门侍郎邢子才奉命写作赦文，记述元子攸枉杀尔朱荣，询问元恭态度。元恭说道："永安手翦强臣，非为失德，直以天未厌乱，故逢成济之祸耳。"让左右取笔自作赦文：

朕以寡德，运属乐推，思与亿兆，同兹大庆，肆眚之科，一依常式。迫于尔朱世隆的压力，元恭册封尔朱兆为颍川王，尔朱仲远为彭城王，尔朱天光为陇西王，尔朱世隆为乐平王，尔朱度律为常山王，朝政被五胡王控制。

三十一岁的皇帝闭口八年，开始说话，内外欣然，都认为元恭是明主，渴望天下太平。他登基后追赠尔朱荣相国、晋王，加九锡。尔朱世隆颇为欣慰，尔朱荣生前没有得到的殊荣终于实现。元恭流淌着道武帝和太武帝血脉，很快露出铁骨铮铮的一面。追赠完毕，尔朱世隆召集百官讨论尔朱荣配飨，司直刘季明胆大包天："若配世宗皇帝，于时无功，若配孝明皇帝，亲害其母，若配庄帝，为臣不终，以此论之，无所可配。"意思是说，尔朱荣在世宗元恪朝并无功绩，又杀死孝明皇帝元诩的生母，对庄帝元子攸为臣不终，都不能配飨。

尔朱世隆当朝大怒："汝应死！"

刘季明坦然回答："下官既为议首，依礼而言，不合圣心，翦戮唯命！"尔朱世隆想缓和天下形势，没将刘季明下狱，认为尔朱荣功劳堪比周公，配飨魏国高祖拓跋什翼犍，在首阳山为尔朱荣立庙，庙刚建好就被火焚，也不知道是人为还是天意。尔朱世隆不愿意大张旗鼓，不了了之。

自己酿的苦酒自己咽，不顺心事越来越多，当初安东将军史仵龙和平北将军丁文义在丹谷向尔朱兆投降，源子恭的军队望风亦溃，尔朱兆乘胜直入洛阳。尔朱世隆当朝讨论两人功劳，各封千户侯，元恭不许："史仵龙和丁文义对您有功，于国无勋。"气得尔朱世隆直翻白眼。

尔朱仲远镇守滑台，上表推荐亲信都督担任西衮州刺史，元恭回诏：“已能近补，何劳远闻！”拒绝了尔朱仲远的奏请。尔朱天光攻灭万俟丑奴，获得波斯进献的狮子，送到洛阳，元恭下诏：擒猛兽而囚之，则违其性。命令送归本国，波斯太远难以送达，使节在半路杀死狮子返回，被有司劾，元恭下旨：“岂可以兽而罪人！一概赦免。”

朝堂上的大臣们默不作声，尔朱世隆七窍生烟，从玉笏后抬头死死看着元恭，目光就是警告，我们杀了元子攸，废了元晔，你竟敢如此对我？趋炎附势的大臣出来说道：“当初大王受难，仆射大人兵临城下，李苗等人竟敢对抗大军，烧毁河桥，实在罪大恶极，他死之后，长乐对他大肆封赏，应该夺回。”

“仆射大人何意？”元恭心里敬佩李苗，走到殿下逼视尔朱世隆。一年之内出了三个天子，这是时运，不如皈依佛门，不问世事，其实是用退位威胁。尔朱世隆碰了好几鼻子灰，不想和元恭决裂，违心说道：“当时我们打算攻下洛阳，纵兵大掠，焚烧郭邑，赖李苗之故，京师获全，天下之善一也，不宜复追。”大臣们松了一口气，尔朱世隆退让，杀戮到此为止。尔朱世隆向元恭恭恭敬敬三拜九叩，元氏子孙不愧出自道武帝和太武帝一脉，各个都不好惹，元子攸急了连尔朱荣都敢杀，如今急需安抚天下，先顺着这个新皇帝吧。

尔朱世隆郁郁不乐回到府邸，司马子如正在等待，不由得大喜，连忙拉他坐下：“子如，你来太好了。”他在朝中焦头烂额，正需要谋士。

司马子如从晋阳返回洛阳，心灰意冷：“特来辞行。”

司马子如在危难之际抛家舍业逃出洛阳，建议夺取河桥反攻洛阳，尔朱世隆哪肯让他离开：“何出此言？现在天下是咱们的，你哪儿都不能去。”

司马子如忧惧万分：“大祸临头，您看不出来吗？天下人同情大王，我们才能攻克洛阳。兆将军在洛阳大肆杀戮，缢杀天子，您又无故废天子元晔，丧尽人心啊。”他随即恳求不要再倒行逆施。尔朱世隆也不赞同尔朱兆，形势不随人意：“子如，我听你的，再不乱来，现在刘灵助造反，你给我想想办法。”

“经此大变，天下叛乱必定再起。”司马子如也看不透天下形势：“不妨试试天下官员和百姓的态度。”

“如何试？”尔朱世隆知道自己和尔朱兆做了不少坏事儿，也想知道天下人的心意。

“向天下州郡征集马匹，以试人心。”司马子如对尔朱兆和尔朱世隆失望，这一招的用意十分深远。

这主意天马行空，征集马匹可以削弱地方又可以增加军用，可是形势如同烈火烹油，无异于再加柴火。尔朱世隆转念一想，说道：“会不会激起各地反叛？”

“每州郡只征收五十匹战马。”司马子如要试探各地刺史，“如果乖乖上缴，便没有异心，如果胆敢抗拒，便有心谋反，强行弹压，杀一儆百！”

“看谁敢造反！”尔朱世隆拍手叫好，“子如，称我心意者只有你一人！”司马子如不敢受用，反复请求离开洛阳避祸，最终得了南岐州刺史的职务，自我外放去了。

25 身份特异

尔朱兆返回晋阳，反复与步蕃作战，败了之后退回来，辎重营有时出征，有时固守晋阳根本。小猴子为小尼姑发愁，战场凶险，一旦战败崩溃，什么事情都可能发生。他在晋阳城中找了一处房舍，遣人打扫干净，回到营盘和她商量。小尼姑高高兴兴答应，跟他进城来到那处院落，很是满意："虽然地方不大，却也干净舒适。"

小猴子瞠目，这是一座三进的院落，他找来五六个仆役，空空荡荡还不大？也不知道她以前住在哪里，看见她头发渐渐长起来，问道："你不是小尼姑吗？"她摸摸头顶，几个月下来头发有一指长短，再不是尼姑模样。"送君千里终须一别，你现在没风险了，你家在哪里，我送你回去吧。"小猴子想想，这句话有些言不由衷，这段时间他和小尼姑聊得挺开心，其实挺想把她留下。

"既要送我回家，为何还置了宅子？"长了头发的小尼姑看出来了他内心的矛盾。

"我要去打仗，总不能带你去。"小猴子答非所问，突然袭击，"你既不是尼姑，为何在瑶光寺剃了头发？"

“当初尔朱荣攻入洛阳，太后也剃了头发。”小尼姑隐隐约约暗示着。

“那你是？”小猴子忽然问道，瑶光寺是皇家寺院，皇妃满地跑。

“你让我走，可是我没有家了。”小尼姑转了话题，眼睛扑簌簌流出泪水。

小猴子不想她走，他和别人聊天逗乐让别人高兴，和她聊天是自己高兴。小猴子站起来拍拍手拉着她去厨房：“来，我给你做顿饭，然后就上战场了，这里就是你的家。”

“可是我想洗澡。”小尼姑伸了懒腰，做出身上有味道的样子。小猴子知道，自己总为她烧水洗澡，她身上香喷喷的。

“好，我去烧水。”小猴子起身向外。

“热水。”小尼姑轻声向外吩咐，仆役一直候在门外，回头向小猴子问：“你聪明呢，还是笨？”小猴子当然聪明，他能够打制出最为锋利的千牛刀和最坚固的铠甲，还有可以行走的飞楼。小尼姑脸色绯红，口干舌燥，短发的小尼姑变得极为清秀，平生未见的美丽。

“人家有名字，我姓胡名明容。”小尼姑终于说出名字。胡明容？小猴子惊得跌倒在地，这个小尼姑竟是如此身份，不过她从瑶光寺出来，倒也合理。小尼姑低声说道：“不要向任何人提起我，懂吗？”小猴子伏地称是，她的身份实在不能向外说出去。

明月守了四十九天的灵，心情渐渐平复，也记不清是第几天，阿阇梨出现在寺庙，只是相视点头，并没有打扰。守灵的时间满了，阿阇梨带她离开三级佛寺，一辆牛车出城向军营前进：“我带你去梁军辎重营。”桃儿心脏怦怦跳，终于要见杨忠了，他是我的夫君，我们曾经有约，离开乱世回到枋头坞，过安安稳稳的日子。她的心绪飞舞，仿佛天空中的小鸟，可是我要将子攸的灵柩先送回洛阳，那是他生长和热爱的地方，这是为他做的最后一件事，无论如何都要办到。夫君肯定不会拒绝，他一直对我百依百顺，邺城之下千军万马，我要入城，他便陪我入城。

牛车“叮当”声终于停下，桃儿跃下车驾，抬头去看，营盘空空，一个人都没有，阿阇梨早已知道结果：“高欢领兵北上，和尔朱兆夹攻步蕃，辎重营也出发了。”明月怅然若失，阿阇梨又说道，“杨忠得知你在洛阳瑶光寺，你以为他在晋阳，他去寻你，你来找他，擦肩而过，蹉跎了相见的时日。”

26 曹竟耿弃

石鼓山下，一望无际的草原上堆满尸身，鲜血般的夕阳染红天空，断臂残肢引来秃鹫和野狼，战场变成狂野盛宴。骑兵在血红中缓缓行进，一群衣衫褴褛的战俘用长槊挑翻尸体寻找着，忽然战俘们趴在地面放声痛哭。一名小队长下马命令将战俘押走，战刀挥下，那头颅与身体仍然相连，接连几刀剁下，他翻身上马，紧攥首级向后方奔去，士卒欢欣鼓舞："步蕃死了！"

欢声雷动直达帅帐，尔朱兆仰天大笑，举酒杯连饮几杯，他要强权震慑天下，在洛阳大开杀戒，不觉得有什么不对，可是杀死皇子让他有了巨大的负担，夜不能寐，自知理亏，一刻也不想在洛阳多住，更不想与尔朱世隆每天争执。于是他率领军队回击步蕃，只有在厮杀中才可以忘记噩梦。拎着步蕃的首级，尔朱兆仍然后怕，如果没有迅速渡过黄河拿下洛阳，就腹背受敌。

步蕃绝非朝廷的那些豆腐兵，他们都是草原上的勇士，尔朱兆召集高欢共同出兵，高欢派孙腾说河上无桥不得渡，难以按时到达。尔朱兆大怒之下与步蕃开战，被击败后逃回晋阳。尔朱兆再次求援，高欢这次没有犹豫，率领军队与尔朱兆合兵，在晋阳城外决战，终于斩下了步蕃的首级。

当初高欢投奔尔朱荣，被放置在秀容草原牧马，因为与尔朱歌的一段情，尔朱兆既瞧不上又嫉妒，与高欢大打出手。高欢接连献出假道伐虢和反客为主之计，帮助尔朱荣兵不血刃攻入洛阳，发动河阴之变，尔朱兆仍然不屑，认为高欢只是一个诡计多端的汉人。在滏口，高欢率领数百人与数十万葛荣大军周旋，尔朱荣从腹心出击，阵擒葛荣。在历下，高欢和尔朱兆分领左右骑兵，切断邢杲退路，尔朱兆意识到，怀朔镇人马已经聚集在高欢旗下，成为一支强大的作战力量。尔朱兆被步蕃击败，求救于尔朱世隆等人，没得到一兵一卒，反而是高欢到来形成犄角之势，合力击垮敌军，取得大胜，斩首步蕃，让尔朱兆欣喜万分。

步蕃首级被扔入大帐，尔朱兆命人清洗干净摆在托盘，举起向天："陛下，这是步蕃，您的援兵，臣给您送来了，你们在阴曹地府遇到了吗？"于是拎着头颅走出帐外，率领几十骑策马出营。

高欢击败步蕃后立即收兵，将溃兵交给尔朱兆，全营肃整，刘贵等人都在帐中，听说尔朱兆率领几十骑兵入营，按捺不住："尔朱兆送上门来了，不如擒了。"

高欢激战消耗不少体力，躺在大帐中，望着穹顶之外的天空，尔朱歌在哪里？她失去儿子，定然痛不欲生，她还在皇宫里吗？尉景有些着急："贺六浑，机不可失啊！"

"大王去世不到半年，我们就要造反吗？天下人怎么说我？"高欢翻身而起，右手向南左手向北，"南边是尔朱度律和尔朱世隆，北边是尔朱兆，西边是尔朱天光，晋州仅有人口十万，天空太小，我们飞不起来！"翻身走到地图旁边，尔朱兆占据北边晋阳，尔朱天光占据西边长安，尔朱仲远控制东边的徐州到大梁，尔朱世隆和尔朱度律雄踞洛阳腹心，晋州四面都是尔朱氏的势力，哪里才有自己的一片天地？他手指向东，沿着滏口径翻越太行山，河北！这是燕赵故地，英雄豪杰辈出之地，汉光武帝刘秀因之而成帝业。

刘秀是汉高祖刘邦的九世孙，出自汉景帝子长沙定王刘发一脉，汉朝为防止藩王做大，推行推恩令，列侯递降，刘秀父亲这一代只是济阳县县令。东汉成帝昏聩不堪，委政母族，专宠赵飞燕姐妹，赵氏乱于内，外家擅于朝。王莽控制朝政之后登基称帝，建立新朝。赤眉、绿林和铜马等农民军揭竿而起，海内分崩，天下大乱。刘秀在宛城起兵，拥立西汉宗室刘玄称帝，建号更始。刘秀攻城略地时，他的长兄刘演被更始帝所杀，他强忍悲伤，韬光养晦向更始帝刘玄谢罪，重新获得信任。赤眉军在山东发展迅速，声势日益壮大，河北州郡都在观望，刘秀私下结交左丞相曹竟，在他的劝说下，更始帝派遣刘秀出征河北。

更始元年十月刘秀渡过黄河，延揽英雄，取悦民心，得到上谷和渔阳两郡的支持，上谷太守耿况之子耿弇少年英雄，一身豪气，率领幽州突骑，帮助刘秀攻破邯郸，占据河北，终于击败铜马农民军，实力大增，两年后在河北称帝，建元建武，击败赤眉，平定关陇和蜀地，克定天下，归于一统，史称光武中兴。高欢详细说了刘秀在河北兴起的经过，众将明白了他的心意：晋州是小鱼小虾之塘，河北才是龙腾虎跃之地。军营内传来马蹄之声，高欢收不住神往：“我已有曹竟，耿弇现在何处？”

“那咱们赶紧去河北吧。”刘贵被高欢说得心痒，当初刘贵等人都被流放到河北，又随尔朱荣在邺城作战，对那边十分熟悉，不知道高欢为什么还在晋阳徘徊。

“我是晋州刺史，怎能去河北？我们这两三万人马，到了河北怎么生根发芽？”高欢坐下等待尔朱兆，“我们出兵步蕃是赌注，我还要从尔朱兆手中拿到两样东西。”

“什么东西？”孙腾问道。

“第一样是葛荣余部，第二样是河北的地盘。”高欢早已觊觎，葛荣被灭后，二十万六镇人马被尔朱荣带到晋阳，这是一笔巨大的财富，因之才能成就霸业。

“尔朱兆能把这两样给咱们吗？”刘贵忽然明白，高欢放弃晋州，其实是有深谋远虑。

“子如已经安排好了，尔朱兆必乖乖将这两样双手奉上。”高欢对司马子如信心十足。

27 起兵信都

尔朱世隆命令天下州郡征调民马测试忠诚，来到冀州治所信都的是监军孙白鹞。他毫不担心，尔朱兆攻入洛阳，阵斩步蕃，声威震动天下，为了五十匹战马，冀州绝不敢造次，哪个不要命的敢说不字？

今日传来消息，高乾将奉上五十匹战马，孙白鹞高高兴兴来到瓮城巡查一遍，冀州刺史元仲宗派来一千士卒藏在军营，就等高乾和高敖曹兄弟到达，一拥而上擒获，送回晋阳看押。只要擒住这两人，河北谁敢违命？这才是尔朱世隆的真正意图。两年多前，尔朱兆就干过此事，元仲宗出面请高敖曹饮酒，将他擒入晋阳。孙白鹞背后还有一支军队，尔朱羽生率领的五千骑兵击败了刘灵助，已经兵临冀州，高乾兄弟怎敢轻举妄动？这是第三步，抓了高乾就动手夺了冀州，彻底铲除后患。

战马扬尘，孙白鹞下令戒备，就等高乾兄弟入瓮。士卒打开城门，一阵旋风涌进，孙白鹞大喊："前面可是高家兄弟？为朝廷进献马匹劳苦功高，请下马饮酒！"

为首之人身披短铠，解开兜鍪："在下封隆之！镇东将军、冀州刺史、右光禄大夫封回之子！”封回历仕宣武帝、孝明帝、孝庄帝三朝，深得百姓爱戴，时年七十七岁在河阴之变遇害，被追赠为侍中。孙白鹞大叫不好，河北五族之中，渤海封氏与尔朱家仇恨最大，他绝不是献马！立即质问：“高乾和高敖曹在哪里？”

“后面！”封隆之抽出战刀，他身后的队伍中窜出一匹战马，正是高敖曹，孙白鹞举刀格挡，手中一空，被战马撞翻，高敖曹刀尖一挑，孙白鹞头颅齐颈而断，他抓在手中大声喊道：“尔朱氏暴虐，江山鼎沸，愿为天下伐之！”高敖曹武功高强，单打独斗天下无敌，他用封隆之吸引孙白鹞注意力，一个照面将他杀死，将头颅向后一扔：“系在旗杆，打开城门！”

高乾联络河北五族，封隆之率领军队前来会合，趁向孙白鹞献马的机会夺取冀州，起兵宣战。东方老飞身冲上旗杆，挂起孙白鹞头颅，冀州士卒昨夜就埋伏在城内城外，夺占城门，高乾策马登上城墙：“诸位兄弟，今日起兵，誓为皇帝复仇！”

封隆之走上瓮城，向下喊道：“尔朱兆河阴屠杀，我父恰逢厄运，封隆之若不报父仇，何以为人子！天子被杀，若不复仇，何以为人臣！”

高乾和封隆之的部曲子弟忠心耿耿，一起欢呼，高敖曹一马当先向城内杀去，战马踏破府门，抽出长槊大喊：“元仲宗在哪里？”

高乾兄弟突然举兵，孙白鹞打开城门准备接收战马，元仲宗毫无提防：“高贤弟，这是做什么？”元仲宗与高翼相处不错，他的军队来不及调动，只好低头。

“你是宗室大臣，皇帝被杀，岂能效力于寇仇！”高敖曹命令士卒押着元仲宗来到校场，场内旗帜招展，高乾和封隆之登上高坛，涕泪横流，三军戴孝为元子攸举哀。高乾本打算推举父亲高翼为王，高翼坚决不受，推荐封隆之为大都督。

“报，尔朱羽生攻城！”一名士卒飞奔来报！

“杀！”高敖曹正在兴头，也不披挂铠甲，带领呼延族和东方老等江湖中人，策马冲出校场，直奔城门。高乾急得跺脚，高敖曹刚刚在军中严禁轻功，必须披甲列阵，可是敌军刚一出现，他就忘掉一切冲向战场，这还如何练兵？

28 六镇之兵

尔朱兆冲入高欢营盘，步入军帐远远致谢：“贺六浑，当初你来秀容时，我鲁莽，多有得罪！”尔朱兆将尔朱世隆等人得罪一遍，被排挤出洛阳与步蕃决战，唯有高欢来援，内心感激，端起酒杯：“你出兵相助，十分感激，咱们结为生死兄弟。”

高欢命人送来酒菜，与尔朱兆指天盟誓，两人坐下，两边将领通夜宴饮，夸耀击败步蕃的战绩。第二天日上三竿，尔朱兆仍在帐中酣睡，一名斥候冲入军营，尔朱兆听到军情大梦初醒，晋阳城中的葛荣余孽听说尔朱兆与步蕃初战失利，起兵造反。尔朱兆极为苦恼，尔朱荣平定河北时，葛荣余部二十万流入并州、肆州，被契胡凌暴，皆不聊生，大小二十六反，诛夷者半，仍然草窃不止，稍有风吹草动便会反叛，是尔朱兆的心腹之患，正在焦虑时，高欢带着众将进入大帐：“兄弟，昨日大战力竭，不胜酒力，今日再饮！”

此时，帐外有人来禀：“报，洛阳赦文！”

尔朱兆困惑不解，自己击败步蕃，消息没有传出，赦文怎么到了？一名使节进来，双手将赦文递上，尔朱兆火冒三丈：“尔朱世隆，我与你不共戴天！”他与尔朱世隆好几次差点儿闹翻，这次为什么？尔朱兆将赦文扔给高欢："他们杀了天子之母，废皇帝，立元恭！"

尔朱兆攻入洛阳后连连犯错，可以用丧心病狂来形容，高欢产生叛逆之心，看了赦文，更加坚定与尔朱兆决裂之心。孙腾添油加醋："起初天柱在时，尔朱世隆不理政事，收揽宾客，赢得招贤纳士之名，如今大王刚去便无所忌惮，总揽生杀大权，纵欲放荡，任用奸邪，还想收揽军心，频繁调动，怕是有二心。"刘贵火上添油："您的女儿是皇后，太不给大王面子了。"

尔朱兆推举元晔称帝时，效法尔朱荣把女儿嫁给了他，愤愤不平："咱们出兵洛阳，攻打尔朱世隆！"

高欢一心想到六镇之兵，占据河北，如果被尔朱兆拉着攻打洛阳，便要蹚进尔朱氏内部的泥水，越陷越深，劝尔朱兆坐下喝酒。尔朱兆改口称呼："大哥，有件烦心事儿，你足智多谋，帮兄弟出个主意。"于是将六镇镇民作乱的事情说了一遍。

这次六镇晋阳反叛是高欢撺掇，这话正中下怀："六镇反叛，不可尽杀，宜选大王心腹统领，若有犯者，直罪其帅，必有所收敛。"

尔朱兆沉思许久："谁可行也？"

"贺六浑就行。"一人说道，正是跟随尔朱兆来到营帐的贺拔允，他是贺拔胜和贺拔岳的兄长，胡名阿鞠泥。六镇造反时破六韩拔陵沃野镇，北进包围武川和怀朔二镇，三人的父亲贺拔度身殒战场，贺拔允、贺拔胜和贺拔岳三兄弟投奔至广阳王元深麾下。贺拔允被任命为积射将军，持节驻防滏口，后来驻守恒州。元深被葛荣击败，贺拔允投至尔朱荣麾下，贺拔父子皆以武艺闻名，深受尔朱荣厚待。尔朱兆拥立元晔为帝时，贺拔允被封为郡公，随即被派遣出使柔然。高欢离开晋州前往洛阳时，遇到从柔然回来的贺拔允，很是亲近礼遇，贺拔允心向朝廷，觉得高欢非常人，志同道合，值得结托，两人一见如故。

高欢趁着酒劲儿一拳砸在他脸上，贺拔允吐出鲜血，口中折断一齿，拔拳相向。高欢骂骂咧咧："天柱大将军在时，我们伏地如鹰犬，谁敢二话！大将军不在了，天下的事情都决于大王，你竟敢诬下罔上，请杀之。"

尔朱兆愣了一下，他哪里知道高欢和贺拔允在演戏。

"非也，天柱大将军在时，咱们自然听天柱的，现在咱们是兄弟，事情商量着办，阿鞠泥一片诚心，不该如此！来，罚酒三杯！大哥向阿鞠泥赔礼道歉！"高欢觊觎六镇镇民镇兵，早与贺拔允商量好演戏给尔朱兆看，举杯说道："既然大王令下，贺六浑不敢不从，阿鞠泥，我喝了。"

贺拔允装作愤愤不平，捂着腮帮子就是不喝："贺六浑出自怀朔镇，又对天柱大将军忠心耿耿，统领六镇非他莫属，我好心好意出谋划策，他还要杀我，大王为我做主！"

尔朱兆喝了酒少了思虑，向高欢说道："阿鞠泥所说不错，管好六镇人马，如有反叛，唯你是问！"

高欢向贺拔允挥挥拳头装作不服，向尔朱兆拜倒："谨遵大王之令！"

尔朱兆击败步蕃，把六镇这些烦心事儿统统推给高欢，心情大好，举起酒杯："阿鞠泥，贺六浑向你致歉，男子汉大丈夫不得小肚鸡肠，再饮三杯，此事不许再提。"

贺拔允举杯同饮，三人把酒言欢。高欢部将纷纷敬酒，称颂尔朱兆击败葛荣，阵擒邢杲，击败元颢、陈庆之，渡过黄河攻破洛阳的丰功伟绩。尔朱兆不敢居功，都推到尔朱荣身上，这些将领哪肯罢休，一一细数尔朱兆在战场上左突右冲，纵横疆场，件件不虚，尔朱兆哪里争辩得过，终于接受溜须拍马，洋洋自得。贺拔允见尔朱兆大醉，走到高欢身边："还不动手？"

尔朱兆一旦清醒难免后悔，或致疑二，高欢遂出营帐，直奔六镇营地。六镇百姓被留在晋阳，镇兵随军出战，高欢连夜聚集人马，宣言受尔朱兆之命统领六镇兵马，命他们渡过汾水集结。六镇军民素来痛恨尔朱兆残暴，与高欢同样出自六镇，欢欣鼓舞。高欢当天建牙帐于阳曲川，镇兵络绎不绝。六镇本是太武帝戍守边境的强兵，自从孝文帝迁都洛阳，断绝仕途，渐渐不满，接连在破六韩拔陵、鲜于修礼和葛荣带领下兴兵造反，历尽劫难。高欢拿出在晋州运来的粮草接济，饱食之后军心大定。高欢招来孙腾："龙雀，尔朱兆那边如何？"

"他部下接纳了我的金银，唯独慕容绍宗不纳。"孙腾，字龙雀，一直在尔朱兆身边经营。

慕容绍宗是前燕太原王慕容恪之后，也是尔朱荣表亲，身材魁伟，沉默寡言，胆略过人。尔朱荣发动河阴之变时，慕容绍宗极力劝谏，认为无故诛杀朝臣，恐失天下所望。尔朱荣不听才有后来的血溅明光殿，高欢对他极为担心："慕容绍宗反对，当如何？"

孙腾在尔朱兆身边暗伏内线，勾连外交，未雨绸缪："一旦他反对，自然有人出来咬他。"

好！高欢叫来刘贵："去禀报尔朱兆，说我们这里吃不饱，要去东边就食。"

29 庖丁解牛

高敖曹刚冲出城门，却见一队士卒迎面进来，尔朱羽生正要攻城，百姓避之不及，这队人马不慌不忙从北门进来。高敖曹再仔细看，为首之人右臂断绝，宋景休答应为河北五族练兵，来到信都挑选士卒，实为考察河北五族能否成事。

“坞主等我，看我杀败尔朱羽生！”高敖曹策马飞奔，来不及招呼宋景休等人。

宋景休急急登上城墙，城下布满攻城士卒，不下五千人，孙白鹞以索要马匹为名，擒获高乾和高敖曹兄弟，然后尔朱羽生掩杀攻城。尔朱羽生等了许久不见动静，猜测城中有变故，举兵攻城。他是沙场老将，刚击败刘灵助，哪会将河北五族看在眼中？骑兵殿后，步兵攻城，忽然城门打开，骑兵冲出，细看只有十几骑，下令士卒压上。

高敖曹冲锋砍翻云梯，忽然听到城墙上铜锣山响，他在陈庆之军中时熟知号令，这是梁军收兵之令，立马停止，呼延族策马过来：“杀吧！等什么？”高敖曹最恨没有军纪，抬头看去，宋景休独臂飘飘，指挥士卒升起青龙战旗，示意自己沿着城墙向左突围：“撤！”

“杀一阵吧。”东方老技痒，城墙下都是攻城步兵，骑兵正好可以逐一击破。

“军令如山，敢不从命！”高敖曹立志严明军纪，向左翼突围，却不知道宋景休如何指挥，心里七上八下。

高乾和封隆之冲上城墙，见高敖曹带领十几名骑兵冲出城外，十分担心：“赶紧增兵！”宋景休夺过令旗：“听我号令，违令者斩！”高乾呆了一下，自己请宋景休来练兵，不能不遵守将令，只好率领守军埋伏在城牒，听从宋景休指挥。

攻城士卒见高敖曹等十几人扬长而去，追也追不上，继续拥来攻城，忽然城墙上战鼓猛击，却不见动静。这鼓声为高敖曹而响，高敖曹听到军令，调转马头不再向左，径直前进，敌军都在攻城，自己这十几骑在旷野奔驰，也不知道宋景休要让自己去哪里。再一细想，宋景休在城墙上看见战场全局，自己必须服从军令，奔出数百步，鼓声停歇，高敖曹停住战马，遥遥向城墙望去。

伏兵四起，弓箭巨石向下倾泻，河北五族人数众多，凭借城墙，顿时将攻城士卒射得人仰马翻，这将是一场旷日持久的守城战。战鼓再起，白虎战旗升起，高敖曹歇好战马，按照战鼓和旗帜指引向内回杀。以往梁军作战时，马佛念在城墙指挥，宋景休出城，按照战鼓和旌旗专挑敌军缝隙攻击，与城墙守军配合。马佛念不在了，宋景休记得战法，看出尔朱羽生军队薄弱之处，指挥高敖曹兜到敌军步兵和骑兵之间，战鼓再起，旗帜指向城内，高敖曹恍然大悟，这是庖丁解牛的打法。春秋时，庖丁为文惠君杀牛，技惊四座，庖丁释刀说：良庖岁更刀，割也，族庖月更刀，折也。今臣之刀十九年矣，所解数千牛矣，刀刃若新发于硎。彼节者有间，而刀刃者无厚；以无厚入有间，恢恢乎其游刃必有余地矣，是以十九年而刀刃若新发于硎。高敖曹顿时明白至高兵法，好厨师用刀割肉，每年换刀，普通厨师砍肉，每月换刀，刀刃极薄，牛骨有节，游刃有余，庖丁十九年杀了千牛，刀锋崭新。高敖曹以往作战生扛硬打，即便击败敌军，自己损失巨大。宋景休指挥自己在薄弱处穿梭，如同锋利的刀刃在敌军内部切割，毫无损伤，高敖曹精神大振，一心一意冲锋陷阵，对军令的厌烦烟消云散，举马槊学尔朱荣的口气大喊："兄弟们，咱们的骑兵到了步兵背后，他们完蛋了，杀！"

城墙守军击退敌军一轮轮冲击，高敖曹利用骑兵速度，扭住敌军。"杀！"宋景休突然下令，城墙上抛下数百绳索将士卒垂落，出城反击。

尔朱羽生本想利用孙白鹞赚开城门，却偷鸡不成蚀把米，他的头颅被挂在城头，攻城军队被骑兵片片切割。这样打下去损失惨重，绝攻不下信都，当机立断号令撤军。城中刚用绳索垂下五百人助战，尔朱羽生已经撤退，宋景休担心高敖曹吃亏，收兵回城，河北五族联军喧腾起来，他们第一次作战便取得胜利，对尔朱荣军队的惧怕一扫而空。

30 为其穿鼻

尔朱兆当日在高欢大营醉酒，第二天醒来发现高欢留下一封书信，拔营而走，他带着贺拔允等人返回营盘。不几日战报传来，尔朱羽生兵败信都，河北反叛再起，谁能领兵前往河北？他正在犹豫的时候，刘贵来到营中请求出兵："并肆频岁霜旱，降户掘黄鼠而食之，面无谷色，徒污人国土，请令就食山东，待温饱而处分之。"

尔朱兆想想也对，晋阳连年饥荒，不如让六镇人马去河北吃饭，众将纷纷附和，只有慕容绍宗口气坚决："四方扰扰，人怀异望，高公雄略又握大兵，将不可为。"

尔朱兆刚和高欢结拜，并不担心："我和贺六浑香火重誓，何所虑也？"

"亲兄弟尚尔难信，何论香火！"慕容绍宗秉言直谏，言语毫不客气，当初尔朱荣要发动河阴之变，他都敢当众反对，何况尔朱兆："大王可记得天柱大将军说过什么？"尔朱兆常在尔朱荣身边，也不知道是指哪句，慕容绍宗毫不客气："尔非其匹，终当为其穿鼻。"

尔朱荣前往洛阳前确实说过此话，尔朱兆当时屁都不敢放，慕容绍宗当众说出，尔朱兆脸面尽失，指着鼻子骂道："你和贺六浑有嫌隙，竟敢胡言乱语，抓起来关了！"回身对刘贵说道："告诉贺六浑，我和他义结金兰，绝不相疑，进军河北平灭冀州！"

信都城门大开，高乾和高敖曹全身缟素迎接李元忠的赵郡李氏人马，一支白旗白服的队伍出现在视野，高乾策马出城，拱手施礼："赵郡李氏赴援，感激莫名。"

两军会合，李元忠与高敖曹并行："为君报仇，义无反顾！"渤海高氏和封氏联手夺下冀州，李元忠精神振奋："尔朱荣精兵横扫天下，无可挡者，却在信都初尝败绩，我军士气大振！"高敖曹十几骑击败尔朱羽生，被称为当世项羽，他心里明白，宋景休用令旗和战鼓指挥，不折一人战胜敌军，更加坚定了他请枋头坞练兵的决心。李元忠入援信都，心中仍有顾虑："范阳卢文伟在何处？"

"他回幽州了。"范阳包含涿州和幽州，在冀州之北，古为督亢沃土，幽燕膏腴，卢文伟修督亢陂灌溉万顷良田，民赖其利，修立之功。葛荣在滏口被擒后，韩楼占据蓟城，卢文伟率领乡闾屯守范阳，协助侯渊击败韩楼，尔朱荣死后，卢文伟引诱侯渊出城打猎，闭门拒之，河北五门第一个起兵反抗，刘灵助败后，他返回幽州召集旧部，无法前来聚义。

未来难测，李元忠叹气来到校场，全军缟素，旗帜招展，声势浩大。唯独枋头坞与众不同，将士身披明光铠，乌黑长槊、环首刀、臂张弩，军中五色旗帜，宋景休立马军旗之下，单手提一柄战锤在白色海洋中十分显眼。卢文伟皱起眉头来到宋景休面前：

“为何不为皇帝服丧？”

宋景休不把元子攸当作皇帝，坚持使用青龙白虎的五色战旗，与其他军队不同，他策马进入卢文伟队列，撩开士卒孝服，铠甲形制不一，刀枪长短各异，弓兵、骑兵、步兵混杂：“乌合之众，如何抵御尔朱兆？”

李元忠带来五六千人马，声势浩大，枋头坞只有八百士卒，几乎被赵郡人马包围，他不知道宋景休带来了梁军老兵，将枋头坞当作三十六坞之一，没有放在心上：“古者三皇得道之统，立于中央，神与化游，以抚四方，天下无所归其功；五帝天法地，有言有令，天下太平。道德废，王者出，尚仁义；仁义废，伯者出，尚智力；智力废，战国出，尚谲诈；圣人知其不足以理，则用法；法不足以理，则用术；术不足以理，则用权；权不足以理，则用势；势用则大兼小，强吞弱。”李元忠是北方大族，口若悬河的吊书袋，大意是说三皇五帝靠道统和仁义道德得到天下，帝王用智谋和手段倚强凌弱，用大道理压过来：“我等举兵为天子吊丧伐罪，是天下道义，如果不为君主服丧，岂能服天下？”

宋景休懒得辩驳，不搭理李元忠，手猛推那名赵郡士卒，那人连退十几步，“扑通”摔倒在地，连连摇头：“渣渣兵，战都站不稳。”李元忠大怒推搡宋景休，手按在他的铠甲上冰凉入骨，哪里推得动？自己倒退好几步差点儿跌倒。宋景休走到高敖曹身边：“这些人没用，让他们回去吧。”

河北五族第一次会合大军，就被宋景休看扁，高乾着急起来：“坞主，我们击败尔朱羽生，尔朱兆绝不会坐视，定会派遣人马征讨，只怕军队不够，怎么能赶他们走？”

宋景休翻身上马，令旗翻滚，战鼓声声，下令道："不足成事，走！"言外之意是，如果不遣散冗兵，自己就退出联盟。高敖曹混迹于梁军，又在宋景休指挥下窥得绝妙兵法，问道："按照你的想法，当如何？"

战鼓已响，军令已下，梁兵竖起盾牌，士卒拔出环首刀列在四方，弩机爆响，压满弩箭后缩回，瞬间形成四个方阵，冲向校场四角。宋景休早看好地形，在梁兵保护下来到辕门，盾牌落地，长槊林立，弩机望山向内，食指勾起弩牙，梁军每人携带一百支弩箭，八万支足以杀伤大半。高乾、李元忠和封隆之没见过这等阵势，河北两万人兵将混杂，队列散乱，士卒手握盾牌、长槊、弓箭，到处乱冲，阵形都没排好，如果对方进攻就折损过半，人家全军撤出不难。片刻间，河北五族的两万乡兵被八百梁兵包围，宋景休高声断喝："高敖曹，你答应由我选兵练兵，竟敢出尔反尔？"

高敖曹对梁军佩服得五体投地，走上校场向封隆之和李元忠拱手："前几日我们击败尔朱羽生，全赖宋坞主指挥，我们请枋头坞练兵，也该让宋坞主选兵，是不是这个道理？"高敖曹刚击败尔朱羽生，正是心高气傲，如此听宋景休的话，出乎众人预料。

"元忠兄说了这么多大道理，三皇道统，五帝天法地，王者尚仁义，圣人用法度，能练出枋头坞这般人马吗？"高乾看出枋头坞的厉害，两万乡兵估计要被人家八百人干翻，不是乌合之众是什么？自己在葛荣面前都占不了便宜，对阵尔朱兆绝无侥幸："封兄，李兄，当年梁国关中侯凡三十二战，取四十七城，七千白袍纵横河洛，白马啸西风，绝非浪得虚名，选兵练兵，需听从宋兄弟。”

李元忠和封隆之不是不懂道理的人，梁军一动手便知绝非对手，封隆之命令众人放下兵器，走到宋景休面前一揖到地：“名师大将莫自牢，千军万马避白袍，难道宋将军竟是关中侯部将？封皮眼拙，有眼不识泰山，多有得罪！”封隆之本名封皮，字隆之。

李元忠来到封隆文身边：“老夫在宋将军面前饶舌，班门弄斧，惭愧！”

宋景休将校场当作战场，毫不客气：“既然来此地，便要考较力气、准头和骑术，不合格者带走，合格的交给高昂。”梁兵行动迅速，搭起选兵物料，高敖曹、东方老和呼延族在洛阳时曾经被考过，带头举起石锁，这次也不卖弄，轻举轻放给足宋景休面子，其他人自然没有异议，排队考较，不合格者引到城外集合，高乾、李元忠和封隆之互相苦笑。

31 啮臂三生

高欢得到尔朱兆准许，拔营出发，准备南下上党，再向东从滏口进军河北，这是当年尔朱荣灭葛荣的道路。为防止尔朱兆反悔，高欢大队人马匆匆离开晋阳，风疾马快，山川依旧，物是人非，不由得产生许多感慨。刚行数日，斥候传来消息：尔朱荣的妻子北乡长公主携带三百战马从洛阳前往晋阳。六镇镇兵大都是步兵，军中急缺战马，如果能够夺来三百匹战马，不无裨益，众将顿时起了贪婪之心。

高欢向来敬重北乡长公主，尔朱荣刚死就欺负寡女，实在下不了手，而且这里距离晋阳不远，尔朱兆得知必然勃然大怒，此时翻脸绝占不到好处。尉景和刘贵背着高欢，拦截北乡长公主，一口气把三百匹战马抢了。高欢连声责骂，要归还战马，来到马厩看见战马神骏，实在舍不得，命令刘贵归还三百匹劣马，连夜带着军队出发。北乡长公主到达晋阳哭诉，尔朱兆勃然大怒，知道错怪了慕容绍宗，把他释放出来，询问计策。慕容绍宗说道："大王莫急，贺六浑所部为步兵，犹掌中物也。"

尔朱兆率领骑兵翻山涉水，在太行西麓的襄垣追上高欢队伍。这座城建于春秋，当时秦国征伐赵国，赵襄子在甘水之北筑城抵御秦兵，故此称为襄垣。可惜晚来一步，天降大雨河水暴涨，冲坏桥梁，高欢渡过漳水，两军隔河对峙。六镇兵马多次被击败，缺乏粮草，毫无士气，怀朔镇人马还沉浸在为尔朱荣复仇的情绪之中，如何开战？高欢掀开帐帘，望着连天春雨，惆怅徘徊，翻身上马奔向漳水河边。

尔朱荣曾让尔朱兆和高欢义结金兰，尔朱兆以兄长称呼高欢，私下里很是不服，如今他冲昏头脑，大肆杀戮，连尔朱世隆等人都看不下去，尔朱兆才知道自己得罪了天下，唯有和高欢齐心协力才能对抗尔朱世隆等人，与他诚心结交。尔朱兆拿出当年灭葛荣的速度，追到漳水岸边，听说高欢到了对岸，上马来到河边斥责道："贺六浑，咱们刚刚结拜，同心同德，你若缺马，我岂能不给，为何夺走长公主马匹？"

慕容绍宗着急，双方已经决裂，何须饶舌？高欢隔水向尔朱兆拜倒："高乾和封隆之在信都举兵，吾所以借公主马，没有其他原因，只为与叛贼作战。"

这句话合情合理，尔朱兆懂得这个道理，慕容绍宗抢来话说："贺六浑多虑了，大王特来送行，请过河一叙。"

高欢哪里敢过河："大王亲自追赶，我不怕渡河受死，只怕六镇人马反叛。"

尔朱兆既然与高欢结拜，便没有杀心："既如此，我过河与你叙旧。"

慕容绍宗和高欢惊呆，这主意也就尔朱兆想得出来，两军隔河对垒，他真的假的？高欢不知如何作答，尔朱兆带着贴身骑兵从缓滩渡河。高欢命令拉起幕帐，备好胡床，奉上酒菜，尔朱兆策马过河，大咧咧走到幕下，猛然抽出战刀，将高欢众将吓了一跳，刀砍在桌上，尔朱兆的头颅伸向刀头："贺六浑，我和你结为兄弟，誓同生死，你带走六镇人马，抢了公主马匹，我仍然毫不怀疑。"高欢不知道如何回答，尔朱兆确是残暴，但是对尔朱荣的一片赤心苍天可鉴，结义之后交出六镇人马，派自己前往河北，不愧为一条真情真意的汉子。尔朱兆指着脖子："贺六浑，你若有反叛之心，引刀向这里砍。"

高欢逃往河北寻求根据地，不能翻脸，莫名感动，放声大哭："自天柱薨背，贺六浑更何所仰？唯愿大王千万岁，以申力用，他人对贺六浑构陷至此，大王何忍复出此言！"

尔朱兆将刀扔在地上，拉来一匹白马，这是中原礼仪。汉高祖刘邦年老后，诛杀韩信和彭越，燕王卢绾反叛，淮南王英布被流矢射伤，伤势时好时歹，当年同窗好友或死或叛，刘邦忧心如焚。吕后势力膨胀，刘邦不能容忍江山归属他人，为了江山长治久安，他选定黄道吉日，诏令文武大臣来到太庙，当着吕后和文武大臣，宰杀白马，滚热的马血倾入酒坛。刘邦举杯盟誓："此后非刘氏不得封王，非有功不得封侯，如违此约，天下共击之！"这就是有名的"白马之盟"。尔朱兆学刘邦斩杀白马，做足仪式，与高欢誓为兄弟，随后也不回营，留宿夜饮，预祝高欢灭河北叛乱，两军对垒变成了兄弟送行。酒至大醺，尔朱兆酩酊睡去，高欢走出帐外，见到尉景率领勇士藏在幕后："你做什么？"

"擒住尔朱兆，便能无虞。"尉景要向里面冲，高欢拉着几人向外，尉景挣扎说道："切勿一时之仁，害了这几万兄弟的性命。"

孙腾和刘贵都在帐外，显然不是尉景一人的主意，高欢解开外衣袒露臂膀，一口咬下，鲜血淋漓。古人歃血为盟，私约不能公行歃血，常以啮臂出血代替，这便是啮臂盟。“你干吗？男女私奔？”尉景疑惑不解，啮臂盟是古礼，到魏晋南北朝，变成男女相爱私订终身的礼仪，这就是啮臂三生，三生为佛家的前生、今生和来生，男女啮臂盟约，意味着相爱永不分离。

“你和尔朱兆啮臂三生？举案齐眉？”刘贵糊涂了。举案齐眉也有典故，东汉扶风人梁鸿在太学饱读群书，时值王莽乱世，他在上林苑放猪，失火蔓延到他人房屋，梁鸿把猪拿来赔偿，那家主人认为太少，梁鸿只好做工来抵。他从不懈怠，邻居们大为感动，称赞梁鸿忠厚老实，主人把猪还给梁鸿，梁鸿拒绝接受，返回家乡。当地望族仰慕梁鸿的节操和才华，要把女儿嫁给他。同县姓孟人家有个女儿名叫孟光，肥胖、黝黑，力气能举起石臼，年龄三十没有嫁出，说要嫁梁伯鸾那般的男人，父母又愁又烦。消息传到梁鸿耳中，他便向孟光下了聘书。出嫁那日，孟光的粗布衣服、草鞋、纺筐和搓绳被家人藏起，穿金戴银梳妆打扮。过门七天，梁鸿都不搭理，孟光跪下请求：“我被您嫌弃，哪敢不向您询问原因。”梁鸿回答：“我要穿粗布衣服，同到深山隐居的人，你居然穿着绮丽的绢绸衣服，涂脂抹粉，哪里是我要找的人？”孟光换上平常粗布衣服，梁鸿非常高兴，两人迁移到霸陵山中，耕织为业，咏诗书，弹琴以自娱。孟光做完晚饭，把食物托盘举到眉毛，这是举案齐眉的来历。魏晋南北朝私订终身时，男女常将啮臂三生和举案齐眉两个典故同用。刚才高欢和尔朱兆同坐盟誓，出帐啮臂，如同现代人烛光晚餐后拿出钻戒，谁都知道是求婚，不怪刘贵和尉景多想。

高欢扯着刘贵和尉景的耳朵，拉到更远处："如果杀他，尔朱氏必然奔归聚结，我们兵饥马瘦，不可相支，若他人崛起，为害滋甚，不如暂且放过他。尔朱兆虽然劲捷，凶狡无谋，不足图也。"尉景和刘贵心服口服，率领步兵连夜出发，高欢留下和尔朱兆周旋，回帐饮酒作乐，通宵达旦。

第二天尔朱兆酒醒，渡河返回营帐，派人召唤高欢过河，高欢打算赴约，被孙腾死死拉着衣角不让过河。使节返回，尔朱兆冲到岸边，隔漳水痛骂高欢不讲义气，他带领追兵太少，骂了半天，愤愤返回晋阳。高欢哪敢纠缠，快速率领军队进入太行山，在壶关大王山驻军六十天后，也不率兵东进，扬言讨灭信都，实则观望天下局势。不久，得到了高乾在信都击败尔朱羽生的消息，高欢叫来尔朱兆安插在身边的心腹亲信，一刀将其杀死，彻底断去军中内应，率领军队在春风里翻越太行山，直奔信都。

32 千古一帝

道武帝开国，为彰显华夏正统，设立郊社和太庙，太庙对内关乎皇统谱系，对外显示皇位的正统。魏国前期祭祀先祖胡汉杂糅，鲜卑旧俗居于主导地位，道武帝所立寝庙，云中和盛乐七帝之祀，明元帝所立东庙，脱胎于拓跋鲜卑旧俗。到了太武帝时期，仿效中原王朝旧制，出征获胜后在太庙举办凯旋仪式，即是行饮至礼：饮至策勋，告于宗庙。孝文帝太和十八年迁都洛阳，十月亲告太庙，奉迁神主，太庙位置在宗正寺之南，铜驼街东侧，与社稷呈现出左祖右社的格局。太和二十三年四月，宣武帝元恪登基，采纳彭城王元勰的谥议，上孝文帝谥号，庙号高祖，神主迁入太庙。于是，魏国太庙祭祀着太祖道武帝拓跋珪、世祖太武帝拓跋焘、高宗文成帝拓跋浚、显祖献文帝拓跋弘、高祖孝文帝拓跋宏、世宗宣武帝元恪和肃宗孝明帝元诩，这便是魏国的四祖三宗。祭祀按照中原礼节：三年一祫，五年一禘。

河阴之变爆发，孝庄帝元子攸以旁系入居大统，他死后，政权被尔朱世隆等人把控，太庙中并无他的神位，尔朱荣反而配祀道武帝，神位高高在上。夜半时分，大雨滂沱，太庙侧门悄悄打开，几个黑影进来点燃烛火。他们一一掀开斗篷，赫然是贺拔胜、孤独如愿和杨忠三人，贺拔胜居中向四祖三宗跪拜，最后取出元子攸的《临终诗》轻轻念出，似乎告知魏国先祖元子攸的凄惨命运。过了许久，太庙门打开，贺拔岳和宇文泰走了进来，也不和贺拔胜等人招呼，依次祭拜魏国先祖。

五个人终于围拢在烛火四周，贺拔胜和贺拔岳泪流满面，杨忠从来不知道两人与元子攸有这般深切的情感，想起元子攸临终的苦难，不由得惆怅。贺拔岳在太学时就认得元子攸，后来元子攸称帝之后更是往来密切。他终于停下泪水，向杨忠和独孤如愿问道："你们可知道，天子为何一定要杀死尔朱荣？"

元子攸此举十分冒险，独孤如愿答道："如果天子不杀天柱，天柱早晚都要篡位。"

"世人都以为天子为了皇位，才杀死天柱。"贺拔岳摇头叹气，元子攸即便被夺取皇位，也不会丢掉性命，不失为汉献帝，他坐下说道："天子此举并非为自己，而是为了天下人。"杨忠和独孤如愿并不懂这句话。贺拔岳抬头望向孝文帝的神位说道："这要从孝文帝说起，魏国之初并无三长，唯立宗主督护，百姓多隐冒，五十家为一户，人口被朝廷勋贵和宗主霸占，天子的外祖父李冲创立三长之制，五家立一邻长，五邻立一里长，五里立一党长，长取乡人强谨者，初立党里邻三长，定民户籍。太和十年，孝文帝推行三长制，百姓税负减少，不受宗主欺压，被天下人称颂。此后，孝文帝整顿吏治，推行俸禄，严惩贪污，当时汝阴王黩货聚敛，孝文帝召集大臣说：存亲则毁令，灭亲则明法。削除汝阴王封爵，以庶人归第，禁锢终身，孝文帝颁俸禄，贪赃满一匹绢布处死，他随即颁布均田令，地方守宰按照官职给予俸田，所授公田不准卖，离职时移交下任，从此官员再不敢欺压百姓。”

杨忠和独孤如愿并不懂得这些王朝旧事，却知道此后天下安宁，百姓丰衣足食。贺拔岳又说道：“孝文帝创建考课，励精求理，亲自考课，作为升迁罢黜的依据，任人取贤，不一味只看门第。他改革官制，议定百官秩品，从此天下肃然。”贺拔岳少时在洛阳太学，如数家珍：“孝文帝颁发均田令，不分胡汉，不分百姓和奴婢，都可以得到耕田和耕牛，露田种植谷物，不得买卖，七十岁时交还国家。桑田种植桑、榆、枣，不须交还国家，可以出卖多余，买进不足，对老少残疾鳏寡都给予照顾。他罢黜州、郡、县争收租税的混乱局面，租税只能由县级征收，禁止使用大斗、长尺和重秤。”

风调雨顺，百姓安乐，其实是托了孝文帝的福，贺拔胜极为钦佩孝文帝的人品：“孝文帝一生勤学，喜好读书手不释卷。亲政后日理万机，不辞辛劳，勤于为政。操劳于朝堂之中，奔波于疆场之上，十几年如一日。祭天地五郊，祀宗庙，常必躬临，不以寒暑为倦。尚书奏案多自审阅，百官大小无不留心，务于周洽，他常说：人君要处心公平，推诚待人，能做到这两点，胡越之人都可以亲如兄弟。”

贺拔岳接着说道：“孝文帝不计小过，宽以待人，左右进食，曾于食中得虫，又进汤误伤帝手，孝文帝一笑了之。外出巡游，官吏奏请修筑道路，孝文帝说：粗修桥梁，能通车马就行了，无须除草铲平。在淮南行军如在境内，禁止士卒踏伤粟稻，砍伐百姓树木以供军用，也留下绢布偿还。宫室非不得已不修，衣服破旧，洗补重穿，所用鞍勒仅铁木而已，从无金银。”

“去年灭元颢之后，天子告知宗庙之后，将我留下说：如果我不杀尔朱荣，我或可以为汉献帝，尔朱荣必尽废孝文帝之法，胡汉相杀，乱世将再次来到人间，这就是天子要杀掉尔朱荣的原因。”贺拔岳终于说道，杨忠这才明白元子攸和尔朱荣的理念之争，尔朱荣反对孝文帝迁都汉化，恢复胡人习俗，元子攸竭力反抗，这才导致了明光殿的刺杀。杨忠以往一心只有小家而无大国，不禁深思，关中侯北伐中原，进了洛阳才知道孝文帝胸襟宏大，不愧为千古一帝，只有民族融合，才能结束三百年的战乱和纷争。我却为了复仇，在云龙门擒住了元子攸交给尔朱兆，难道我错了吗？

贺拔岳、贺拔胜和独孤如愿并排下跪，向杨忠招手：“奴奴，你也来自武川，从小我们就相识，你父亲死后南下加入梁国军中，这是命数，你既然回来，咱们就是兄弟。如今尔朱氏暴虐，荼毒天下，我们一起起誓，为天子复仇，匡扶魏国社稷，再不让天下黎民百姓重新回到那个黑暗的世道！”

“可是我心中有愧，若不是我擒住天子，他或许能够逃走。”杨忠终于说出锥心之痛。“两军相争，各为其主，谁能未卜先知？天柱被杀时，我在尔朱天光军中，发誓为天柱复仇，也曾杀死杨侃等人。”贺拔岳一阵阵叹气。

“是啊，我们都曾在天柱大将军帐下，战无不胜，攻无不克，我在朝廷和天柱之间摇摆，随同郑先护讨伐尔朱仲远，又临阵投降，向西攻打洛阳，天子和天柱自相残杀，我们这些人也乱了方寸。”贺拔胜也曾摇摆不定，“可是天子被杀，尔朱兆暴虐洛阳，尔朱氏五胡王祸乱天下，我们才知道天子是对的，痛惜不已。”

“为了天子，为了社稷，为了天下，我们在太庙起誓，再不助纣为虐，誓要匡扶天下。”四人围成一圈，在太庙中解开臂膊，啮臂而盟。

第四章

信都起兵

天下，是天下人的天下

33 名士风流

高欢的军队到达滏口，倍加约束，纤毫之物不准侵犯，步行牵马路过麦田，害怕踩踏庄稼。滏水汤汤是熟悉的战场，当年葛荣为防止尔朱荣进入邺城，数十万军队散开箕张而行，尔朱荣潜行出山绕到葛荣背后，高欢在滏口山谷诱敌，表里合击阵擒葛荣。短短三年，物是人非，连斩名王的葛荣被押到洛阳处死，那个无敌统帅尔朱荣竟然丧生明光殿，前面变成了河北五族的曾经抵抗葛荣的乡兵。

斥候传来军情，前方出现敌军，高欢眺望远处，只有少量轻骑，河北五族当然知道葛荣战败的原因，绝不会散开战线野外决战，他们诱敌深入？高欢招来刘贵问道："粮草来了吗？"

刘贵极为愤恨："我们向相州刺史刘诞求粮，那厮根本不理。"

比起敌军，粮草最让高欢头疼，六镇镇兵散漫无纪律，刚归附高欢，一旦断绝粮草就会窝里反，拿什么打仗？形势与三年前大为不同，那时尔朱荣控制太行八陉，通过河阴之变控制朝廷，兵强马壮，如今高欢背后有尔朱兆，前面的翼州叛军飘忽不定，这一仗毫无把握，不管怎样先打了这一仗："列阵！"

一辆两马驾驭的露车出现在谷口，没有顶盖，看不见马夫，只有一面旗子迎风招展，上面写着“赵郡李”三个大字。高欢众将面面相觑，荒山野岭中的露车没有帷盖，上无巾盖，四旁无帷裳，是百姓家中载物所用，实在太过诡异。马车上有可燃之物，到阵前点火？士卒准备上前拦截。乐曲响起，忽而泉水叮咚，忽而银瓶乍破，与清晨鸟鸣相和，一人从露车中坐起，褒衣博带如同神仙，双手纷飞弹完一曲，拿出浊酒饮干，高欢士卒吞下口水。那人晃晃悠悠从露车站起，正是赵郡宗主李元忠，他父亲是河南太守赵郡李显甫，他继承父业，当时叛乱四起，清河五百士卒被葛荣击败，投奔赵郡李氏。李元忠率领宗族结垒自保，亲自坐在大槲树下斩首三百多名违令士卒，军纪森严，多次击败葛荣。葛荣被尔朱荣击败后，他被封为赵郡太守，成日喝酒，并无政绩。听说高欢出兵河北的消息，与高乾等人商议，来到军前拱手说道：“赵郡李元忠，拜见高仪同！”

仪同三司始于东汉，指的是与太尉、司徒和司空的同等礼仪，魏晋时将领开府设置官员称为开府仪同三司。河阴之变以来，朝廷动辄大赦，连升数级，高欢屡次升迁，职位达到仪同三司，但谁也不当真，没人这么称呼，李元忠的官职为赵郡太守，职务并不低，似乎甘愿成为高欢下属。河北五族中，赵郡李氏拥有最多百姓，他来投降绝对是好事，或许可以解决粮草的危机。高欢上前问道：“赵郡守，所来何为？”

李元忠恭敬施礼，自顾自端起浊酒：“特来请高仪同起兵。”

众将震惊，高欢为平冀州叛乱而来，李元忠竟敢孤身露车，弹琴、饮酒轻飘飘来劝高欢造反。李元忠下车，命令随从酌酒擘脯，取筝鼓之，长歌慷慨，请高欢坐下喝酒、吃肉、弹筝、击鼓、唱歌。

高欢极有耐心地静静听完，李元忠放下鼓筝说道："天下形势可见，明公犹事尔朱邪？"

高欢哪能轻易吐露心声？故意说道："我潦倒之时投奔秀容，富贵都是大将军所赐，岂敢不尽节！"

"明公重情重义，却不是英雄也！"李元忠十分胆大，毫无忌讳。

高欢也不恼怒，向身边说道："赵郡守醉了，扶他休息去吧。"李元忠不肯起，仍自高歌。孙腾伏身在高欢耳边："这人好像神仙一般，应上天派来，不可违也。"

"哇"的一声，李元忠歌罢慷慨流涕，述说元子攸被缢杀经过，高欢等人悲不自胜。李元忠擦去眼泪跪倒："殷州虽然弱小，不足济大事，只要殷州归于大王，冀州高乾兄弟必然奉迎，沧州、瀛州、幽州和定州自然弭服，大王便有河北六州，邺城的刘诞或当乖拒，绝非大王之敌。"李元忠起身坐在露车上，"如果高仪同不举兵，我便去寻其他人举起义旗。"

高欢第一次见到河北高门，大名士风范真是有趣："举义旗的人容易找，你这样的人不可遇。"

李元忠放荡不羁，双脚垂在露车："既然难遇，我就留下，免得高仪同遇不到。"高欢大笑，李元忠没有敌意，用袖子擦干净酒斛斟满，送到高欢面前："千里送酒，高仪同难道不喝一杯吗？"

这杯酒有化敌为友的含义，高欢一口喝干，脸色一板："郡守，我奉朝廷之命前来平叛，你既来效力，归入营中！"高欢模棱两可，坚持平叛又不与他为敌，李元忠拱手道谢，仿佛胸有成竹。刘贵最担心军粮，问李元忠："饿着肚子，如何造反？"

尉景看不上河北五族的战力："你打的好算盘，我们凭什么造反？"高欢这支军队出自尔朱荣旗下，成分混杂，鲜卑、汉、匈奴、高车、氐人、羌人混在一起，尔朱荣虽然被杀，精兵还在，谁敢拦在他们阵前？尽管尔朱兆等人尽失人心，高欢军中缺粮，六镇人马没有整编和训练，仓促间绝对比不上尔朱荣的百战强兵，没有必胜信心，万般不情愿和尔朱兆翻脸："李元忠，休想摇唇鼓舌就想让我们起兵造反，押起来！"

李元忠伸出双手做出让人捆绑的样子，高欢摆摆手，带李元忠出了滏口，向南便是掌握在相州刺史刘诞手中的邺城，向北的信都被高乾和封隆之占领。向南可以向刘诞求粮，向北就与河北五族开战，高欢正在犹豫，斥候来报军情，前方又有人马。他唤来李元忠："郡守，他们是什么人？"

李元忠穿着常服，在披挂铠甲的军士中十分明显："冀州人马。"

"列阵！"孙腾下了军令，对面士兵不多，敢来挑战，想必埋伏了人马。

骑兵队伍渐渐接近，为首两人在百米外翻身下马，走近战阵，远远大喊："高乾、封子绘求见高仪同。"高乾是冀州起兵的谋主，高欢等人不知道封子绘是谁，李元忠说道："子绘是封隆之长子。"

孙腾在洛阳见过高乾，向高欢点头，高乾和封隆之是信都起兵的谋主，他们前来无异于受降，仗是不用打了。高欢策马出阵："高大使，远道来迎，贺六浑感激万分。"

高乾被元子攸封为河北大使，言语间仍然忠于元子攸，自称贺六浑又表明隶属于六镇，与河北五族泾渭分明。高乾下马参拜：“天子蒙难，尔朱氏残暴叛逆，人神共愤，谁不想奋起讨伐！大王威德素著，天下倾心，若能兴兵，尔朱氏不足以与您抗衡。”

高乾改口称呼大王，有认主之意。高欢下马扶起高乾，转身命令：“扎营！”

高欢要平冀州叛乱，可是李元忠、高乾和封子绘来到军营，劝高欢举兵反抗尔朱氏，众将不知道何去何从。当晚高欢招来众将与李元忠、高乾和封子绘饮酒商议，他的将领却没有一人敢答应造反。如今春季缺粮，孙腾不客气问道：“若要造反，可有粮草？”

高乾举起酒杯：“冀州虽然狭小，人口不下十万，赋税足够接济军资。”

“哼，胆敢欺我！拿下，解往晋阳。”高欢突然翻脸，一拍几案，只要擒了高乾、李元忠和封子绘，河北叛乱就算平了一半。众将都在摇摆，如果将高乾等人送到晋阳，就无法得到殷州和冀州的粮草补给。

“我诚心诚意，何处欺瞒大王？”李元忠很镇静，高欢不可能不对粮草动心。

高欢饮了杯中酒，板起脸来：“高敖曹为何不来见我？”高敖曹在北中城大展神威，又率领十几名骑兵击败尔朱羽生，马槊绝世，左右无不一当百，是高欢最忌惮的对手。

“他正在为大王四处攻略。”高乾有难言之隐，高敖曹不愿归降，却说服不了众人，干脆带着军队去枋头坞练兵，有时四处出击，名为练兵，实际上是夺取城池和给养。他迅速从袍袖中抽出一匣，举过头顶：“备有一物，进奉大王。”

高欢打开木匣，书籍上面写着“谱牒”两字，左侧有渤海高氏四个小篆。高欢小时候常听酒鬼父亲念叨，自家身出渤海高氏，六世祖高隐为晋朝玄菟太守，统领鲜卑地域，三世祖高湖在后燕为官，归顺魏国被封为右将军，祖父高谧是官拜侍御史，坐法徙居怀朔镇，父亲高树生性率直，家世没落。高欢母亲韩期姬难产去世，他由姐姐高娄斤和姐夫尉景抚养长大，没有汉人习俗，常常疑惑，自己到底是不是汉人。尔朱荣当初也有疑虑，将高欢弃置在秀容草原牧马，后来尉景证实高树生酒后胡言，高欢并非汉人，让他统军，高欢才在河阴之变和滏口之战中崛起。高欢打开族谱，一行行古老的笔墨映入眼帘。

姜太公六世孙文公赤生公子高，孙傒为齐上卿，与管仲合诸侯有功。桓公命傒以王父字为氏，食采于卢，谥曰敬仲，世为上卿。敬仲生庄子虎，虎生倾子，倾子生宣子固，固生厚，厚生子丽，子丽生止，奔燕。十世孙量为宋司城，后入楚。十世孙洪，后汉渤海太守，因居渤海蓨县，渤海高氏由此发轫，繁衍不息。

高欢头一次看到渤海高氏族谱，这个古老家族竟然出自姜子牙，经历春秋战国在后汉时定居渤海，密密麻麻记述着姓名和事迹，他连翻几页，进入魏国时代：

洪四世孙褒字宣仁，太子太傅。褒孙承字文休，国子祭酒、东莞太守；生延，字庆寿，汉中太守；延生纳，字孝才，魏尚书郎、东莞太守；纳生达，字世达，吏部郎中、江夏太守；四子约、乂、隐、汉。

高欢眼光一跳，熟悉的名字出现：隐，晋玄菟太守；生庆，北燕太子詹事、司空。这便是父亲口中提到的六世祖，他从渤海迁至幽州，儿子高庆，孙子高泰和曾孙高湖三世仕于北燕，北燕和魏国争雄之时，高湖率领族人三千户投奔北魏，居于东阿镇，被封为镇西将军。高湖三子高谧官至侍御史，后来被发配到怀朔镇，高谧生高树生，便是高欢父亲，再横向看去，高乾与父亲平辈，是自己叔辈。高欢握紧谱牒，即便自己是渤海高氏，他绝不会因此造反。尉景凑过来看了半晌，抬头看着高乾，半晌后喃喃说道："我见过你。"

高乾微笑拱手："侄女婿，可记得当年一车粮食？"当年高欢父亲落魄，曾向同宗求助，高乾被父亲派往怀朔镇探望送粮，将流落到塞外这一支计入族谱，二十多年过去，尉景早已忘记高乾，却记得那车粮食，这下再无怀疑。如今与尔朱兆闹翻，军中缺粮，李元忠、高乾和封子绘亲自来到军营，承诺举州供养军队，高欢终于下了决心，起身施礼："高欢拜见叔父！"向后喊道，"高澄，拜见叔爷爷！"

一个十岁左右男孩从帐后走出，襄美姿容，从容弘雅，正是高欢和娄昭君的长子高澄，他恭恭敬敬趴在地上三拜，礼节十足，似模似样："高澄拜见叔爷爷！"

高欢向高乾等人拱手："几位长途跋涉，请早些休息，且容我等商议。"

高乾、李元忠和封子绘忐忑不安离开营帐，高欢让儿子在身边坐下，现在军队驻扎滏口，向南前往邺城，刘诞是尔朱氏的死党，向北是信都，高乾等人力邀自己前往驻扎，便是走出反叛尔朱兆的一步："高乾、李元忠和封子绘大家都见过了，何去何从，诸位说说。”见众人都不说话，高欢向左一指，要求按顺序说话，“尉景，你先说。”

尉景是高欢姐夫，当然为自家考虑，挠挠头说道：“尔朱兆在洛阳把坏事儿做绝，又和尔朱世隆等人内讧，天下人恨不得食其肉，饮其血，跟着他早晚受牵连。而且咱们夺了长公主的战马，杀死了他在军中的亲信，和他尿不到一个壶里。”

刘贵早年和高欢交好，引荐他投奔尔朱荣，立场摇摆：“乱世中唯强是举，如今尔朱兆为颍川王，尔朱仲远为彭城王，尔朱天光为陇西王，尔朱世隆为乐平王，尔朱度律为常山王，占领天下要冲，以天柱大将军的强兵镇天下，谁人能敌？如果造反，天子便是下场！不如将高乾等人解送晋阳，与尔朱兆暂时和好。”

几人立场反复，想法总在变化，要么前往邺城，要么前往信都，必须拿个准主意。孙腾年纪最长，又是高欢长史，斟字酌句说道：“河北五族之中唯一可战者便是高敖曹，如果将高乾等人押送晋阳，不但得不到冀州粮草，高敖曹必然找我们拼命，不如养寇自肥，观望天下局势。”

帐中五人想法各异，高欢难以决断：“只能坐山观虎斗了。”听见高澄哼了一声，好像有话要说，他跪坐榻上双手平放双腿，如同大人一般，不禁惊异。他只是十岁孩子，高欢并没有搭理他，扶案站起：“歇息吧，明天再做定夺。”

刘贵等人站起，高澄依然不动，目不斜视：“父亲大人说按顺序讲话，为何到我就跳过去？”高欢向来溺爱高澄，笑哈哈说道：“你才十岁，军国大事你懂什么？”

高澄端起酒壶，双手举起喝掉，与大人姿势无异：“父亲大人，只知其一不知其二。”

高欢盘腿坐下，仍比儿子高出一头：“你说说，我知道哪个一，不知道哪个二。”

高澄目视前方，不理父亲调笑：“你们只看到我军左右为难，这是一，没看到其他人的心思，这是二。”刘贵、尉景和孙腾诧异，这个十岁小孩子在他们眼前长大，还能说出这样的话，都围拢过来。“尔朱兆效法天柱大将军，招长广王元晔为婿，扶立为帝，尔朱世隆等人废元晔，降为东海王，与尔朱兆分庭抗礼，河北五族举兵为天子复仇，与尔朱兆和尔朱世隆势同水火，不共戴天。”高澄说清天下局面，小大人一般继续说道，“父亲东出太行山，牵动天下局势，三方势力尽心拉拢。”高澄所说让孙腾等人思路大开，高欢得意非常，恨不得将儿子抱在怀里。高澄不慌不忙继续说：“既然要拉拢，就要给咱们好处，故此尔朱世隆册封父亲大人仪同三司，除了五胡王，便是父亲大人官职最为显赫，这是名望，一旦天下有变，父亲名正言顺号令天下！尔朱兆与父亲大人结拜也为拉拢，将六镇人马交出，这是人马！高乾、李元忠和封子绘也来拉拢，用冀州和殷州供养我军，这是粮草。如果将高乾等人交给尔朱兆，便得不到冀州、殷州的粮草，如果和高乾造反，便得不到尔朱世隆的名望和尔朱兆的人马，岂是上策？”

高欢大惊，儿子竟有如此深谋远虑，四人围拢高澄身边求教。高澄说道：“既然都给我们好处，当然不能打人家的脸，笑呵呵照单全收，不拒绝，不负责，虚与委蛇，积蓄实力，待时变，猎天下！既然冀州要给咱们粮草，咱们为何不要？但是我们也不用起兵造反，与尔朱氏为敌，只需养兵肥马。”

高欢欣喜异常，自己后继有人，有心让他多说：“总要有所打算，终究何去何从？”

高澄举杯，高欢四人忙不迭举起酒杯。高澄说道：“在尔朱氏，父亲大人始终为臣，河北五族奉父亲大人为主，您想为臣子还是想为主人？”

这句话说到关键处，在尔朱氏那边，高欢的官爵远在尔朱世隆、尔朱兆、尔朱度律、尔朱仲远和尔朱天光之下，略与贺拔胜和贺拔岳齐平。众人再惊，这个十岁小孩儿看出了高欢的雄霸之心，简直不得了。刘贵忍不住说道：“冀州、殷州愿意供养大军，高敖曹不愿意归降，不是一心一意奉你父亲为主。”

高澄放下酒杯躬身作揖：“父亲大人，我请为使节，说服高敖曹。”

“胡闹，不行，我这个做舅舅的不答应！”尉景担心高澄，一个十岁的孩子绝不能冒这样的风险。

“高敖曹是燕赵大侠，可会杀我这个孩子？”高澄小大人一般抬头说道，“我去，反而凶险最小，你们去了，说不准就被他砍了脑袋。”

34 少年说客

宋景休被救到枋头坞，万念俱灰，刘离不离不弃，每天照顾他吃饭洗漱，宋景休渐渐适应，失去一只臂膀在战乱之时极为常见，并不影响过日子。他很快就抱了个胖小子，嘴角渐渐有了笑容，和小猴子取得联系后，到处寻找流散各地的梁兵，后来干脆派人将父母从梁国接来，共享天伦之乐。葛荣平定之后河北安定，土匪山贼也不敢来打坞壁的主意，枋头坞越发兴盛，去年是好年头，仓廪充实，今年春耕之后庄稼长势喜人。陈庆之兵败将近两年，来到坞壁的梁兵越来越少，最近几个月再也找不到失落的梁军兄弟。宋景休就在坞壁议事厅为百姓排解纠纷，无非丢鸡走狗、薄田厚地之争，他向来公正，博得百姓的拥戴。天下大乱，唯强是举，枋头坞管辖数百村寨，人口以十万计，便有好事者要奏请朝廷，要求册封宋景休为刺史，被他拒绝，村民还要劝进的时候，京城洛阳传来消息，尔朱兆攻破洛阳，元子攸被擒往晋阳杀死。众人猛然惊醒，天下又要乱了，枋头坞开始采购存储粮食，以备战争。安静而富足的时光不到两年。

河北五族在冀州起兵，宋景休答应练兵，他从信都精选三千冀州士兵进驻枋头坞，在校场中日日操练，空气中都传来金铁格挡的味道。高敖曹对于练兵十分上心，他见识过梁军作战本事，顶盔掼甲和士兵一起操练，将冀州事情交给高乾和封隆之。让他大惑不解的是，宋景休只练野战，这和他想法不同。于是找到宋景休请教："坞主，什么时候练习守城？"

"不守！"宋景休抱着儿子吃着大饼，他吃饭习惯已经改了，每天都是面食。

在高敖曹想象中，尔朱兆定然派兵攻打冀州，就应该拿出梁军最拿手的守城本领，凭借坚城周旋。宋景休不愿多说，高敖曹浑身难受，但是三千冀州士卒军纪肃整，再也不是过往的乌合之众，只好陪着他喝酒，想办法打听。这一天斥候冲入枋头坞，向高敖曹禀报："报，晋州刺史高欢到达滏口！"

高敖曹从榻上弹起，命令整兵，准备离开枋头坞防卫信都。斥候躬身说道："大都督请你继续练兵，李郡守、高大哥和封子绘前往迎接了。"高敖曹摸不着头脑，除了范阳卢文伟正在北边作战，渤海高氏和赵郡李氏宗主都去了滏口，封隆之将世子送去，等于临阵投降，便向宋景休说道："练兵之事拜托坞主，我回一趟冀州。"

门外响起一个孩童声音："叔爷爷在上，高澄拜见！"

一个男童穿着不太合身的官服，进入议事堂向高敖曹跪倒，以长辈之礼参拜。高敖曹不知道这是何人，绕到一边问道："小娃娃起来说话，你是谁？"

高澄伏地不起："侄儿七世祖为晋玄菟太守，四世祖在后燕为官，归顺魏国为右将军，曾祖高谧官拜侍御史，徙居怀朔镇，特来认祖归宗。"突然跳出一个认祖归宗的小孩儿，高敖曹措手不及，他口中的七世祖便是晋玄菟太守高隐，比自己低了两辈儿，高谧也在族谱中有录，确有被贬到怀朔镇的说法。

“别以为叫了爷爷就万事大吉。”高敖曹将高澄拎起来，看他五官清秀，不像凶神恶煞的塞外之人。

高澄在空中做足大礼：“祖父家道中落，祖母难产离世，我父亲从小寄养在姐夫家中。”

“你是高欢的儿子？”高敖曹明白了，高澄名为认祖归宗，实际上来做说客，“看我这就杀回冀州，打得你爹爹片甲不留。”半是恐吓半是认真。

“请先杀死您的族孙。”高澄奋力挣脱跪倒，高敖曹行走江湖时绝不欺侮女人孩童，这孩子即便是说客，罪不至死，而且高乾、封隆之和李元忠还在高欢营中，于情于理都不能真的杀他。他向宋景休拱手告辞，带着亲信策马离开枋头坞，向冀州奔驰。

春秋时戎狄纵横河北，冀州属于白狄的鲜虞国，被晋国所灭，战国时改属赵国。秦始皇统一中国实行郡县制，划天下为三十六郡，冀州成为巨鹿郡一部，治所设在信都。高敖曹从枋头坞向北经过邺城来到冀州地界，从元仲宗手里夺得冀州只有几个月，竟然交给高欢，高敖曹愤愤不平。信都城外的军营全是六镇旗号，更让他怒发冲冠，六镇人马在鲜于修礼、杜洛周和葛荣旗下到处劫掠，搞得燕赵大地乌烟瘴气，他们又卷土重来，那么多人的鲜血白流了吗？高敖曹鼻子都气歪了，开门揖盗！

守城士卒认出高敖曹，打开城门，他飞驰而入，城内秩序井然，显然高欢军队对百姓秋毫无犯。高敖曹奔到府邸，从马鞍上拿出一包衣物夹在腋下走入正厅，看见高乾、李元忠和封隆之三人正在议事，便将衣物扔出：“大哥，我带了些衣物，不妨穿上。”包裹落地散乱一地女人衣物。高敖曹愤然，“穿着这些向尔朱兆投降，他不会杀你！”

一位女子从后室走出接来衣物：“高敖曹，你又抢了哪家女子，夺了人家衣物？”一物降一物，高敖曹浑身哆嗦：“嫂子，我抢您一次，已是命中大忌，再不敢了。”此人正是博陵崔氏崔圣念的女儿，当初高乾求婚被拒，高敖曹当晚劫来，让她和高乾野合，没想到她变成了嫂子，夫妻恩爱。高敖曹抬头不见低头见，如同老鼠见了猫。

“我们为天子复仇而举兵，高欢愤恨尔朱兆弑杀先帝，也要为先帝复仇。”李元忠的回答无懈可击，当初高欢确实劝说尔朱兆不要杀死元子攸，还曾经出兵拦截。

“坐下。”高乾命令高敖曹，劝走妻子，向高敖曹说道，“尔朱羽生攻下殷州，高欢进驻信都得到粮草补给，却按兵不动，不与尔朱兆决裂，我们正在商议对策。”

殷州治广阿、赵郡、钜鹿三郡，是李元忠的大本营，他坐立不安，叹气说道：“如果高欢和尔朱羽生合兵，夺取冀州易如反掌。”

封隆之猜到了高欢的图谋，六镇军民畏惧尔朱荣的军队，不愿意为河北百姓开战：“高欢姜太公钓鱼，愿者上钩，他坐地起价，好处源源不绝，怎会冒险造反？”

高敖曹见嫂子走了，威风地拍案而起：“何须如此啰唆？去打殷州，看高欢如何？”高乾眼前一亮，这不失为逼迫高欢起兵的法子，可是尔朱羽生连败刘灵助和李元忠，兵势强盛，击败他谈何容易。高敖曹学了陈庆之兵法，深通奇正之兵：“我最近想通了一件事，我以往总要弃武功学兵法，这次在枋头坞，宋景休说我其实学兵法，不一定要弃武功。”宋景休在信都城看了高敖曹率领十几名骑兵在敌军阵前穿插，很有感悟。这句话却与高乾等人商议的不是一件事，高乾很有耐性，问道：“所以，你打算？”

“兵法堂堂为正，武功暗伏为奇。”高敖曹又开始说起了兵法，让李元忠等人皱眉，他忽然说道，“刺杀！郡守攻打殷州，我和大哥佯作投降，轻骑进城砍了尔朱羽生，万事大吉！”

封隆之没见过高敖曹在北中城大展雄风，连连摇头：“这是战场不是江湖，岂能儿戏？”

高乾沉思许久，高敖曹武功高绝或许能够成功：“不入虎穴焉得虎子，若非如此，怎样迫使高欢起兵？”

35 刺客信条

殷州城外出现一支队伍，有两三万人，正是李元忠率领的赵郡乡兵，他们被宋景休淘汰，重新归于李元忠统领，家乡都在赵郡，被尔朱羽生逐出，都想夺回故乡。殷州城的斥候从高处奔出，飞奔向内禀报。尔朱羽生本想利用孙白鹞骗开信都城门，偷鸡不成蚀把米，反被高敖曹冲出城门，被打了一个措手不及。他秣马厉兵还要再次攻打，听说高欢率领六镇人马到了信都，不知道是敌是友，按兵不动。今天，李元忠挥兵来攻打殷州，尔朱羽生哪里能够忍住，当即命令：“出城迎战！”

又一名传令兵冲进来禀报：“报，高乾和高敖曹兄弟求见！”尔朱羽生摸不着头脑，高氏兄弟举兵要为元子攸复仇，是自己死敌，竟敢来到殷州？那名传令兵歇了一口气说：“说是奉高仪同之命，前来传信。”

高乾和高敖曹代表高欢与自己讲和，面子不能不给：“传他们进来。”而且他们寥寥几人在殷州城中能掀起什么风浪？不多时数匹战马驰入，几人翻身下马，高乾进来施礼，身后跟着三人，高敖曹龙行虎姿，东方老飘逸瘦高，仙风道骨，呼延族如同黑黝黝铁塔一般。尔朱羽生身边上百卫兵，并不惧怕，威风凛凛说道：

“你们不是要为元子攸报仇吗？来我这里做什么？”

高乾双手奉上书信：“冀州归降高仪同，他命我向刺史请罪。”

尔朱羽生将书信丢在一边，指着高乾鼻子骂道：“李元忠攻打冀州，你来请罪？你们是演戏吗？谁不知道你和李元忠蛇鼠一窝！”

高乾打着高欢旗号，并不担心：“高仪同就在城外，刺史不妨亲自和他说话！”

“走！”尔朱羽生与高欢有旧，高欢平定冀州也是好事儿，率领近卫向城门奔驰，尔朱羽生登上城墙问道：“贺六浑在哪里？”

“我指给刺史看！”高敖曹向前，被几名卫兵挡住，猛然抽出佩刀，肩膀横撞，将一名卫兵撞下城墙。呼延族取出战锤，一手一只向前猛冲，若论战场结阵厮杀，他的确比不过梁军，单打独斗却远远超出，抡起来虎虎生风，将甬道的敌军砸得七零八落。东方老腾空而起，大鸟一般跃上城墙，将守军弓箭手一一踢落。尔朱羽生的护卫拥来，用盾牌挡在面前，尔朱羽生狂叫：“高乾，竟敢行刺！”

“借你人头一用！”东方老蹿上城楼，凌空一跃，如同苍鹰向尔朱羽生头顶落下，长剑化成一道光柱，卫兵们纷纷举起盾牌遮挡，呼延族抡起战锤，十数根长槊飞出天际，高敖曹从呼延族头顶越过，战刀直向尔朱羽生脖颈。三人都是绝顶高手，配合默契，突然出手，猝不及防。“叮当”一声，尔朱羽生的长刀碰飞，高敖曹刀锋闪过，血光崩裂，头颅已握在高敖曹手中！

“走！”高敖曹扯来吊索，呼延族和东方老夹起高乾各拉一根，从城墙飞驰而下。高敖曹呼啸一声，四匹战马飞奔而来，他向城墙喊道："借尔朱羽生头颅一用，三日之内必当原物归还，有借有还，再借不难，这是本人的刺客信条，绝不食言，告辞！"高敖曹找回当年北中城大战的感觉，热血沸腾向李元忠军营奔去。高敖曹心头豁然敞亮，陈庆之兵书中说：齐以技击强，魏以武卒奋，秦以锐士胜，齐之技击是亡国之兵，魏之武卒是危国之兵，秦之锐士是干赏蹈利之兵。故齐之技击不可遇魏之武卒，魏之武卒不可敌秦之锐士。他曾经发誓放弃武功，修习兵法，遭遇无数的挫折，其实武功在战场也可以大放光芒，他要练出一支拥有齐国技击，魏武卒奋和秦国锐士的纪律的军队。

高欢左右逢源终于到了尽头，他的官职不可能与尔朱世隆等人齐平，名望已经到达顶峰。尔朱兆的六镇人马和河北地盘已经到手，还夺了北乡长公主的三百匹战马，好处已经占尽。河北五族将冀州交给自己，打开粮仓和自己共用。天下没有只占便宜的好事儿，拿了人家的好处便要付出代价，否则就要加倍吐出来，这是高欢绝不愿意放弃的。

高欢的心思没有对任何人讲过，却被十岁的高澄一语道破，在尔朱始终为臣，在河北则为主，雄霸天下！他立场早已决定，封隆之、李元忠、高乾、高敖曹、崔彦珍、卢文伟只是自己争夺天下的棋子，既然争夺天下，便要获得民心，葛荣四处劫掠，燕赵大地遍地坞壁，处处烽烟，只有和燕赵豪杰结盟，才能与尔朱氏一战。高欢想起了刘秀来到河北时，到处都是反叛，真定郭氏实力雄厚，郭圣通母亲是真定恭王刘普之女，尽管刘秀心里爱着阴丽华，为了拉拢真定王和河北郭氏，迎娶郭圣通。还有少年英雄耿弇，刘秀数次召见并加恩慰，耿弇说渔阳太守彭宠是您同乡，上谷太守是我父亲，两郡人马有万骑之众，夺回邯郸不难。耿弇劝说父亲归附刘秀，约渔阳太守彭宠发兵支援，耿弇率领两郡人马攻取二十二县，在广阿追上刘秀，助他夺取邯郸，东征西讨立下汗马功劳。刘秀和葛荣都在河北，权谋和胸怀却是一个天上一个地下。高欢还有什么犹豫，当然不会像葛荣那般劫掠，而要像刘秀那样拉拢燕赵豪杰，若苍天有幸，赐我耿弇！

高欢仍然难以决断，他面对的是尔朱荣遗留的战无不克，攻无不胜的强兵，尔朱世隆、尔朱兆、尔朱天光、尔朱度律和尔朱仲远占据洛阳、晋阳、长安和徐州四座重镇，邺城也在他们的控制之下，能够击败这么强悍的军队吗？而且六镇军心不牢，屡叛屡败，已是丧家之犬，整日鸡鸣狗盗，没有雄霸天下的志向，约束他们不去抢掠已经很难，驱使他们造反难上加难，怎样让他们心甘情愿举起义旗？高欢成天被这些苦恼困扰，找不到良策。外面喧哗，令兵冲进高欢营帐跪倒：“禀报，高乾和高敖曹求见！”

36 出征之计

高敖曹斩杀尔朱羽生，军队无主，李元忠挥军攻城夺回殷州。尔朱羽生是尔朱荣的表叔，这意味着与尔朱氏的彻底决裂，只有逼迫高欢起兵才能共抗强敌。高敖曹解下尔朱羽生的人头挂在马鞍，飞奔信都，径直前往六镇兵营，先找到高澄，这小孩子绝非普通。高澄听了殷州战局，拎起尔朱羽生人头来到帅帐，向里一抛："爹爹，事已至此，你当如何？"

高欢从帐中走出，长头高颧，齿白如玉，少有人杰之表，目有精光，看一眼高敖曹，弯腰捡起人头，大惊失色，他杀了尔朱羽生！尔朱世隆和尔朱兆哪会善罢甘休？必然出兵河北找自己算账，叹气一声："今日反决矣！"遂走到高敖曹身边："当日在北中城，高将军大展神威，本人十分钦佩。"

孙腾等人来到帅帐，看到尔朱羽生人头，倒吸冷气，如同天塌下来一般。尉景急吼吼抓住高敖曹："你竟敢杀了尔朱羽生！"高欢摆手劝住尉景，出帅帐来到六镇军营，他们流离失所多年，曾在河北烧杀，直到冀州百姓送粮、送肉、送酒，丰衣足食。

高欢问寒问暖，聚集镇民。高乾走向高处："六镇兄弟们，诸位都是良家子弟，祖先镇守边镇，高仪同出自渤海高氏，祖先迁徙到六镇，与我们渤海高氏系出同源，如今大家到冀州做客，去年丰收，我们还有多粮，转眼庄稼成熟，只要我们有一口吃的，绝不让诸位挨饿。”

高欢用鲜卑话重复一遍，六镇众人轰然叫好。高乾指着军营旁边的空地，那边整整齐齐盖好房舍：“听说你们来冀州，我们立誓不与你们交战，前几年战乱，土地荒芜，何不比邻而居，相亲相爱，为何要在战场上厮杀？老幼妇孺都可居住，还单着的兄弟，非常抱歉，你们还得住军营，以后娶了媳妇儿，自然有你们的房子，走，我带大家去看看。”

六镇军民早已看到房舍，以为是将官所住，没想到要分给自己，欢天喜地去看房子，无不称赞。一个粗壮的年轻人挤出人群，正是曾在滏口战场保护高欢的铁慢熊：“高乾老儿不厚道，为啥没媳妇的就没有，多造些便是！”

铁慢熊被一群老人、妇女挤开轰走，高乾将一张大榜公布出来，这是一批分房名录，按照资历、战功和人口计分，是否有老人和妇女、孩子也是一个加分项，年轻战士的敌意全被妇孺、老人对房子的渴望冲得烟消云散。铁慢熊被老少妇女的口水打败，落荒而逃，去吃饭了。一阵急促马蹄声音传来，营门大开，一队士卒冲进来，孙腾举起敕令大喊军令！高敖曹心一紧，刚才孙腾还在高欢帅帐，这么短时间就有了军令？高乾正在和高欢低语，不知道说些什么，六镇军民纷纷猜测。孙腾展开念道：“晋阳军令，冀州已降，特令将高乾、高敖曹、封隆之、李元忠等人即刻押解晋阳！”

高敖曹手扶宝剑要动手，被高乾按住，军营中冀州百姓听到犹如晴天噩耗，一起跪倒："高仪同，万万不可！"高欢不动声色，孙腾又拆开一封军令："兹令仪同三司高欢，率领全部人马即刻返回晋阳，攻打稽胡。"

稽胡又称步落稽，源于南匈奴，居住在魏国北边方圆七八百里的山谷，种落繁盛，从事农业，辅以蚕桑，以麻布为衣，与汉人杂处共五万余户。六年前汾州稽胡首领刘蠡升借中原板荡，在云阳谷聚众反魏，自称天子，建号神嘉，置署百官建立政权。他们不断遣兵四出，骚扰魏国边境，魏廷深以为患，称为胡荒。尔朱荣击败万俟丑奴和萧宝夤之后，准备出兵稽胡，却被杀于明光殿。稽胡实力强劲，必是苦战，群情骇异。高欢翻脸大喊："拿下！"

高敖曹悔恨万分，竟然自投罗网，手腕被高乾死死握住，指尖淌出鲜血："勿动！"封隆之走出几步大骂："高欢，你这狗贼，冀州百姓把你们迎进城中，节衣缩食，为你们修筑房舍。"举起一串烤肉，"我们的父母妻儿舍不得吃，都给了你们，你却恩将仇报。"

尉景一拳将封隆之打倒，下腭鲜血淋漓，士卒将高乾等人捆绑，却不敢动高敖曹。六镇百姓拿着面饼和烤肉心情复杂，他们之前凄惨无路，到冀州才有了好日子，高乾和封隆之等人天天送粮，早已打成一片，人心都是肉长的，谁不动容？铁幔熊飞起一脚踢飞几名士卒，喊道："贺六浑，封大人是咱们的衣食父母，救命之恩未报，咱们还有没有良心？"

"这是大将军将令，谁敢不遵？"高欢翻身上马，挥鞭抽打铁幔熊，"军命严急，不可怠慢，孙腾简选万余兵士，明日出征。"

六镇百姓对尔朱兆痛恨不已，都不愿走，跪倒在高欢马前："我们不去晋阳！”

刘贵和尉景跪下请求：“我们刚到这里，即便冀州把粮食给我们，也不够吃到晋阳，能否请尔朱大将军稍缓一阵儿，等到秋收。”

六镇人马见刘贵和尉景为自己求情，全部跪倒：“高大人，宽限些时日吧！”

高欢不违逆众人，想想说道：“既然如此，宽缓五日行期。”六镇百姓如遭雷劈，眼睁睁看着高欢押着高乾、封隆之和李元忠离去，流泪向三人行礼。孙腾等人留在军营，被六镇军民包围，述说着过去的颠沛流离之苦。

高乾抓住高敖曹离开军营，走出数里长长出了一口气，高欢下马解开绑缚，四人一起哈哈大笑。高敖曹错愕，现在什么形势还笑得出来？高欢到高敖曹面前深施一礼：“当日将军在北中城威风八面，尔朱羽生攻打信都，你率领十几骑迎战敌军大败敌军，前几日你深入殷州，在万人之中取尔朱羽生首级，不愧是项羽再世，有你在，何愁不成大事！”

高敖曹回想，高欢先与高乾密谈，高乾又与封隆之低语，大梦初醒，高欢假称尔朱兆要求出兵，演了这场大戏。高欢握着高乾和高敖曹手腕：“我们出自渤海一脉，如今共抗强敌，须同心协力。”高敖曹内心颇不以为然，这些人成天算计搞阴谋。高欢决心已下：“五日后，就拿尔朱羽生的人头祭旗，举兵造反！”

五天之后，高欢来到军营，佯装率领一万军队先行出发，六镇百姓送别亲人，众皆号恸，声震郊野。刘贵、尉景和孙腾坚决不出发，六镇军民看此情形，跪倒马前。高欢把戏演足，策马登上高台："起来吧。"六镇军民仍然不动，刘贵等人带头为六镇军民讲情。高欢再问："你等当真不出征？"

六镇军民齐声大喊："不去！"

高欢安排孙腾假传尔朱兆将令，出征稽胡子虚乌有，信都距离晋阳遥远，没人能够拆穿这个假消息，高乾和封隆之早早收买人心，孙腾、刘贵和尉景在军营中鼓动，高欢等的就是此时："如果不去，违抗军令，尔朱兆便要出兵攻打，你们要考虑清楚！"

六镇人马曾被尔朱荣击败，听到这句话都被震慑。铁慢熊年轻力壮，不怕打仗，忽然喊道："尔朱荣死了，谁怕尔朱兆！"这句话唤醒六镇军民，鼓噪响应。高欢再问："你们铁心要造反吗？"

"造反！"六镇军民不是第一次造反，他们曾经跟随破六韩拔陵，辗转来到河北跟随鲜于修礼和葛荣造反，这次是为了保护刚刚得到的家园。高欢装模作样犹豫许久："你我都是失乡客，义同一家，不意在上征发乃尔！今西向当死，延缓军期又当死，发配为奴也是死，奈何？苍天还给我们活路吗？"

在刘贵、尉景和孙腾带领下，六镇军民一起高喊："愿奉高王为主！"

高欢仰天大笑，他少年潦倒，直到遇到娄昭君，从嫁妆中得到战马，在边镇当队主，结交飞鹰走狗的司马子如和孙腾，以及南来北往的生意人刘贵。镇将段长觉得高欢相貌不凡，资质卓异，对他说：你有康济时世的才能，这辈子不会白活！我这岁数见不到你发达，希望你日后照顾我的儿孙，高欢备受鼓舞，一生不忘。后来他做信函使路过建兴，前面大雨倾盆，他策马穿行时天气骤然转晴，天空星光灿烂，仿佛踏星而行，那时御林军在洛阳暴乱，烧毁大臣府邸，朝廷不敢制止，高欢觉得天下即将大乱，家财不可守，散尽家资结交英雄。破六韩拔陵、鲜于修礼和葛荣只是乱世枭雄，不可长久，他投奔尔朱荣崭露头角，如今尔朱兆暴虐，自己得到河北五族支援，正是起兵之时："葛荣虽有百万之众，从无法度，终自败灭，既奉我为主，当与前异：第一，不许凌侮汉人，第二，不许违反军令。如果做不到这两条，我也不当这个主，免得被天下耻笑。"

六镇军民顿颡，屈膝下拜，额角触地："死生唯命！"

"报！斛律金、娄昭、厍狄干领兵聚义！"传令兵飞驰入营，大声宣示。斛律金等人都是高欢旧交，得到他准备起兵的消息，到达信都，高欢选择今天让他们带领军队前来，就为壮大声势，六镇军民哪知这些？他们早知道斛律金的名声，欢呼雀跃。

数千人马从辕门入营，为首正是斛律金。高欢跳下战马拥抱："阿六敦，就等你来！"

斛律金出自敕勒为十二部之一，高祖父斛律倍侯利强壮武勇而扬名塞外，魏国道武帝时倍侯利率部归附，官至大羽真，赐爵孟都公。斛律金的祖父斛律幡地斤任殿中尚书，父亲斛律那瑰任光禄大夫、第一领民酋长。斛律金敦厚直率，弓马娴熟，使用匈奴兵法行军，望着飞扬的尘土能判断出敌军数量，嗅地能知道军队离去时间。六镇反叛时，斛律金在黄瓜堆被杜洛周击败，投奔尔朱荣结识高欢，跟随尔朱荣击败葛荣和元颢，加任镇南大将军。

尔朱兆攻破洛阳后大失人心，刚好高欢派遣孙腾联络，斛律金毅然率领军队一同举义。

众人正在欢腾，营门外传来凄惨的哭声，一名少年全身缟素，从辕门跪爬到高欢脚下：“求大王为我做主！”

高欢并不认识此人，孙腾一拍大腿：“这是杨津的儿子，杨愔。”

杨愔出自弘农杨氏，幼时风度深敏，沉默寡言，从不嬉戏，六岁学史，十一岁学习《诗经》和《易经》。弘农杨氏学堂前有棵杏树，果实落地时，孩子们都去争抢，唯有杨愔端坐不动。叔父杨暐恰巧碰见，认为他高雅脱俗，有杨家祖风，在竹林边建了一间房舍，命杨愔独居其中潜心学习，用铜盘盛最好的饭菜给杨愔，对子侄们道：如果你们也像他那样，也可以得到竹林别室，铜盘重肉，从此竹林别舍和铜盘重肉比喻特殊的恩宠。杨愔言论高雅，风神俊悟，举止可观。杜洛周在河北造反时，杨津为定州刺史，杨愔随父赴任，杜洛周攻陷定州，俘获全家，不久葛荣杀死杜洛周，杨愔陷身于军中。葛荣想将女儿嫁给杨愔，册封他官职，杨愔推称有病，暗含牛血，当众吐出，诈作不能言语，葛荣信以为真，便不提封官嫁女。葛荣被击败后，杨愔被任命为通直散骑侍郎，时年十八岁。元子攸诛杀权臣尔朱荣后，杨愔随同父亲杨津在邺城招募军队，不久尔朱兆攻入洛阳弑杀元子攸，杨愔被擒，相州刺史刘诞认为杨愔家世显赫，德行出众，没有加害，命令队主巩荣贵押送京师。行至安阳亭时，杨愔说道：弘农杨氏世代忠于朝廷，国破家亡沦落到如此田地。我无颜见先帝和祖宗，请给我一条麻绳，留个全尸，终生不忘你的恩德。巩荣贵被打动，和他一同逃走。此时，尔朱天光包围华阴，弘农杨氏一百多口全被杀光，弘农杨氏只有杨愔和一弟一妹幸存。杨愔走投无路，听说河北五族举兵反抗，前来投奔，正好赶上高欢起兵。

弘农杨氏是一等一的门阀，影响力还在河北五族之上，门生故交遍布天下，杨愔全家被杀，与尔朱氏有深仇大恨，正是高欢要收揽的人才。杨愔跪在校场正中，痛诉弘农杨氏的惨状，言词哀切，痛哭流涕，六镇百姓无不动容，河北五族与弘农杨氏同气连枝，更是怒火燃烧。高欢更加感慨，尔朱世隆等人凶残暴虐，丧尽天良，刚刚举兵就有这么多人前来报效，未来可期。

杨愔从怀里掏出一份文书，双手呈上："听说高王起兵，我泣血抗表，历数尔朱氏之罪，盼高王颁知天下，吊民伐罪，天下必然揭竿而起，群起响应！"高欢接来抗表细看，字字滴血，记录了尔朱兆攻入洛阳之后所犯的罪行，赫然十条，字字确凿，有根有据，高欢看到尔朱兆扑杀皇子，泪涌难制，举起抗表向六镇百姓喊道："看看吧，尔朱氏所犯罪行一桩桩一件件都在这里，看看吧，谁不为先帝动容，谁不为忠臣流泪！看看吧，谁不义愤填膺，谁不肝肠寸断！谁能无动于衷！"高欢再也控制不住，跪地痛哭，发誓为元子攸报仇，六镇百姓和河北五族传阅抗表，无不为文字打动，一起为元子攸举哀。高欢拉起杨愔："你可愿加入我军中，担任行台郎中，举兵造反。"

"肝脑涂地，绝不敢辞！"杨愔拱手回答，"唯求大王赐我刀剑，杨愔不后退一步！"

37 南北夹击

尔朱世隆听说高欢起兵不以为意，刘灵助当时声势浩大，不也旋踵而亡？直到高欢的抗表飞速传递来到洛阳，尔朱世隆展开细看，汗出衣襟。抗表中的第一桩大罪缢杀天子为大不忠，当初尔朱兆要把元子攸带走，尔朱世隆拗不过，不愿见到的情形果然上演，魏国定鼎北方，养天下士人一百多年，臣子杀皇帝是绝大的不忠，这一条跳进黄河也洗不清。第二条是大不孝，尔朱兆扑杀皇子，对尔朱荣不孝。第三条是尔朱兆坐御榻、置金鼓，设刻漏残杀宗室大臣。第四条指责尔朱兆奉立元晔又无故废除，视国家社稷为玩物……洋洋洒洒十条之后最后写道：

尔朱兆之在晋阳，天光之据陇右，仲远镇捍东南，世隆专秉朝政，于时立君废主易于弈棋，庆赏威刑咸出于己。若使布德行义，忧公忘私，唇齿相依，同心协力，则磐石之固，未可图也。然是庸才，志识无远，所争唯权势，所好唯财色，譬诸溪壑，有甚豺狼，聚敛无度，所至之处，百姓患之，天下失望，人怀怨愤，遂令勍敌得容觇间，心腹内阻，形影外合，殄灭岂不天意！

尔朱世隆一条条看下去，无一不击中要害，过了许久才将抗表传给尔朱度律："这东西就放在此处，不许外传，也不许交给皇帝。”

高欢杀死尔朱羽生，绝无和好可能，尔朱度律接来抗表，扫了一眼：“天下人都知道的事情还需写出来？”大大咧咧不以为然，“没有大王哪里有贺六浑今天？忘恩负义，只需用兵杀却！”

尔朱世隆早想约束尔朱兆和尔朱度律，这俩一个笨，一个狂，如今还没有悔改：“咱们得了天下，不能乱来，总不能给自己的江山添乱吧！”尔朱度律露出无辜的表情。尔朱世隆说：“聚敛无度，所至之处，百姓患之，就是说你，能不能别抢老百姓钱财了？”

几人之中，尔朱度律还算老实：“我妈天天念叨，说我既荷国恩，无状反叛，我做错什么了？所好唯财色就是说你，寿阳长公主刚死了丈夫，你非要逼人家，不从就算了吧，还把长公主吊死，缺德都冒烟了。以前在西林园宴射时，长公主教我唱歌跳舞，一等一的好人，你真是不分青红皂白。”

尔朱世隆脸上青一阵儿白一阵儿，元莒犁是他心中之痛，只好拿出长辈架势教训：“咱们今天商量打仗还是吵架？”走到地图旁边说道：“贺六浑绝非刘灵助之辈，我想请吐沫儿从北边出井陉，袭取殷州，你和仲远合兵走阳平，两路夹击。”

尔朱世隆唯一一次带兵打仗就是镇守虎牢，不战仓皇北逃，导致洛阳丢失。尔朱度律不相信他的安排，看看地图没更好的办法，起身说道，“那就如此，我带兵东去会合仲远，让吐沫儿从晋阳出发，合兵河北！”

尔朱兆的消息更快，斩杀尔朱羽生的是高乾兄弟，率兵攻打殷州的是李元忠，都不是高欢的人马，高欢到底是什么态度？话又说回来，殷州下辖赵郡是李氏故乡，李元忠反攻本来就在意料之内。河北五族结成同盟，唇亡齿寒，互相声援，高乾兄弟假意投降，刺杀尔朱羽生可以解释。尔朱兆只在乎高欢的立场，他出兵信都，顺利得出乎预料，高乾、封隆之、李元忠和崔彦珍望风而降，六镇军民安居乐业，再无反叛。尔朱兆命令高欢交出高乾等人，高欢来信说河北五族根基深厚，同气连枝，一旦将几名族长押解洛阳，必然刀兵四起，天下再乱，不如暂时稳住他们。这确是实情，这些名门望族绵延数百年，在抵抗葛荣时拉起军队，抓了高乾等人便捅了马蜂窝，在高欢百般推脱下，尔朱兆不再坚持，暂时放过河北五族。可是尔朱羽生之死与高欢脱不了干系！高乾和李元忠应该都在他手中，没有高欢允许，怎敢动手杀人，夺回殷州？

他听了从殷州逃回的士卒描述，更加惊骇，只有四个人进入戒备森严的殷州，在万军之中杀死尔朱羽生，什么人有这般本领？尔朱兆闭上眼睛，高敖曹、呼延族和东方老三人在北中城下与一支骑兵队伍硬拼，除了他们还能有谁？尔朱兆与高敖曹冤家路窄，当初自己带领骑兵来到冀州，元仲宗将那个浑浑噩噩的小混混骗来灌醉，不费吹灰之力押送到晋阳，尔朱荣如获至宝，随身羁押，对他甚为忌惮，此人不得不防，不过尔朱羽生被骗到城墙，才被袭击身亡，只要加强戒备，高敖曹武功高强，也不能在军营中刺杀。

尔朱世隆的进军计划传来，尔朱兆想了许久，南北夹击似乎很周全，可是如果叔父还在，断断不会如此，必定出奇制胜，这种战法，贺六浑怎么能想不到？战法被猜到，尔朱兆总觉得不安心，可是叔父遗留的百战强兵，贺六浑凭什么抵挡？又过几天，高欢的抗表传到晋阳，尔朱兆怒火万丈，别人可以背叛，他绝不可以，自己与他结义，给他六镇人马，给他河北地盘，抢了北乡长公主战马也没有追究，他竟敢反叛！尔朱兆从草地上起身，嘴里叼着一根马蔺草，他处处学习尔朱荣，也学会了躺在草地上思索的习惯。他翻身上马，回到军营集结军队，高欢必定凭城据守，攻城器械十分紧要："辎重营随军出发，打制攻城战具。"

38 蹉跎时日

小猴子想去枋头坞，鱼天愍要返回梁国，黄老七在晋阳吃香喝辣，哪儿都不愿意去，近千名梁兵想法各异，三人不敢争议，如果传出去便是临阵脱逃。尔朱兆出征河北的军令到了，小猴子一脸喜色，信都就在枋头坞之北百里，这正合他的心意，小猴子跨马进晋阳来到自家宅院，恭恭敬敬施礼道："下官求见。"

胡明容的头发齐了脖颈，隐藏在斗篷之中，将躬身施礼的小猴子拉进屋内，胡风东渐，晋阳各族杂处，屋内中间是一张桌子而不是几案，小猴子呆立不敢坐，看着她掀开斗篷露出晶莹剔透的面容。胡明容笑着问："听说你见尔朱歌的时候，盘腿坐在几案上，见到长乐王的时候也侃侃而谈，为何见我这般拘谨？"小猴子吃了一惊，他向来凭铁匠手艺吃饭，即便在元颢和元子攸面前也没有紧张，和尔朱歌更是嘻嘻哈哈的好朋友，为何在她面前这般紧张？胡明容忽然脸色严肃："坐！"

小猴子乖乖坐下，越来越糊涂，我的聪明和机灵都去了哪里？"吃！"胡明容又下了命令，小猴子抓起筷子品尝菜肴，味道鲜美，与仆役做法不同。胡明容又问："好吃吗？"小猴子起身再拜："劳你亲自下厨，小猴子不敢当！"这些菜肴都是宫中品味，小猴子在尔朱歌那边吃过几次，赞不绝口，还跑到膳房请教了做法。

“你真奇了怪，我不喜欢你这样子，像个老夫子。”胡明容很不高兴，停箸不食。

小猴子埋头把饭菜一扫而空，起身做礼：“辎重营三日后开拔，出征河北，我已将饮食日用都安排好了，请不要担心。”

胡明容想了许久，抬头问道：“这是乱世吗？”小猴子重重点头，这是长达三百年的漫长乱世。胡明容收拾了饭菜，桌上干干净净才说道：“你见我紧张，不是尊卑之礼，而是你另有想法。”小猴子脑中轰然有了答案，这便是少男遇到心仪女子的惴惴不安。“你出征在即，晋阳是尔朱兆的地盘，一旦我身世泄露，就会被投入汾水。”胡明容深思熟虑，不容小猴子辩驳，“我也不想回到洛阳，那是我的伤心之地，请你派人护送我到枋头坞。”

“尔朱兆和尔朱仲远两面夹击，枋头坞将波及战火，可否待战局明晰再送你过去？”小猴子行为仍然反常，他第一次对女孩子动心。

“我曾经大富大贵，后来躲进瑶光寺，近乎出家为尼，看透世间冷暖，知道人心险恶。你讲过吕桃儿和杨忠，他们一再错过，至今没有团圆，我不喜欢这个故事，这是乱世，朝不保夕，福祸难测，只有抓住今天才有明天，你懂吗？”胡明容来到小猴子身边，鼻尖相碰，“你是一个有趣的人，有说不完的精彩故事。你是一个有本事的人，陈庆之和尔朱荣都对你礼让三分。你是一个值得托付的人，你找到溃散的梁兵，将他们安置好。可是你知道我的身份之后就变得怪怪的，我一点儿都不喜欢，如果你总露出这样的口气和神情，他们就会知道我是谁，我们都会被杀死，你懂吗？”

小猴子被她看透，立即施礼："遵命。"胡明容笑了，双手捧住小猴子的脸颊："你看，还是改不了口。"她深深地看着小猴子，"这是乱世，抓住今天才有明天，我不想像杨忠和桃儿那样蹉跎时日，我不舍得你出征，陪着我，抱着我。"

童心未泯的小猴子早到情窦初开的年纪，心中跳动如同八面战鼓，环抱她腰肢，胡明容发出嘤嘤的声音，身体发烫如同火焰，灼烧他身体："你好傻，为何到现在才明白？"胡明容缠绵着在他耳边轻语。

明月从追锋车上下来，看着空空的营盘，辎重营将前往河北，杨忠还在洛阳吗？忽然远处腾起一阵烟尘，一个声音远远传来："明月，是你吗？"为首三个人翻身下马，正是小猴子、鱼天愍和黄老七。他们刚开拔，得到阿阇梨传来的消息，掉头返回，果然见到了桃儿。

"桃儿你还活着，杨忠魂儿都没了。"小猴子在枋头坞时和明月相熟，后来陈庆之和元颢攻入洛阳后为杨忠和桃儿定亲，当时刘离和宋景休也在，几人结伴在洛阳度过了六十几天无比开心的日子。黄老七和鱼天愍也在洛阳见过桃儿，都替杨忠高兴。明月见到小猴子如同见到亲人，开心不已。黄老七翻身上马："我去洛阳让杨忠赶紧回来，他不知道该多高兴。"

"尔朱兆前几天刚派人到洛阳送信，让杨忠去河北。"小猴子想想说道，"河北就要开战，兵荒马乱，你还是留在晋阳，等我们回来。"

战局难测，阿阇梨抚摸桃儿的肩膀："我们行踪不定，不如先到枋头坞，杨忠得到消息一定赶来。”

明月点头，从怀里取出了元子攸的《临终诗》：“高仪同起兵为皇帝哥哥复仇，我要去信都，把这首诗交给他。”黄老七和鱼天愍都是粗人，不太看得懂诗中内容，都劝桃儿留在晋阳等候。桃儿十分坚决：“这是皇帝哥哥临终前写的，我要把它送到高大人军中，不管有用没有，我都要念给将士们听。”

杨忠在洛阳寻找桃儿，尔朱兆多次派信使让他返回晋阳，尔朱度律偏偏不放，为此还快马加鞭给尔朱兆捎了口信。杨忠不管尔朱度律和尔朱兆的争吵，继续打探桃儿下落，他去了洛阳城内的永宁寺、建中寺和景乐寺，城东的明悬尼寺和璎珞寺，城南的景明寺和大统寺，城西的冲绝寺和白马寺，城内的禅虚寺和陀罗寺。阿阇梨是出家人，寺庙是桃儿最可能的去处，洛阳有名有姓的寺庙有七十多处，杨忠跑了一遍，仍然找不到她们的踪迹。他还派遣洛阳的梁兵去了枋头坞，坞壁更加兴旺发达，却没有她的消息。难道桃儿去晋阳寻找自己？这个念头在杨忠脑中一划而过，洛阳难觅桃儿，我该何去何从？返回晋阳吗？

禅虚寺在大夏门外御道西，寺前有阅武场，岁终农隙，甲士习战，千乘万骑常常在此操练，御林军中一个名叫马僧的士卒能够把长戟投掷到百尺树高，虎贲军的张车渠抛刀比高楼还高，当初宣武帝元恪在此观看，让两个人角力。杨忠向僧人打听，得到了这些洛阳伽蓝往事，没有桃儿和阿阇梨的消息，快快不乐回到尔朱度律的府邸。众人正在收拾行装，一名士卒匆匆赶来：“杨都督，大王令你赶赴上党，统领辎重营。”

杨忠怀揣着元子攸手书的《临终诗》，来到贺拔胜府邸，贺拔胜在武川时就与杨忠相熟，大喜过望，两人找来独孤如愿，三人重逢有说不出的感慨。杨忠取出元子攸的《临终诗》，贺拔胜看完放声痛哭，他祖父效力魏国多年，曾和贺拔岳同在洛阳太学，父亲为平息六镇叛乱，丧生疆场，对朝廷十分忠心。

“天柱大将军四铸金像，妄言天意，索要九锡，已有反迹，天子诛除谋反之臣，并无过错。”贺拔胜十分纠结，一直在尽力化解双方矛盾，力量微薄没有起到作用，涕泣横流念着《临终诗》：“权去生道促，忧来死路长。怀恨出国门，含悲入鬼乡。”想象着元子攸被缢杀的惨景，更加悲痛，难以发声。独孤如愿取来遗诗：“隧门一时闭，幽庭岂复光？思鸟吟青松，哀风吹白杨。昔来闻死苦，何言身自当！”

贺拔胜拭去泪水，将《临终诗》亲手抄录两份，找来亲信分别送给大哥贺拔允和二哥贺拔岳，然后提起刀来：“天子受难，臣子必以死报之，我誓与尔朱兆和尔朱世隆不共戴天！”

杨忠内心复杂，他曾痛恨元子攸害死明月，现在得知她还在人世，恨意消了大半，这年轻天子手刃权臣，果决坚毅，让人佩服：“算我一份。”

独孤如愿啮臂盟誓：“不惜一死，为天子复仇！”

39 三面夹击

高欢困守孤城，粮草成为关键，尔朱兆紧赶慢赶就为在秋收之前进入河北，既可以收割庄稼以资军用，又可以防止高欢得到粮草补充。他率领军队向南急行，太行千里唯有八陉，百岭互连，千峰耸立，万壑沟深。从南到北第一陉为轵关陉，是三晋连通洛阳的要道，形势险峻，自古为用兵之地。第二陉是太行陉，陉阔三步长四十里，又称天井关，形势雄峻，素称天险，南下可直抵虎牢关，是逐鹿中原的要径。第三陉是白陉，南渡黄河可攻大梁，东可进击大名，北窥邺城，是可攻可退可守的军事要地。尔朱世隆要南北合击，这三条路线都在殷州和信都之南，属于尔朱仲远和尔朱度律的进军路线。第六陉是飞狐陉，两崖峭立，一线微通，蜿蜒百余里，踞飞狐，扼吭拊背，是进逼幽燕最胜之地。第七陉是蒲阴陉，有紫荆关据守，通达平城故都。第八陉为军都陉，从居庸关进军燕蓟，层峦叠嶂，形势雄伟，悬崖夹峙，巨涧中流，奇险天开，古称要隘。这三条路线距离殷州和信都过远，不在尔朱兆考虑之内。

摆在尔朱兆脚下的只有滏口陉和井陉，这是太行八陉的第四陉和第五陉。滏口陉东向信都和殷州，南下可以援助邺城。如果高欢攻打邺城，这里是最佳进军路线，但如果高欢驻守信都，滏口陉在殷州之南，难以形成南北夹击之势。如果叔父还在世上会如何选择？当初葛荣造反时，元天穆从南进击河北，尔朱荣从晋阳出发，与今天局面极为相似，尔朱荣从滏口陉出兵阵擒葛荣，元天穆南路大军还没有到达战场。要不要如同叔父那样放弃步兵，率领骑兵从滏口进兵？此一时彼一时也！高欢断不会像葛荣那样散开战线，还是应该南北夹击，稳扎稳打。尔朱兆目光转向井陉，西周穆王东巡来到此地，四方高中央低，如井之深，如灶之陉，命名为井陉："出兵井陉！"

军情连绵不绝传到冀州，最先到达的是侯渊和叱列延庆的敌军。尔朱荣被杀死之后，范阳太守卢文伟引诱侯渊出城打猎，闭门拒之，侯渊率领部曲为尔朱荣举哀，勒兵南向，进至中山，击败行台仆射魏兰根，又击败屯据井陉的常山太守甄楷，打算率领军队与尔朱兆会合进攻洛阳，这时传来洛阳陷落的消息，幽州刺史刘灵助举义兵为元子攸复仇，侯渊立即掉头会同尔朱羽生击败刘灵助。叱列延庆是尔朱世隆的姐夫，向来受到尔朱荣信赖，他跟随尔朱荣发动河阴之变，征讨葛荣，被封为抚军将军、光禄大夫、封永宁县开国伯，食邑五百户。元恭称帝后，尔朱世隆执掌朝政，更加倚赖叱列延庆，任命他为都督恒云燕朔四州诸军事、检校尚书左仆射、山东道行台、北海郡开国公，食邑五百户。刘灵助造反时，用占卜迷惑人心，侯渊打算回师据关拒险，以待其变，叱列延庆认为天道深远，岂是刘灵助所识？恃其妖术，坐看符厌，不会勠力死战。侯渊听从他的建议，率领精骑半夜出发，攻击定州城北，一战击败刘灵助。

尔朱羽生在殷州城被刺杀之后，侯渊和叱列延庆领兵南下，与尔朱兆率领的步骑两万会合，逼近殷州。尔朱度律从洛阳出发，与坐镇徐州的尔朱仲远合兵，到达信都西南百里的阳平，相州刺史刘诞占据邺城，对信都和殷州形成三面夹击之势。

三面夹击的消息传来，高欢聚集众将，他内部并非精诚一心，六镇军民曾经和河北五族互相攻伐，仇恨未消，在战场上很难配合默契，不互捅刀子便算不错。今天议事，河北五族便和六镇军民各聚一边，一边讲汉话，一边讲鲜卑语，互不搭理。众将中缺了刘贵和高敖曹，高欢说道："孙腾，你去催催刘贵和高敖曹！"他尽力弥合六镇军民和河北百姓，不想在战前发火，缓缓说道："尔朱兆从北而来，尔朱仲远和尔朱度律从西南攻我后背，诸位有何见解？"

河北五族和六镇将领矛盾重重，战法却是一致，主张固守城池，凭借城墙周旋。高欢觉得不安，尔朱兆等人久经沙场，不会硬啃城墙，围而不攻，断绝粮道，瓮中捉鳖，自己毫无胜算。如果出击，葛荣是前车之鉴，今天形势更加不堪，谁敢出击？众人莫衷一是，迟迟难断，从殷州回来议事的李元忠焦急万分："攻也不行，守也不行，难道要投降吗？"

封隆之父亲封回被尔朱荣杀死，高乾兄弟杀死尔朱羽生，绝无投降打算，六镇军民时叛时降，都存着投降的想法。尉景怒了："要打，你们打去！要守，你们守去！"

帐外鼓角争鸣，锣鼓大作，孙腾急急慌慌进来："不好，高敖曹和刘贵打起来了！"

六镇鲜卑轻视河北五族，唯独惧怕高敖曹，高欢在军营发号施令时用鲜卑语，只要高敖曹在就改用汉语。高敖曹更加桀骜不驯，有一次来高欢府邸，不通报便要闯入，守门人不让进，高敖曹开弓把他射死，高欢不怪罪高敖曹，他的部将却都愤愤不平。今天高欢召集众将议事之前，高敖曹正在和北豫州刺史郑严祖握槊，刘贵派人叫郑严祖，高敖曹兴致正高，非要玩完这局，使者不停催促，他烦不胜烦，命人把使者用木枷锁住，使者嘴硬威胁：锁我容易，开枷就难。高敖曹拔出刀来，顺着木枷砍断使者脖子：开枷又有何难？然后带着郑严祖拎着使者的头颅来见刘贵。

刘贵见到鲜血淋漓的高敖曹，不敢追究使者被杀，心里憋着气，正好有人报告说治理河流加固城墙，淹死不少民工，刘贵随口说道："一钱汉，随之死！"高敖曹最恨六镇军民欺压百姓，拔刀就砍，刘贵跑回军营，高敖曹还不罢休，击鼓集合军队攻打刘贵营寨。

高乾、封隆之和李元忠脸上挂不住了，大敌当前，高敖曹杀了刘贵使者，又为一句话攻击营寨，实在是胆大妄为。一直旁听的宋景休十分解气，高敖曹竟如此疯魔，谁敢欺负汉人就毫不含糊地杀了，心生极大好感。宋景休指挥高敖曹的十几名骑兵击退尔朱羽生，自己和杨忠加在一起都比不上他的勇猛。高敖曹率领的三千士卒大都是燕赵豪杰，若论单打独斗，对上百战梁兵都可以以一敌二，若将这支军队训练出来，战力绝对超过陈庆之的百战铁军，宋景休信心大增，常从枋头坞来到信都，帮助高敖曹练兵。

高欢带着众将出营，奔到阵中大喊："尔朱兆就在殷州，还敢自相残杀！"刘贵听到高欢声音，命令士卒停止射箭，高乾、封隆之和李元忠上前劝住高敖曹，将两人带回帐中。高敖曹仍然骂骂咧咧：“瞧不起我们河北五族？哪个敢和我打一架！步战骑战皆可，我若输了，这颗头颅给你！刘贵、尉景、孙腾、窦泰，你们四个一起上！”他本来想将高欢也搭进去，想他是渤海高氏同宗，嘴巴一松放过了他。

刘贵隐忍再三，终于忍不住回骂：“汉人单打独斗一条龙，凑成战阵一只虫，你连葛荣都打不过，就会钩心斗角耍心眼，有本事咱们两军相接打一架！”

高敖曹得到了枋头坞练出来的三千骑兵，正要大展拳脚，上马就要再战。高欢脸色冰冷似铁，敌军南北夹击，三面包围，河北五族和六镇人马竟要开战，一脸铁青闷不作声。高乾知道错在高敖曹，大喊一声：“高敖曹，你若再闹，叫你嫂子出来！”

高敖曹被吓得一个筋斗翻下战马。宋景休走到他身边：“大敌当前，还要内讧吗？”高敖曹向来对宋景休奉若神明，又极怕嫂子，不再造次，坐下仍然挑衅地瞪向刘贵。不多时高乾妻子到来，垂帘坐在幕后镇住高敖曹，高乾、封隆之和李元忠一起向刘贵道歉，才让他怒气渐渐平复。

高欢对宋景休十分眼生，问道：“这位将军是哪一位？”高乾介绍宋景休是枋头坞坞主，为河北五族练兵。高欢众将都没听说过枋头坞，“小小坞壁岂会练兵？”窦泰说道，他本姓纥豆陵，妻子娄黑女是高欢正妻娄昭君的妹妹，擅长骑射，有勇有谋，曾背着父兄骸骨投奔尔朱荣。高欢在晋州时，请求窦泰担任镇城都督，从此归入高欢帐下。

高敖曹哪容窦泰出言讽刺？忍不住辩驳：“宋将军出自梁军关中侯部下。”他还要继续说，见到嫂子立即闭嘴。

高欢起身向宋景休施礼：“竟出自关中侯麾下，高欢失礼。”天下乱套，陈庆之和尔朱荣是死敌，尔朱荣被元子攸杀死，尔朱兆等人杀了元子攸，敌友朝夕变换，陈庆之也说不清楚是敌是友。

窦泰为刘贵憋气，向宋景休发泄：“既然关中侯兵法无双，敢问宋将军此战如何打？”

高敖曹抢着答道：“管他几处来？我只一路去，揪住一边死打！”这是江湖套路，讲究伤其十指，不如断其一指。高乾终于忍不住：“高敖曹，我们向宋将军请教，你不要打岔！”高敖曹仍然嘴硬：“宋将军必然也是这番打法。”

宋景休一直在听高欢商议军情，枋头坞未必要蹚浑水，他们争吵不下，内讧不止，心里盘算撤回枋头坞，被高欢问到不能不答：“既不攻，也不守。”

众人争论的焦点是守城还是出击，没想到宋景休出了这么个主意。刘贵问道：“那就是降了？”宋景休语气平缓，摇头道：“也不降。”谁也不知道他葫芦里卖的什么药，宋景休走到地图旁边指着殷州说道：“退。”殷州和信都互为掎角，没人想到撤军。宋景休说道：“尔朱兆攻打殷州时，李刺史稍战就撤往信都，尔朱兆骄狂，必然尾随。大王埋伏广阿，出其不意突击敌军，殷州人马掉头回攻，这是诱敌深入之计！”

众人向地图看去，广阿地处太行山东麓的平原，地势西高东低，滏阳河、北澧河和小漳河从南到北纵向贯穿，只有尧山和茅山两座孤立山包，树林茂密正好藏兵。当初陈庆之利用山包伏击尔朱荣，宋景休便是用了这个办法。诱敌深入的伏兵之计显然远高出攻守之策，高欢拱手道：“高欢终于明白，关中侯为何三十二战皆捷，克四十七城，横扫千军，直捣河洛。”他转身向窦泰说道，“你放出谣言，尔朱兆对废立皇帝不满，将要夺取尔朱仲远的军队。”尔朱氏内部矛盾重重，如果尔朱仲远不来支援，高欢便能在广阿集结优势军队决战。高欢仍然忧心忡忡，六镇军民时叛时降，河北五族乡兵只能守城，不利野战，这一战毫无把握。

第五章 广阿之战

天下，是天下人的天下

40 兄弟阋墙

契胡家族有两系，尔朱荣的父亲尔朱代勤为族长。另一系则以尔朱买珍为首，他曾为侍中、大司马、定州刺史，育有五子一女。长子尔朱彦伯个性和厚，与潜默龙花佛寺的元恭敦喻往来，尤有勤款，极力主张奉立元恭，亲自来晋阳劝慰尔朱兆，尔朱买珍的第二子是尔朱仲远，第三子便是尔朱世隆，四子尔朱绍和五子尔朱袭在元颢攻入洛阳时被杀。尔朱买珍和魏国清河公主还有一个名为尔朱元静的女儿，嫁给叱列延庆。

尔朱兆只是旁支，对尔朱荣奉若神明，可是尔朱菩提被元子攸杀死，其余四个儿子更为幼小，无法主事，于是将女儿嫁给元晔，希望掌控朝政，待以后尔朱荣幼子长大之后，便可以将权力交还。尔朱世隆和尔朱仲远兄弟废元晔立元恭，在尔朱兆看来，两人联手夺取尔朱荣遗留的族长之位，他绝难接受。前几日军中盛传，尔朱仲远和叱列延庆联手对付自己，尔朱兆也不派人与尔朱仲远协商战法，驻军殷州之北，等待尔朱仲远到来。

两军互不联络，南北夹击便成泡影，尔朱仲远只好低头来派遣斛斯椿和贺拔胜去请尔朱兆。尔朱兆更加不满，凭什么去你那里，你为何不来见我？侯渊和叱列延庆反复劝谏，尔朱兆只好动身，率领三百轻骑来到尔朱仲远营中。尔朱仲远为显示亲近，和尔朱兆同坐幕下，敬酒又恭维，尔朱兆偏爱酒后乱言，详述自己领兵攻下洛阳，将元子攸亲信一个个杀死，还得意非常地念出元子攸的《临终诗》。尔朱仲远不满尔朱兆屠杀，终于压不住怒火："为何扑杀天柱外孙？"

尔朱兆为掩饰心中之痛，张狂大笑："那狗皇帝绝没想到我杀他儿子，还叮嘱那两月小儿过好自己的日子，不要想着天下，他儿子哪里听得懂？我将那个婴儿摔死在他脚下，你们没看到那狗皇帝的神情！"

众将停杯不语，尔朱兆的军队就在殷州，一旦内讧还怎么战？可是他竟然吹嘘杀死尔朱荣外孙的经过。尔朱仲远忍不住大喝："你扑杀天柱外孙，可对得起天柱在天之灵？"

"为天柱复仇有何不可？"尔朱兆意色不平，手舞马鞭，长啸一声凝望尔朱仲远，酒醒了一半，难道这是鸿门宴？喝几口酒走出辕门，翻身上马率领亲信骑兵冲出军营。

军情还没有商议，尔朱兆翻脸而去，尔朱度律只好以大局为重："斛斯椿、贺拔胜，再去把他找回来。"

斛斯椿曾是尔朱荣的都督府铠曹参军，四向征伐，他生性佞巧，甚得尔朱荣欢心。尔朱荣死后汝南王元悦投奔梁国，梁武帝册封他为顺帝，资助士兵和战马，陈兵边境，斛斯椿率领部众投奔，尔朱兆攻入洛阳后，他背弃元悦返回洛阳参与皇帝废立，定策有功。斛斯椿离开大营越想越不对劲儿，尔朱兆凶残暴虐，自己曾投奔元悦，他绝不会善罢甘休。斛斯椿停住战马向贺拔胜大喊："见尔朱兆之前，当与常山王相商。"也不等贺拔胜回答，带着自己的人马向南去找尔朱度律。贺拔胜愣在当场，斛斯椿临阵脱逃，自己不能不遵从尔朱仲远命令，独自带领几十名骑兵在黑夜中摸索向前，忽然前面亮起一道火光，尔朱兆一马当先，贺拔胜连忙施礼："军情未明，战法未定，大王怎么走了？"

尔朱兆发现骑兵追踪，更加断定尔朱仲远谋害自己，便抓了贺拔胜向自己军营飞奔。斛斯椿极为狡诈，名为去向尔朱度律报信，实则悄悄尾随贺拔胜，见此情形调转马头，返回尔朱仲远军营，述说尔朱兆擒拿贺拔胜的经过，还添油加醋说尔朱兆要来攻打。尔朱仲远大惧，前有尔朱兆侧有高欢人马，连忙通知尔朱度律，引兵南遁。

贺拔胜佩服斛斯椿的头脑，这真是杀头的差事儿，后悔却来不及了，天亮时被带到杀气腾腾的校场。尔朱兆站在高处，身边是刻漏和金鼓，这是他新近的杀人习惯："贺拔破胡，你知罪吗？"

贺拔胜蒙圈，尔朱兆应该不会杀自己吧？"大王，彭城王派我来商谈军务，何罪之有？"

侯渊和叱列延庆一脸惊慌，传递军情和协商战法十分紧要，尔朱兆疯了吧？连贺拔胜都要杀？尔朱兆走到下高台："你有何罪？还来问我！"贺拔胜哪肯认罪，尔朱兆说道："第一条，当初为何杀了卫可孤？"

贺拔胜一口鲜血差点儿喷射出来，尔朱兆脑子清奇，陈年旧账都翻出来，卫可孤是破六韩拔陵手下大将，领兵围攻怀朔镇历时一年，贺拔度与宇文肱合谋，袭杀卫可孤，还未得到封赏便战死沙场，贺拔胜辗转投奔尔朱荣。"卫可孤为国之巨患，我父子诛之，其功不小，反以为罪乎？”尔朱兆翻出七八年前往事，而且是贺拔胜大功而非大过，侯渊都看不过去了：“贺拔胜投奔秀容时，天柱大将军并没有怪罪，反而极为高兴地说：‘我得到你们兄弟，不愁天下不定。’”

侯渊极为机巧，只有死了的尔朱荣才能压住尔朱兆，说过的话也十分奏效。尔朱兆脸色舒缓：“天柱当真如此说？”

如果杀了贺拔胜就要和尔朱仲远开战，众将一起附和，尔朱兆不计较此事:“贺拔允与贺六浑串通骗走六镇人马,你可知罪？”

“我在彭城王军营，不知此事。”贺拔胜咬死不知情，尔朱兆和高欢结拜，把六镇人马交给高欢，这和自己有什么干系？

尔朱兆想想又说：“天柱薨，你不与尔朱世隆俱来，还为那个狗天子东征尔朱仲远，我早想杀你，今复何言？”

贺拔胜屡次劝说尔朱荣不要对付元子攸，与尔朱兆矛盾极深，早已下决心反叛尔朱氏,强硬回答:“今日贺拔胜的生死全在大王，大王和尔朱仲远骨肉构隙，自古及今未有如是而不亡者。”贺拔胜夺过一碗清水喝光，扔掉水碗，“我不惮死，只恐怕大王失策。”

贺拔胜是尔朱度律的使节，贺拔岳是尔朱天光部属，要是杀了贺拔胜，内讧难以平息。侯渊劝解道：“如果杀了贺拔胜，一家人必然反目，大敌当前，共抗敌军为重。”

尔朱兆也不是一点儿智慧都没有，杀了贺拔胜确实不明智，只好收起杀心：“贺拔破胡，你追上常山王和彭城王，让他们回来，先灭了高欢再说这些事儿。”

41 同仇敌忾

尔朱兆和尔朱仲远兄弟阋墙，尔朱度律向南退兵，高欢也焦头烂额，河北五族和六镇人马矛盾丛生，刘贵在高敖曹面前吃大亏，总想报复，要向河北五族动手，夺了冀州。一旦刘贵和高敖曹打起来，祸患更重，高欢费尽口舌左右相劝，毫不见效，把自己关进营帐闭门思索几天之后把孙腾招来："大敌当前，如果不能和河北五族精诚一心，号令无所秉，各有各的想法，人心思乱，是自取灭亡。"孙腾无计可施，高欢附耳说道："我有一策，需你通力协作。"孙腾听完连连点头，称赞不已。

第二天高欢召集众将说敌军压境，高敖曹和刘贵内讧，自己无能为力，愿意急流勇退。众人大惊失色，河北五族和六镇军民全靠高欢周旋，他要是退了，不用尔朱仲远和尔朱兆攻打，自己就要杀起来。高敖曹和刘贵在众人劝解下，一起向高欢求情，发誓绝不内讧，高欢极为坚持，将铠甲头盔扔在地面，再不开口说话。孙腾演了双簧，出来说道："既然贺六浑不愿意做主，不要为难他了，再推选首领。"手指刘贵，"你来当家做主？"

刘贵是匈奴人肆州刺史刘乾的儿子，早年交好高欢，一直为他奔走。高欢投奔秀容时憔悴不堪，尔朱荣懒得搭理，刘贵亲自为高欢更衣，屡次推荐，高欢才受到重用。刘贵从来没有取而代之的想法，瞪着眼睛怒斥孙腾："你若再说此话，我砍你脑袋。"

孙腾指向高敖曹："你来做主？"

高敖曹被高乾和封隆之按住，只好苦笑："冲锋陷阵，万死不辞，要让我成天钩心斗角，把我烦死。"众人来到高欢面前，再三请求他做主，高欢闭上眼睛捂着耳朵坚决拒绝，孙腾走下去猛然拉起一个年轻人："就你了，你来当皇帝。"

这人连连摆手，孙腾跪拜在地，众人回首惊愕，此人名为元朗，年纪不到二十，是太武帝拓跋焘五世孙，景穆帝拓跋晃玄孙，南安惠王拓跋桢曾孙，章武恭王元彬之孙，章武庄武王元融之子，元融兵败博野白牛逻被葛荣斩杀，元朗失去靠山，辗转担任高欢司马。高欢从众人中奔出，跪倒元朗面前："您是太武帝五世孙，您不做主谁做主？"

河北五族和六镇将领面面相觑，元朗是此处唯一的魏国宗室，如果奉立元朗，便可与尔朱世隆手中的元恭分庭抗礼，号令天下。众人这才明白，高欢不是假情假意，而是真的要奉立皇帝，河北五族与皇室同气连枝，刘贵等人唯高欢马首是瞻，纷纷下跪。元朗推辞不掉，哭着说道："是你们奉我为帝，不是我主动要当这个天子，日后你们如果要奉立别人，我立即交出皇位。"众人无语以对。元朗有言在先："我不恋皇位，你们不让我当皇帝时，不要害我家人性命，如何？"

自古奉立皇帝从来没有这么窝囊，元朗与皇家血缘很远，军职又极低，毫无称帝打算，而且元子攸刚死，元晔被废，尔朱氏大军兵临城下，皇帝哪有那么好当？可是拗不过众人，不得不同意称帝。

公元 531 年冬十月二十二日，壬寅，元朗在信都城西登坛焚柴祭天，即皇帝位，大赦天下，称中兴元年。文武百官普加四级，任命高欢为侍中、丞相、都督中外诸军事、大将军、录尚书事、大行台，食邑三万户。任命高乾为侍中、司空，高敖曹为骠骑大将军、仪同三司，冀州刺史，孙腾为尚书左仆射，河北行台魏兰根为右仆射。元朗随即颁布诏令：如今王业开创，常道初起，官职品级不改旧章。然而无识之徒谬增军级，虚名显位，都说前朝授予，难以推究。需严格法令，防止伪窃官职，有人胆敢虚增官号，被人纠举，罪从军法，退为平民，终身禁锢。这道诏令出自高欢谋划，事实上追夺了元晔和元恭册封的官职，隆起自己权位，行丞相之职，号令所出，无人敢违。

高欢率领众人跪迎元朗，反身踏上台阶，众人惊惶，这是天子称帝的高台，哪儿能随便踩踏？高欢向上走了五六步，转身向下："如今天子登基，与尔朱世隆等人势不两立，彼众我寡，其若之何？"

他登上高台向全体军士说话，不是对元朗有异心，大多数人心里一松，高乾却看出了他的野心，只要再走一段便能雄踞俯视众生，一旦高欢击败尔朱氏大军，他会不会继续走完？高欢自问自答："所谓众者，得众人之死；强者，得天下之心。尔朱狂骄，行路所见，裂冠毁冕，拔本塞源，邙山之会，搢绅何罪，兼杀主立君，不脱旬朔，天下思乱，十室而九，我们躬昭德义，除君侧之恶，何往而不克哉！"他讲述尔朱氏杀天子、屠公卿、虐百姓，人心尽失，天下间想要造反的十有八九，人多势众只是外表，自己行天道，讨伐逆贼，天下人都会支持：“昨天，有一位姑娘来到营中，她辗转从洛阳到晋阳为先帝收殓，又从晋阳来到信都，她想和大家说几句话。”

众人分开道路，桃儿双手捧着元子攸的《临终诗》走到高台之下，转身面对无数的将领和士卒，回忆起和元子攸的点点滴滴，泪水滴到纸上：“诸位将士，我和皇帝哥哥青梅竹马，已行六礼，预备大婚时，他被推为皇帝，我逃出洛阳。如今和皇帝哥哥天人永别，再无相见之时，我前往晋阳为他收殓，还没有安葬，我知道，他想回到洛阳，那是我们相识的地方，那是他的故乡。”明月忽然转身，“把子攸的灵柩抬来。”

八名壮汉抬起一个黑漆漆的棺材缓缓走入，放在地面。众人知道这是元子攸灵柩，一起伏地痛哭，明月声音哽咽念出元子攸的《临终诗》：权去生道促，忧来死路长。怀恨出国门，含悲入鬼乡。隧门一时闭，幽庭岂复光？思鸟吟青松，哀风吹白杨。昔来闻死苦，何言身自当！

这首诗述说了元子攸临阵的悲哀和恨意，众人感同身受，纷纷痛哭，桃儿没有念完，哭泣声响成一片。她跪倒向众人叩拜：“诸位将士，你们起兵为先帝复仇，我感激涕零，请受我三拜！”

将士们悲愤不已，高欢暗暗满意，《临终诗》凄厉哀绝，激起了他对尔朱世隆和尔朱兆的仇恨。他将明月扶起，踏上高台：“有人说，强弱之间恐无天命，《临终诗》言犹在耳，皇帝凄凉如此，我们岂能坐视？”高欢自问自答，“我不怕敌军强大，所谓小能敌大，小道大淫，皇天无亲，唯德是辅，尔朱外贼天下，内失善人，知者不为谋，勇者不为斗，不肖失职，贤者取之，复何疑也！击败敌军，易如沸水融雪！”众人欢呼鼓噪，高欢大声宣示，“尔朱氏兄弟阋墙，我们何惧之有！”他说了尔朱兆和尔朱仲远闹翻，继续说道，“无论河北五族还是六镇军民，都是天子的子民，天子命我为丞相，诸君各有任命，各司其职，同仇敌忾，不得相攻讦，诸君可愿意向天子盟誓？”高欢率领众人跪在元朗面前，发誓一心一意，绝无二心。看着众人终于跪伏在地，高欢暗暗放心，终于利用元子攸的《临终诗》和元朗的皇位，镇住了这些骄兵悍将，终于可以全力对付尔朱兆了。

42 叱列延庆

尔朱兆会合侯渊和叱列延庆，军队向殷州出发，派遣斥候与尔朱仲远的军队联络，继续南北夹击的计划。平原一望无际，麦浪滚滚，还未收割，尔朱兆得意扬扬："这里都是平原，利于骑兵，贺六浑必不敢出城迎战。"侯渊策马跟上，殷州和信都还没有秋收，一旦围城必定缺粮："他们不敢出城，也没有今年的粮食，看他们怎么守城？"

尔朱兆两万步骑到达殷州城下，城门紧闭，吊桥高起，没有出战的样子。他打算先攻城试试，向后唤道："辎重营，攻城战具如何了？"

辎重营携带铁器，达殷州后就地取木材，在树林中制作攻城战具，造出五十架云梯，尖头轳和轒辒车各二十，飞楼三座，以备攻城。杨忠将辎重营调到北门，小猴子问道："将军，此战怎么打？"

尔朱仲远军队未到，两万步骑无法包围殷州，尔朱兆下令："攻打北门，放开三门让他们逃吧。"如果殷州人马突围，正好骑兵围猎，当年尔朱荣就用这种战法击败葛荣，侯渊和叱列延庆都无异议。号角震天，攻城器械从树林中爬出，尖头轳以木为脊，长一丈、径一尺五寸，下安六脚，下阔而上尖，高七尺可容六人，以湿牛皮蒙之，人蔽其下，直抵城下，木石金火不能及。轒辒车四轮以绳为脊，犀皮蒙之，下藏十人，填隍推之城下。云梯随之而出，长五丈高出城墙，八人分持左右，散漫一地。侯渊向来野战争胜，从未见过这般阵仗："吐沫儿，他们是什么人，口音不是国人。"

辎重营的梁兵大多操着吴音，与北方夹杂鲜卑语的汉话大为不同，尔朱兆以往骑战骁勇，将梁军编为辎重营，如虎添翼："他们是梁军战俘，当初大王留给了我。"尔朱兆得意扬扬喊了杨忠的名字。杨忠已在上党郡归营，走出阵形。尔朱兆向侯渊和叱列延庆说道："这是杨都督，统领辎重营。"

元颢进攻洛阳时，贺拔胜南赴尔朱荣大军，留下侯渊镇守中山抵御韩楼，他从未见过梁兵，不以为意，也不搭理。却见尔朱兆为杨忠拉来一匹战马，整理鞍鞯，杨忠飞身上马，侯渊和叱列延庆都觉得惊异，尔朱兆好像只为尔朱荣牵马坠镫，自己都没这个待遇，为何如此礼遇这梁军俘虏？鼓角再起，两万步骑出阵，率领亲信卫兵向殷州城奔驰而去，来到城墙百步之外，观察敌情。

殷州城不大，护城河都没有，辎重兵直抵城下，墙皮哗啦啦地裂开，守军冒出头来，弓矢齐射，石块飞掷，被尖头轳和轒辒车挡住。杨忠不想梁兵伤亡，也没有争功想法，只要撞开缺口和城门让骑兵冲入，便大功告成。侯渊着急，这么撞下去至少三天才能破城，指着云梯问道："为何不搭云梯攻城？"

云梯攻城难免伤亡，杨忠极力避免："辎重营已将云梯送至城下，将军不妨率兵登城。"言下之意是要登城派你自己的士卒去，反正我的人不去。

侯渊被噎住，叱列延庆瞪起眼珠：“侯将军命你攻城，你敢违反军令？”

杨忠只想保存梁兵性命，这场战争与他无关，他和尔朱兆有言在先，辎重营只运送粮草，后来小猴子的匠作曹并入才开始打制兵器和战具，拱手答道：“辎重营三日内撞开城墙，骑兵冲进去，殷州必破。”

侯渊怒了：“兵贵神速，如果信都派兵来援，夺不下殷州，你是何罪？”

杨忠跟随陈庆之多年，兵法了然于胸，万般不情愿仰攻城墙：“如此正好，便围城打援，不用啃这城墙。”

叱列延庆和侯渊在幽州作战，配合默契，怒斥杨忠：“梁军俘虏，敢妄议军令？”

杨忠懒得搭理，策马向前指挥辎重营。侯渊大怒，马鞭向杨忠背后抽出，杨忠早已戒备，明光铠挡住马鞭，一点儿疼痛都感觉不到，向后抄住马鞭，他人高马大，常年用锤，力气远超侯渊，突然发力将他拉落战马。侯渊全身覆铠沉重万分，鼻青脸肿地拔出刀来：“拿下！”亲卫催马上前，向杨忠围去。

小猴子见到几人打了起来，猜到是怎么回事儿，带着几十名梁兵从城下返回，刀枪齐举，与侯渊和叱列延庆的卫兵对峙。尔朱兆正在指挥攻城，听见背后喧哗，勃然大怒，尔朱荣军令极严，从来没人敢在战场内讧，调转马头飞奔过来。小猴子见机大喊：“侯渊、叱列延庆通敌谋反，拿下！”

侯渊和叱列延庆吓了一跳，明明是杨忠不听指挥，怎么变成了自己通敌谋反？尔朱兆疑心大起，侯渊是高欢曾在杜洛周帐下的旧识，当初尔朱羽生被斩杀，尔朱兆就怀疑他不去救援。侯渊连忙解释："大王，我命令辎重营攻城，杨忠违抗军令。"

小猴子擅长辩论，凭一张嘴得到了梁国的东冶铁炉堡，摇舌激辩："辎重营隶属大王麾下，只有大王才能调遣，如果向前攻城，大王背后大开，偷袭易如反掌！"

尔朱兆回头看去，形势与小猴子所说无异。小猴子喜欢在军营中行走，又懂鲜卑语言，把尔朱荣家族的情况摸得清清楚楚，辎重营归尔朱兆节制，叱列延庆和侯渊无权调动，尔朱兆对杨忠举止颇感欣慰，瞪着侯渊。叱列延庆没有偷袭尔朱兆之心，被扣了这么大一个罪名，狂怒："血口喷人！梁军俘虏还敢摇舌鼓噪？"

"辎重营确是梁军，我还和杨兄弟在荥阳和北中城大战，被砸了两锤，口吐鲜血，差点儿被砸死，他们还杀死了尔朱世承和尔朱袭。"尔朱兆让两边放下兵器，"后来大王率军追击陈庆之，他大哥马佛念在两军阵前战死，杨兄弟被大王俘虏，被扔入虎群，为尔朱世承和尔朱袭复仇，他徒手杀死猛兽，被大王赦免。后来大王崩于明光殿，杨忠占据西阳门救了尔朱世隆，夺取北中城打通撤退道路。我领兵反攻洛阳，黄河万仞，杨兄弟单骑渡河，我军当晚攻入洛阳皇宫，元子攸逃走，又是杨兄弟将他擒回。"尔朱兆详细讲述了杨忠成为俘虏后的际遇，侯渊和叱列延庆第一次听说，唏嘘不已。尔朱兆打定主意为杨忠出头，继续说道："我发誓善待杨兄弟，不因为他们曾是梁军而辱骂，我们有言在先，辎重营运输粮草，打制兵器，如非我的军令，绝不上战场厮杀。"尔朱兆越来越偏袒杨忠，侯渊和叱列延庆生出寒意。尔朱兆继续敲打："两位将军击败刘灵助立下大功，也不得冒犯杨将军，过来赔罪！"

侯渊和叱列延庆都是赫赫有名的战将，极为难堪，碍于尔朱兆凶狠狂暴，只好下马来到杨忠面前，略一施礼转身而去。小猴子忽然叫住两人："两位将军小瞧辎重营，可敢比比？"

叱列延庆怒火翻腾，寻问要比什么？小猴子指着殷州城墙："以城门为界，我们攻打东边，你们攻打西边，先登城为胜。"杨忠无心赌约，赢了又能得到什么？小猴子说道："我出自河北，有个相好的便是赵郡李氏的姑娘，如果我们攻下城墙，百姓归我，不得杀戮。"杨忠恍然大悟，小猴子要保护当地百姓。

"财物归谁？"侯渊指望着攻下城池掠夺，才能让士卒开心。

"平分！"尔朱兆拔出战刀向城墙一指："攻城！"鼓角第三次响起，侯渊和叱列延庆策马向前指挥攻城。小猴子呼啸一声，飞楼从树林中缓缓移动，地面早已铺设滚木，数百梁兵一起拉动，飞楼向殷州城墙快速滑去。侯渊和叱列延庆没有见过此物，命令士卒赶紧用云梯登城，城墙上飞石和弓弩俱发，一串串士卒被砸落云梯，两人心痛不已，这时飞楼靠近城墙，梁兵配合无间，十数人通过悬梯爬上楼顶，借着挡板向城墙放箭，射退守军，踏板落地，梁兵跃入城墙守住垛口，城下梁兵从云梯登城，片刻工夫在城墙上结阵稳守，竖起辎重营大旗，等待后援。尔朱兆大为欣喜，殷州守军实在太弱，他只想试探攻城，飞楼一出，竟将城墙夺了，殷州便是破了。侯渊和叱列延庆的云梯被砸得东倒西歪，输了赌约，便向杨忠和小猴子拱手："佩服，多有得罪！"

殷州守军士气沮丧，竟不来攻，向南门撤退。小猴子和杨忠不想折损士卒，等殷州人马退出才攻入瓮城，打开城门，尔朱兆骑兵席卷而入。尔朱兆夺取了殷州城墙，两路骑兵从城外包抄南门，守军不再坚守，跨上战马在合围之前突围而去。侯渊和叱列延庆赌约输了，不能在城中抢掠，带着人马狂追下去。杨忠登上城墙，见殷州守军撤退阵形不乱，旗帜分明，有了不祥的预感，悄声对小猴子说："南门断后士卒军纪严明，撤得不早不晚，火候拿捏得极好，打法如此眼熟。"

一般军队胜时奋勇争先，败则争先恐后，这支断后士卒没有狼狈之态，小猴子猛地一拍城墙："会不会是咱们的兄弟？"枋头坞在黄河北岸，北边依次是邺城、信都和殷州，按理说不会来到这里，可是战法太过相似。杨忠抬头远望，视线尽头是两座小山："伏兵！"

小猴子拉住杨忠低语："情形不对，别掺和这些闲事儿，让他们打。"杨忠点头，命令辎重营停止追击，分兵收集粮草物资，列好阵线，尾随而去。辎重营只有一千多梁兵，又不是战兵，职责是守卫粮草辎重，没有上阵之责，远远躲在后方并无不妥。

43 伏兵广阿

高欢留下封隆之和高乾守卫信都，防备南边的尔朱仲远和尔朱度律，自己率领六镇人马连夜进军，藏兵尧山，天亮时殷州城传来鼓角声音，尔朱兆攻城仅仅半天，李元忠率领守军向尧山撤退，追兵尾随而来。尧山低矮，小路绕山向南直达信都，高欢人马伏兵在道路一侧，殷州士卒沿途抛弃辎重和铠甲，仓皇向尧山奔来，敌军骑兵绕了个弯，包抄到山后拦截，尔朱兆率领大队步兵加快行军速度，步骑夹攻，要将殷州人马围歼在尧山。

六镇人马有三万之众，李元忠的殷州士兵也有五千多人，数量超过敌军，只是骑兵太少不利野外决战，决胜的关键是利用地利击溃敌军。六镇人马分成前中后三个步兵方阵和一队骑兵，高欢率领五千中军居高临下，指挥全局，窦泰率领两千骑兵准备切断敌军，段韶和孙腾率领一万前军在尧山之北，刘贵和尉景率领后军在尧山之南。殷州士卒沿山奔逃，渐渐吸引敌军步兵来到山下。“弓箭！”高欢令下，六镇士卒扬起弓箭，如雨泼下，将山路的追兵射散。

“窦泰，出击！”高欢令下，窦泰率领骑兵从山间奔出，加速狂飙，中路横冲分割敌军。

“李元忠，杀回来！”高欢第三道命令发出，号角再响，战旗飘摆，五千殷州人马掉头，结成铜墙铁壁，拦截在尧山之北。

“段韶！”第四阵号角震天，段韶带领步兵列成鱼鳞阵，两侧士卒身披重铠，举着高大沉重的盾牌，长槊高举，中间弓箭手射杀敌军向战场移动，跟随骑兵将追兵切成两截。

“刘贵！尉景！”号角响起，刘贵和尉景将士卒排成长方形，前排重铠大盾，后排弓箭攒射从山坡上压下来。为首一人身着白衣在阵中极为显眼，他提着一面盾牌，腰间围铁甲，头顶兜鍪，趴在地面叩首：“父亲大人，儿子今天为你报仇！”挺长刀杀向敌军。

“那是杨愔吗？把他拉回来。”高欢辨认出来，一个儒生怎么会舞刀弄枪？孙腾策马冲到阵前，翻身下马，带领近卫向阵前冲去，揪住杨愔。杨愔以为被袭，转身横刀欲刺，被士兵按住才认出孙腾：“孙大人，你要干吗？”

“大王让你回来！”孙腾吓了一跳，杨愔全身血红，刀身被鲜血浸透，凶神恶煞。

滚！杨愔甩开孙腾，提着盾牌回归队列，向前奔杀。孙腾派亲卫保护杨愔，翻身上马回去禀报。高欢叹息：“杨愔儒生，今为武士，仁者必勇，定非虚论。”

侯渊率领五千士卒埋头追击，听到鼓角声音，放慢脚步，殷州人马停下结阵，侧面受到弓箭袭击，一队骑兵杀出，将阵线冲破，接着敌军步兵冲出结阵，将队伍分割成两段。殷州士卒掉头结阵，刹那间被两头堵住，中间分割切断，侯渊连忙下令：“结阵！”

尔朱兆率领大队人马押后，被尧山中冲出的人马截为三段，叱列延庆率领的骑兵在前，自己的主力在后，侯渊的五千人马陷入重围。他约束溃兵重整阵线，听到阵中杀声震天，五千士卒正在与六镇士卒搏杀，连忙下令："快，让叱列延庆掉头。"如果骑兵侧面突击，必然能够击穿高欢防线。

叱列延庆的五千骑兵绕了一个大圈，只要在前面拦截，殷州人马绝对无法逃回信都。忽然一声号角，尧山战旗摇摆，弓箭如雨，伏兵拦腰出击将追兵截成三段。中计！贺六浑主力在这里，殷州守军佯装撤军，把自己引到这里。叱列延庆明白形势，调转马头向后杀去，半山出现一道防线，盾牌整齐，长槊密布，弓箭指向天空。如今侯渊的五千人马三面被围，前面是李元忠的殷州人马，后方六镇士卒断去后路，一支人马中间压出。叱列延庆用兵巧妙，当然不会硬冲敌阵，掉头向东边奔驰，那边正对尧山，还没有合围。

"结阵！"杨愔杀了几个来回穿透敌阵，眼前出现一支骑兵，从东边缺口救援侯渊。

"弓箭快没了。"刘贵在冲下山坡时射空弓箭，凭盾牌和长槊很难阻挡骑兵。

"不能让敌军会合。"杨愔将箭囊扔给一名弓箭手，里面还有五六支弓箭，将盾牌立在地面，双手紧握长槊，抢来军旗在空中飘摆，士卒渐渐会集成一道堤坝，东边是唯一的退路，侯渊的士兵潮水般冲去。

刘贵和尉景拦截敌军骑兵，变成一场围歼战，高欢立即命令吹向号角，向中军下令出击，这五千士卒都是怀朔镇精锐，从山上猛扑下去，李元忠在南，刘贵和尉景冲破敌阵拦在东边，段荣在北，对侯渊的五千步兵形成四面合围。窦泰率领骑兵在包围圈中追杀溃军，见到刘贵升起战旗，那是关键所在，调转马头向战旗奔驰。如果不能冲开这道防线，侯渊就要全军覆没，叱列延庆脚踩马镫直立身体，“冲！”五千骑兵卷起千重烟尘，两百步，一百步，箭雨袭来，骑兵坠落战马，翻身再起，双手紧握马槊冲杀。“哈哈，没有弓箭了！”叱列延庆大笑为士卒鼓气，敌军只有薄弱的一层，长槊挑开盾牌，撞开七八名士卒飞马入阵中。

东边阵线洞穿，退却必被追杀，难以生还，不如在这里死扛，杨愔坚守不退，聚集数千士卒紧密相连。刘贵和尉景背靠背说道：“咱们在这里拼杀，高敖曹去了哪里？”

李元忠佯败撤出殷州，封隆之、高乾和高敖曹不见踪影，尉景答道：“应该防守信都。”

“屁，尔朱仲远已经退兵，这里是决战之地，高敖曹打架厉害，战场上就是软蛋。”刘贵对高敖曹恨之入骨，在高欢劝解下才没有翻脸。

“死到临头还想这些。”眼前全是敌兵，阵形被反复冲击就要崩溃，尉景连忙命令士卒结阵防御，喊声还没有传到战场，被冲散的士卒在马槊下淌血倒地。战场分成三块，李元忠的殷州士兵掉头加入战局，包围敌军，段荣前军拦截尔朱兆步兵，阵线沉稳，叱列延庆的骑兵正在与侯渊前后冲击刘贵和尉景的战线，刘贵的防线洞穿，收拢成圆阵，早看不见杨愔的身影，他每阵当先，恐怕已被卷入马蹄。

战场已经杀乱，叱列延庆立马四望，刘贵的战旗被团团包围，用不了多久就要崩溃，可是窦泰的骑兵从背后冲来，殷州人马杀到近前，尧山方向人头汹涌，加入战局，自己的骑兵吃不掉刘贵反而要陷入重围。叱列延庆向包围圈拱手：“侯渊兄弟，对不住你了。”不待侯渊响应，率领本部骑兵向北奔出，他身经百战，今日遭逢大败，恨恨不已。

包围圈内尸体横陈，失去主人的战马四处奔驰，刘贵和尉景安然无恙，高欢翻身上马，举起战旗向战场中被包围的侯渊士卒奔驰："兄弟们，认得我吗？我是贺六浑！"侯渊士卒曾在尔朱荣率领下发动河阴之变，在滏口击败葛荣，击败韩楼，即便不认得高欢也听说过他的名字，纷纷停止抵抗。高欢策马来到侯渊战旗百步之外，喊道："侯渊，出来说话！"

侯渊被四面包围，这五千士卒是他的本钱，舍不得全军覆没。于是策马出来："贺六浑，大王待你不薄，你为何反叛？"

侯渊将才难得，高欢不想硬拼，极力劝说："你我都在天柱大将军麾下，擒葛荣，败邢杲，击溃陈庆之和元颢，纵横天下，天柱被冤杀，我何尝不伤心欲绝？冤有头债有主，天子已死，沉冤得雪，他的外孙仅仅两个月，又有何罪？被尔朱兆扑杀！我们都受过天柱大将军大恩，怎能咽下这口气！咱们兄弟不忍相杀，还不放下兵器，保全性命！"

陷入包围的士卒被分割成数十段，如果抵抗都无法活命，侯渊挥手命令停止厮杀，战场沉静。高欢策马来到敌军阵前："诸位将士，天子被杀前写了一首《临终诗》，我念给诸位听：权去生道促，忧来死路长。怀恨出国门，含悲入鬼乡。"高欢念到这里声泪俱下，平定葛荣时，元子攸在黄河岸边迎接凯旋大军，是一个丰神俊秀的年轻人。他铤而走险杀死尔朱荣，如此坚毅和勇敢，假以时日未必不能力挽狂澜。高欢周围将士也哭出声来："隧门一时闭，幽庭岂复光？思鸟吟青松，哀风吹白杨。昔来闻死苦，何言身自当！”高欢声音悲切：“我身为臣子，岂能不为天子复仇！尔朱兆所作所为，要我一一历数吗？你们看得下去吗？为何偏要助纣为虐？”

侯渊手下大都忠于朝廷，纷纷放下兵器，临阵投降。高欢来到侯渊身边，将他右臂高高举起：“从此我们就是一家，誓为天子复仇！”群情激愤欢呼。忽然一名士卒抹开脸上血迹，正是杨愔：“大王，快驰援前军！”高欢大喜，杨愔白衣儒服全被鲜血沾满，难怪在众人中看不见他：“杨愔！今日才知弘农杨氏门风，我有一女爱如掌珠，嫁给你吧。”高欢在战阵上见到杨愔英勇搏杀，他出自弘农杨氏，对自己霸业极有裨益，故此见到杨愔生还，立即提亲。杨愔曾经拒绝葛荣为女儿提亲，却不拒绝高欢：“全赖大王为我弘农杨氏全家百口复仇，我杨愔愿为牛马！”

高欢拉起杨愔：“女婿，跟我到前面去。”他诱敌深入收降侯渊，尔朱兆元气大伤，下令追击，号角响起，三面大军掩杀过去。

尔朱兆与敌军势均力敌，两军犬牙相交苦战，侧面地动山摇，叱列延庆从西边溃退：“吐沫儿，撤！”尔朱兆的铁骑曾经突入葛荣的千军万马中，在历城截断邢杲退路，战无不胜，攻无不克，如今还未受损，怎么能撤军？忽然前方潮水般涌动，刘贵和尉景的军旗出现在左翼，冀州人马出现在右翼，三面包围过来。叱列延庆说道：“前军覆没，敌军合围，再不走就迟了。”

“侯渊在哪里？”尔朱兆狂吼，命令骑兵正面冲击敌阵。

“他无法突围，生死不知。”叱列延庆不想再战，前面步兵混战，骑兵冲上去就先踩翻己方阵线，战局必然崩溃。

“排兵布阵，我远不及天柱！”尔朱兆气势已沮，调转战马向殷州方向败退。如果尔朱仲远和尔朱度律还在战场，绝不会如此惨败。尔朱荣只让他指挥三千骑兵冲锋陷阵，尔朱兆今天才明白尔朱荣深意，自己率领军队的能力远不如他，败军如山倒，他一路败退，屡次想重整战线，都被溃兵冲散，这样下去久经战阵精锐军队就要崩溃，还能剩多少人马？尔朱兆痛心不已，大敌当前，我还和尔朱仲远内讧，当真自寻死路。

“大王，骑兵先撤！”叱列延庆奔到尔朱兆马前，为今之计只能保住骑兵，尽快逃出战场。尔朱兆杀红眼睛，断断不肯放弃步兵，回马过来：“回去杀个你死我活！”尔朱兆挥军杀回，突入敌军阵线，他的契胡精锐都是尔朱荣带的百战精兵，高欢的六镇降兵气势上已经输了，战线立即崩溃，尔朱兆穿透敌阵，眼前情景让他悲痛欲绝，尸横遍野，鲜血横流，被截断的五千士卒被消灭殆尽，余部投降。尔朱兆悲从中来，放声痛哭，他从未遭此大败，不由得想起尔朱荣，如果他在战场，绝不会犯下如此大错。叱列延庆拼命抵抗，两翼压力越来越大，尔朱兆骑兵即便杀出缺口，却是向信都方向，落入重围，为今之计只能后撤。他率领骑兵从密集的士卒中挤到尔朱兆身边，拥他向后撤退。契胡士卒不退反攻，呐喊着向前杀出，拉出距离，弓箭如雨隔绝敌军，全体向后，徐徐撤出战场。

尔朱兆的军队身经百战，从来摧枯拉朽，未尝一败，这次掉入高欢的诱敌之计，被拦腰截断，败得极为窝囊，若堂堂正正列阵而战，必能击败敌军。河北是高欢地盘，敌军尾随，只要断绝辎重，不战自溃。冀州高氏兄弟没有现身战场，尔朱兆不寒而栗，如果被他们夺了殷州断去归路，岂不要全军覆没？忽然前方战鼓声声，一道战线拦截在眼前，百辆战车勾搭相连，挡板足有一人高，长槊如林，弯弓待发，难道高氏兄弟早已布阵在此？

两辆战车一分，一高一矮两人策马出阵，身材高大那人战马上悬挂战锤，尔朱兆曾被砸中两次，哪能认不出来，他拉开兜鍪正是杨忠，身边手舞足蹈的那人就是与他形影不离的小猴子。车阵打开缺口，放尔朱兆败军回阵，马车上堆满弓箭、盾牌和食物，契胡士卒从早到晚大战一天，肚腹空空，开始狼吞虎咽。

尔朱兆追击陈庆之时曾攻打车阵，若不是元颢仓皇出逃，未必攻的进去，当时就知道此阵厉害，如今眼界大开，战车环绕，外布铁蒺藜，骑兵难以迫近，挡板遮挡弓箭，弓箭手聚集成圆环，弓箭射杀，敌军靠近再用长槊刺杀，最内一圈的战车上堆满军械，弓箭、刀枪和饮水应有尽有，当真是移动堡垒。尔朱兆握住杨忠，不知道该怎么感谢：“杨兄弟，你屡次救我，何不歃血为盟？”

如今尔朱兆大败，和他结义就是找死，小猴子见机，极快进去大喊：“不好，敌军来了！”

高欢紧追不舍，猛然间出现一道车阵将尔朱兆军队收纳，阵前静悄悄毫无人影。高欢不想贸然开战，走到阵前放声大哭：“天柱大将军，不是我要造反，可是尔朱世隆和尔朱兆所作所为，我实在看不下去，追击到此想起大将军，悲从中来，如果没有你收留，我贺六浑哪有今天？我何忍与您的大军相杀？”刘贵、尉景、孙腾等人出自尔朱荣部属，受过大恩，将尔朱荣敬为天神，万般不愿意与他的军队作战。高欢另有想法，尔朱兆退入车阵，虽然折损了侯渊的五千步兵，实力仍在，强攻绝无好处，不如收取人心。高欢向尔朱兆军中三拜：“吐沫儿，我们曾结为兄弟，不忍相杀，贺六浑今日解围而去，希望再不为敌。”

高欢的哭声传入对面军中，士卒们兵败，再没有尔朱荣时的威风，暗暗抱怨尔朱兆不会用兵，听见高欢所说百感交集，没了战意。尔朱兆不想与高欢相见，下令撤兵，败军饱餐后结阵撤出阵线，车阵缓缓向后移动，向北而去。

“贺六浑，不追吗？”刘贵等人聚集过来，放走尔朱兆便是放虎归山。

“吃不下！”高欢抹去眼泪，回归营中，大战下来，天色已黑，他缺乏骑兵不敢冒险去追，放出斥候打探军情，招来众将商议，众人兴奋不已，摩拳擦掌要夺回殷州。没有多久，斥候带来消息，尔朱兆绕过殷州向北撤退，高欢笑了笑：“刘贵、尉景，回尧山军营坚守，不得出击。”

众人不解，大军要么返回信都，要么乘胜夺取殷州，留在尧山军营做什么？都不知道高欢的打算。高欢笑问：“高乾和高敖曹都未参战，猜猜他们在干吗？”这一仗主力都是高欢的六镇人马，众人对河北五族不满。高欢哈哈大笑：“他们围了邺城，等我攻城！”

众人恍然大悟，高欢在广阿狙击尔朱兆，暗中派出高乾和高敖曹偷袭邺城，这是曹魏故都，城墙坚固，物资堆积如山。当初葛荣无法攻下邺城，不得不与尔朱荣在滏口大战，兵败被擒。高欢如果拿下邺城，四面攻略，便可以夺取河北与尔朱氏争雄天下，他刚才在阵前哭诉，只是演戏稳住尔朱兆：“尔朱兆必然派出斥候探查消息，你们大张旗鼓返回尧山军营，锣鼓喧天，多喝些酒，多吃些肉，大肆庆祝。”高欢拿出地图说道，“窦泰，你和我率领骑兵先行赶赴邺城，孙腾、尉景整顿步兵，后半夜急行军前往会合，拿下邺城！”

茅山上停着一辆马车，明月紧张地眺望战场，杨忠就在不远处，却不能和他相见。车阵缓缓向北退去："阿阇梨，他们要去哪里？"她得知高欢在广阿与尔朱兆决战，便和阿阇梨来到战场观望，看车阵便知道那是杨忠率领的梁军。

"尔朱兆新败，很难守住殷州，要返回晋阳。"阿阇梨猜测着，尔朱兆无法单独击败高欢，必然和尔朱世隆等人联合，重新返回河北作战："我们去哪里？"

"阿阇梨，我在晋阳佛寺见到皇帝哥哥想了很多，他为何不惜自身杀死尔朱荣？"桃儿听了小猴子转述元子攸临终所说，心里掀起了巨大的波浪。这个问题吸引了阿阇梨，她静静看着明月等她答案。"皇帝哥哥临终说，天下不是一个人的天下，我懂了这句话的意思。"桃儿见到了无数的杀戮和悲惨的命运："天下是天下人的天下，没有谁可以高高在上，没有谁可以恃强凌弱，没有谁可以屠杀无辜，没有谁可以鱼肉百姓，如果有这样的人，我们就要反抗，我不为报仇，这是道义。"桃儿眼光明亮，"我希望未来是一个煌煌和公正的天下，天下人不再受到杀戮和欺诈。"

这正是阿阇梨心中的理想，点头："我没看错你。"明月继续说道："自从我和皇帝哥哥取消婚约之后，我便想和杨忠回到枋头坞，安安静静过日子，男耕女织，可是天下这么乱，谁能够平安？只要你积攒了粮食和布帛，便有人要来抢掠，杀死年轻的小伙子，霸占他们的妻子和儿女。在这个乱世中，谁也不能逃掉，躲在枋头坞也不能。"明月望着渐渐远去的车阵说道，"这个世界不只是有我和他，我要去枋头坞，告诉老坞主和宋大哥，我们唯有奋起反抗，一起终结这个人吃人的乱世。"

44 攻取邺城

隆冬时节，天寒地冻，刺史府邸烤着火炉，十分舒坦，刘诞却心不在焉。他本是塞外胡人，刘姓是孝文帝罢黜胡姓后所改，一直忠心耿耿地跟随尔朱荣。葛荣被平灭之后，被尔朱荣留下镇守，元子攸死后，刘灵助席卷幽州和定州，河北五族在信都举兵，邺城变成前线。旋即尔朱羽生击败刘灵助，局面刚刚稳定，高欢又在信都起兵，邺城首当其冲。尔朱兆出兵速度极快，南北夹击，将高欢压缩在殷州和信都方圆百里，他略微心安，又听说尔朱仲远和尔朱兆闹翻，向南撤走，关键时刻还能内讧？刘诞想带兵离开邺城追赶尔朱仲远，可这是尔朱荣托付之城，岂能随便放弃，好在尔朱兆还在河北，他战力彪悍，邺城坚固，最难的时候都过去了，现在怎么能撤？刘诞加固城池，囤积粮草，当初葛荣都不能攻克邺城，高欢怎能做到？他挥手扇灭烛火昏昏睡去，没想到外面突然到来的包围。

高欢率领两千骑兵在斥候带领下来到邺城外，在一片低洼地带，无数士卒正在挖掘，并将一担担泥土运出，高乾拉住他的战马缰绳，询问广阿战报。高欢笑呵呵说了一句“大胜”，下马伏身进了坑道，内里极窄仅容一人通行，宋景休正在指挥士卒轮流挖掘，冬天泥土冻结，挖坑道速度缓慢。宋景休向高欢拱手：“恭喜高王大胜！”

广阿之战的谋划出自宋景休，高欢回拜：“多谢宋将军的诱敌深入之计。”他第一次挖掘隧地攻城，十分担忧：“为何挖掘隧地攻城？这要耗费多久？”

“攻城十二法，曰临、钩、梯、堙、水、穴、突、蛾傅、轩车、轒辒车、洞、冲。”宋景休早年跟随陈庆之，攻城守城极为擅长，临是临山筑攻，钩是勾搭城墙，梯是云梯攻城，堙是堵塞城沟，水是放水围城，穴是挖地道，突是穿突暗门，蛾傅是借助木排密集爬城，轩车是飞楼登城，轒辒车是撞击城墙和城门，空洞法是在城墙上开凿墙洞，冲是士卒从缺口直扑入城。邺城城墙深厚，极难攻取，挖掘地道才能出其不意。宋景休建议道：“尔朱兆在广阿大败的消息，早晚传入邺城，守军必加强防御，还请大王引兵佯攻，一旦挖到城内，奇兵突出，里应外合破了邺城。”邺城城墙坚固，围攻肯定要损兵折将，既然宋景休有穴地攻城的战法，不如让他试试。高欢从穴道出来，抬头见星光灿烂，祈祷苍天护佑。

第二天孙腾和尉景率领到达，将邺城包围，刘诞婴城固守，等待援军。围城持续了一个多月，邺城高大坚固，刘诞存储大量粮草，用尽办法不能夺下城墙，尔朱仲远和尔朱兆等人一定会卷土重来，如果拿不下邺城，腹背受敌，战事便要急转直下。终于，高敖曹冲进大帐喊道：“穴道挖通。”

高欢带领众将来到地道，再次钻入，穴道极深，弯弯曲曲前行来到尽头，沿着台阶向上有一个方圆数丈的地洞，下有木桩支撑，其间填满干草，上面薄薄一层就是城内，高敖曹率领殷州士兵提着水桶排列在穴道中。宋景休将火把交给高欢："高王点火吧，我们在周边挖掘了烟囱，火焰和浓烟散出，守军以为火起，不会想到这是入城的穴道。"

被围的邺城迎来了新年，过去一年极为纷乱，年号混乱不堪，在南梁是中大通三年，元子攸在永安三年十二月死于晋阳，很多地方沿用了永安四年的年号，后来传来元晔称帝的消息，年号变为建明元年，没多久元恭上位，用了不到一个月的年号变成了普泰。百姓倒是没有影响，官员们就不敢写错一个字，否则便是大逆不道。高欢又在信都立了一个新皇帝，年号改为中兴，河北地区纠结在中兴和普泰两个年号之间。被南梁扶立的元悦还有一个更兴的年号在魏国边境使用，这一年便有中大通三年、永安四年、建明元年、普泰元年、中兴元年和更兴元年六个年号，老百姓哀叹皇帝做不久，比普通人还可怜。

这种年景，没人有心思过年，邺城虽然没有断粮，却绝不充裕。只有小孩子们偷偷点了灯笼，胆子大的提出家门在街巷中欢笑。忽然一团火光蹿起，烟雾腾腾，五六道火光直冲天际，小孩子们哇哇大叫，地洞中会不会跑出妖怪？孩子们逃回家里，脑袋探出门框，那个地洞中爬出许多道黑影，他们不是妖怪也不是恶魔，用水桶浇灭火焰，竖起盾牌，越来越多的士卒从里面冒出，孩子们怕了，各自回家找妈。

城外号角连天，攻城开始，士卒向城墙上奔跑，没人注意到城墙内的地洞。洞口渐渐聚集了上千士卒，还在源源不绝冒出头来，终于呐喊一声向城门处杀去。老百姓只想过好小日子，关闭大门，各自拉起孩子捂住嘴巴，从门缝里偷偷观看，城门那边喊杀声响起，没多久城门大开，骑兵进城，邺城破了，要改年号了，老人把家里对联取下来，将“普泰”两字涂掉，改成“中兴”二字。

高欢夺下邺城不敢怠慢，收集粮草备战，尔朱兆绝不会善罢甘休，尔朱度律和尔朱仲远兵力未损，尔朱天光的关陇大军更是没有加入，一场更加宏大的战争即将展开。他攻下邺城第五天，丞相府哭声震天，一老一中年相互扶持，白衣缟素跪在门口。高欢走上几步立即认出，那皓首老者正是祖莹，年轻人是一袭白色儒服的温子升，两人跪伏在高欢面前：“听说大王举兵，我们从洛阳赶来，誓为天子复仇。”

高欢大喜，祖莹和温子升都是元子攸身边近臣，在华林苑采选时熟识，他们投奔自己，更彰显为元子攸复仇的正义，扶起两人：“还需两位大人鼎力相助，为天子复仇。”

祖莹和温子升被迎入府中，高欢询问了两人近况，元子攸后期崇信杨侃、高道穆和元徽，杀死尔朱荣，祖莹和温子升躲到伊阙山中，听说尔朱兆攻入洛阳，向东逃走，不知道落脚之处，听说高欢起兵，立即前来投奔。高欢陪他们掉了些许眼泪，吩咐上酒，悲容不再：“鹏举，你有一首诗，名叫《敦煌乐》，今日两位大人来到邺城正好贴切，何不歌以咏志？”高欢在广阿大胜，夺得邺城，唤来六镇将领，唱起这首歌，欢欣鼓舞。

客从远方来，相随歌且笑。

自有敦煌乐，不减安陵调。

封疆在上地，钟鼓自相和。

美人当窗舞，妖姬掩扇歌。

元子攸死后，温子升万念俱灰，他入朝要用儒道匡扶天下，如今是这般局面。夜半馆舍无眠忽闻笛声，披衣而起走出院落，月光下站着神仙般的阿阇梨，他们彼此久仰对方，上前施礼："阿阇梨，可否为我解惑？"两人并肩出来，走在邺城街道，温子升问道："天柱虽有功于天下，却要谋反，天子杀之又有何错？"

"天下，是天下人之天下，不是一人或一族之天下。天子临终之时有所感悟，这是他亲口所说。"阿阇梨很痛惜元子攸，尤其对这句遗言印象深刻，"儒生说尊卑有序，佛说众生平等，温先生可慎思之。"说完阿阇梨快步离开，温子升还有很多话说，追得再快，距离仍然越来越远。

公元 531 年十一月十四日庚辰，高欢围攻邺城，相州刺史刘诞据城固守，第二年正月十七日壬午，高欢军队穴地攻城，挖掘地道，柱而焚之，城陷入地，攻克邺城，擒斩刘诞。二月十六日辛亥，元朗追谥元子攸为孝庄武怀皇帝，全城缟素祭奠元子攸。二月二十九日甲子，元朗加封高欢为丞相、柱国大将军、太师。三月初二丙寅，任命高澄为骠骑大将军。三月十三日丁丑，元朗率领文武百官进入邺城，与尔朱氏扶持的元恭形成对峙之势。

第六章

韩陵片石

天下，是天下人的天下

45 瑶光夺婿

尔朱兆暴虐，尔朱仲远轻狂，尔朱度律粗鄙，唯有尔朱天光有尔朱荣遗风，身在长安没有前往河北，尔朱世隆知道自己的毛病，曾被尔朱荣当面斥责无胆，可是尔朱荣胆大到跑入皇宫，送上门被元子攸杀死，胆小其实是谨慎，有何不可？按照尔朱世隆的想法，攻入洛阳之后应该尽快弥合政局，只杀死杨侃、高道穆和元徽三人，将罪责都推到他们身上，就说天子被蒙蔽，奉立元子攸和尔朱歌的皇子，天下人一定不会造反。元子攸就是掌中物，过一阵子偷偷弄一杯毒酒杀了，再隆重安葬，尔朱荣的仇便也报了。

天知道尔朱兆那么快就攻入洛阳，尔朱世隆紧赶慢赶还是晚了几天，杀戮已经开始，洛阳遍地尸骸，尔朱世隆不想大开杀戮，后来有人提议剥夺李苗册封，他坚决反对，因为正是李苗保住洛阳，避免了复仇的怒火。每当尔朱世隆指责尔朱兆时，他便嘿嘿笑着问自己寿阳长公主味道如何？长公主！尔朱世隆少年时来到洛阳，为她的绝色痴迷，那时她是高高在上的皇家公主，绝不可能看上自己，尔朱世隆就是喜欢她骄傲的样子。我为什么昏头杀死了寿阳长公主？萧综死了，缓缓劝慰总能服软，她是一个女人。哎，爱之深恨之切，自己那颗卑微的心脏不够强大。

杀戮一发不可收拾，尔朱荣遗留的武力仍在，但是人心变了，一颗火种就能点燃人们心中的仇恨，这是没有军队可以弹压的力量。军人心中也有一杆秤，刘灵助起兵的时候，尔朱世隆惊诧莫名，他只是个江湖骗子，被尔朱荣一手擢拔为刺史，竟敢举兵造反，可见人心向背。好在老将尔朱羽生出马，刘灵助应验了自己的谶语，头颅在三月准时入了定州。尔朱仲远等人欣喜若狂，尔朱世隆仍不放心，天下人心中的怒火真的被杀戮熄灭了吗？高乾、高敖曹、封隆之、李元忠和崔彦珍在信都起兵，举起反叛的大旗，河北五族与皇家联姻，同气连枝。随即高欢进入河北平叛，与河北五族同流合污，六镇军民曾跟随葛荣在河北杀戮劫掠，高欢竟有如此手腕，让他们与河北五族联合对抗自己？难道我犯下的血仇，超越了他们的恩怨，他们相逢一笑泯恩仇？

随即尔朱羽生被高乾斩杀，什么人能够在万军之中夺取上将首级？那个高敖曹！尔朱世隆曾将他羁押，从晋阳到驼牛署到金墉城，此人龙虎之姿，御剑杀人，是天柱大将军的心腹之患。大哥，你什么都看透，偏偏没有看透元子攸！尔朱世隆又想起了尔朱荣，亲情模糊了你的双眼，你对小歌的爱，你对即将出生的外孙的爱，让你明亮的眼珠蒙尘！元子攸，你竟然如此卑鄙，利用了大哥最软弱的地方！

该杀！吐沫儿杀得好，就应该让你的亲人都惨死在你眼前？从古至今，还有帝王如同你这般凄惨吗？尔朱世隆愕然，我怎么如此想，我不是要平息天下人的怒火吗？他把思路扳回到河北局面。高敖曹长槊盖世，弓马绝伦，曾在北中城大展雄风，三十万大军在他脚下颤抖而景仰；高欢长于谋略，六镇军民身经百战，这是什么样的对手？可是尔朱仲远和尔朱兆这两个傻瓜竟然临阵龃龉，尔朱仲远南撤，尔朱兆轻狂进军，在广阿大败，折损五千士卒，侯渊投降！尔朱荣崛起之后席卷天下，哪有如此大败？败讯传来，尔朱世隆惶惶不可终日。

怎么办？高欢正在围攻邺城，一旦攻下将一发不可收拾。驰援邺城，必先化解内讧，对天柱大将军的忠诚将让我们精诚一心，不再分裂。只能压下怒火，不再追究尔朱兆在洛阳的杀戮，要满足他的一切愿望。尔朱兆想要什么？尔朱世隆举起酒杯望月深思，恍然大悟！当初尔朱兆将女儿嫁给元晔，扶立他登上帝位。尔朱世隆与尔朱仲远、尔朱天光等人合谋，废了元晔奉立元恭，这才是关键！怎么办？尔朱世隆一拍大腿，解铃还须系铃人，尔朱兆处处学着尔朱荣，尔朱荣将小歌先嫁元诩，后嫁元子攸，我为何不可以有样学样？

“备马！见皇后！”尔朱世隆扔了酒杯，大为兴奋。

“大人，哪位皇后？”随从有些糊涂，元恭刚登上皇位，还没有皇后。尔朱世隆一愣，这位随从炫耀起来：“我跟您详细说，第一位是孝文皇后，名为冯清，是冀州信都人，太师冯熙之女，文明皇后之侄女，孝文帝的皇后。母亲是博陵公主，太和七年和她姐姐一起入宫，得到孝文帝宠爱，姊妹不和互斗，冯清被废为庶人，出家为尼，现在瑶光寺。”

太和七年？四十六年前，那时魏国都城还在平城，文明冯太后执政，累世强盛，如今却变成这般模样。尔朱世隆好奇起来：“那个老皇后还在吗？”

“还活着，胡皇后也还在。”这个随从本来在皇宫，尔朱世隆觉得他机灵，便带在身边，果然对宫闱秘史十分了解：“便是孝明帝元诩的皇后，胡明容，当初胡太后欲光耀家族，册立从兄冀州刺史胡盛之女为皇后。孝明帝专宠潘充华，对其他嫔御不屑一顾，胡太后为帝选纳，当时博陵崔孝芬、范阳卢道约、陇西李瓒等女陆续入宫，还有大王之女。”随从卖弄着，继续说道，“后来元诩被害，胡皇后也入了瑶光寺，颍川王攻入洛阳，士卒们将瑶光寺围了，入寺淫乱，情形难以描述。”

颍川王便是尔朱兆，尔朱世隆八卦之心顿起，随从哪儿敢拒绝：“洛阳百姓都传诵一首歌谣：洛阳男儿急作髻，瑶光寺尼夺作婿。”尔朱世隆没听懂，随从解释道：“意思是说，洛阳未成年的男子都绾发成髻装作成年，流落在瑶光寺的嫔妃被士卒侮辱，都想嫁人图个着落，两边一拍即合，这便是‘瑶光夺婿’的典故嘛，听说那胡皇后绝色，被颍川王赐给了一名梁兵俘虏。”

“还有吗？”尔朱世隆没想到冯皇后和胡皇后还在人世，继续打探。

“便是大尔朱皇后和小尔朱皇后。”随从八卦惯了，正要详说，被尔朱世隆一脚踹飞：“还敢胡说？割了舌头！”大尔朱便是尔朱歌，小尔朱是尔朱兆的女儿，大小尔朱是随从私底下的称呼，犯了尔朱世隆的忌讳，随从说走嘴，跪地哭喊，已被拖下去，口中鲜血淋漓。

尔朱世隆极为晦气，直奔东海王府，元恭称帝之后，元晔被降为东海王，深居简出，避免惹祸。尔朱世隆进了王府，径直向后院走去，大声嚷嚷：“皇后在吗？”他口中的皇后便是尔朱兆的女儿，听说和元晔夫妻敦睦，尔朱世隆不管这些，他曾经用全族性命要挟尔朱歌嫁给元子攸，如今同样的话说给小尔朱，熟门熟路。小尔朱与元晔成亲仅三个月，新婚燕尔，携手出来，尔朱世隆匍匐在地："皇后，求你保全我族！"

小尔朱听尔朱世隆哭诉广阿之败，让她嫁给新的皇帝，小尔朱牵手脱落，双眼垂泪："叔父，除此可有他法？"尔朱世隆上来牵走小尔朱："如果你爹爹不能精诚一心，全族覆灭就在今年！"拉着她离开东海王府直奔皇宫。

尔朱兆在广阿大败失去侯渊和五千士卒，从河北败退回到晋阳，叱列延庆一路相劝，他还画出一幅地图，如果尔朱仲远不退兵加入广阿战场，高欢无论用什么计谋都无法取胜。叱列延庆好言相劝，不管怎样都是一家人，不能做亲者痛仇者快的反目之举。尔朱兆闷声不语，如果不是高欢诱敌深入，凭借自己的百战强兵，他未必能够讨到便宜。如果再次提兵东出太行山与高欢决战，尔朱世隆等人坐山观虎斗，那不是替他人做嫁衣？

邺城陷落的消息传来，尔朱兆开始怀疑，我能够击败贺六浑吗？尔朱荣最后一次离开晋阳前仿佛有了预感，亲口说：尔不过将三千骑，多则乱矣，堪代我主众者，唯贺六浑耳。我为何没有听进去天柱大将军遗言让高欢做大？或者就该让小歌嫁给贺六浑，大家成为一家人，这是叔父的遗愿。事已至此，想这些还有什么用？当务之急是与尔朱世隆化干戈为玉帛，齐心协力击败高欢。尔朱兆却有放不下的疙瘩，他将女儿嫁给元晔，尔朱世隆等人不和自己商量废了女婿，另立元恭，说他血缘最近，这是什么狗屁逻辑！连皇帝都杀了，还有什么血缘远近？

尔朱世隆多次派来使节，言语谦卑赠送厚礼，请他赶赴洛阳共商大计，都被尔朱兆拒绝，直到尔朱彦伯到来再来邀请共抗高欢。尔朱兆冷脸问道：“太保为何不来晋阳见我？”

尔朱彦伯是尔朱世隆之弟，个性和厚，极力劝解：“我哥哥在宫里忙着皇帝大婚，实在分不开身。”尔朱兆顿时火冒三丈，真是哪壶不开提哪壶，还敢在自己面前提起此事。尔朱彦伯呵呵笑着说：“大王可知是哪家闺女？”

尔朱兆鼻子冒烟，揪住他的领子：“你竟敢来取笑于我？”

尔朱彦伯不急不慌，顺手脱下尔朱兆的帽子：“恭喜大王！皇后就是您的女儿。”尔朱兆松手，当初尔朱荣把尔朱歌先嫁元诩后嫁元子攸，他效法尔朱荣，把女儿嫁给元晔，如今再嫁给元恭，像了个十足十。尔朱彦伯胸有成竹，呵呵笑着说：“皇后大婚，父亲不去，似乎不美。”

“去！谁说不去？”尔朱兆解开心中疙瘩，极为痛快，“让尔朱仲远和尔朱天光他们也来，在大王灵前盟誓，再不自相残杀，出兵河北，对付贺六浑。”

46 大军云集

尔朱世隆的信使向东西北三路出发：第一路的尔朱彦伯去见尔朱兆；另一路信使前往徐州，尔朱仲远是自己亲兄弟，必然应约前来；第三路以斛斯椿为使节派往长安，邀请尔朱天光来洛阳。当初在河北，斛斯椿和贺拔胜被派到尔朱兆营中，差点儿被他杀死，幸亏见机快跑得早，贺拔胜回来后感谢他提醒，关系仍然密切。斛斯椿离开尔朱世隆的府邸，没有即刻前往长安，找来贺拔胜和独孤如愿商议，三人沉默许久，独孤如愿职级最低，没有尔朱荣的感情羁绊，反而看得最清楚："天下皆怨毒尔朱，吾等为之用，亡无日矣。"

斛斯椿两面三刀，也打的这个主意。贺拔胜看了元子攸的《临终诗》，发誓为元子攸报仇，下决心反叛："尔朱天光和尔朱兆各据一方，欲尽去之甚难，去之不尽，必为后患。"

斛斯椿哈哈一笑，请两人到此便为此事，说了尔朱世隆派自己去长安，商议讨伐高欢的经过："只要尔朱天光来洛阳，事情就好办了。"

贺拔岳和宇文泰都从武川镇出来，向来忠于朝廷，贺拔胜说道："你去找我三弟，必能成事。"

从洛阳出函谷关入潼关，沿渭水向西，便是长安。自从西汉王莽之乱，迁都洛阳，长安宫室残破，这几年万俟丑奴造反，长安成为战场，更是破烂不堪。经过尔朱天光的整顿，这座城市开始散发出往日帝都的气象。尔朱天光向来沉稳，以往尔朱荣出征，留他镇守晋阳根本，在尔朱氏五王中，他心向朝廷，不欲作乱，尤其武川镇人马立场也是如此。当初尔朱荣被杀的消息传来，尔朱天光杀了弘农杨氏全家，报仇到此为止，可是尔朱兆在洛阳的屠戮让他心惊，糟了，尔朱氏已经得罪了天下！斛斯椿到达长安之后，两人深谈许久，尔朱天光屏退斛斯椿，招来贺拔岳和宇文泰商议。贺拔岳出自太学，满腹忠义，六镇反叛时袭杀叛军大将卫可孤，始终站在朝廷一边。

尔朱天光说了斛斯椿的来意，叹息："天子不该杀大王，尔朱兆也不该杀天子，如今高欢反叛，斛斯椿说非我不能定，岂可坐视宗族夷灭！我左右为难。"

贺拔岳没了立场，他对朝廷确实十分忠心，可是元子攸杀死尔朱荣让他心寒："咱们跨据晋阳、洛阳、徐州和长安四方，士马殷盛，高欢乌合之众，岂能为敌！勠力同心，往无不捷，如果骨肉相疑，则图存之不暇，安能制人！"

贺拔岳说中尔朱天光心理，他深知尔朱兆等人的毛病："难啊，吐沫儿暴虐，尔朱仲远轻狂，尔朱度律粗鄙，尔朱世隆胆小又贪婪，天柱大将军在的时候，用其所长，天柱不在了，他们任性而为，无人能制，我也没有办法，只好躲在长安。"

宇文泰以步兵校尉跟随尔朱天光入关，累迁至征西将军、金紫光禄大夫，加直阁将军、行原州事："以我所见，不如大王哪里都不去，镇守长安以固根本，派遣精锐前往洛阳会合，进可以克敌，退可以自全。”

尔朱天光摇头：“我若去，还能够协调那几人，若不去，他们拔刀自残，根本无法击败高欢。大王对我有养育之恩，不能不去。”话已至此，贺拔岳和宇文泰无法再劝，要一同前往，被尔朱天光劝住，他妻子儿女留在长安，托付给贺拔岳，怀着忐忑不安的心情，率领军队前往洛阳。

尔朱世隆、尔朱仲远、尔朱度律、尔朱兆和尔朱天光五人终于在洛阳聚集，先为皇帝大婚。元恭地位还不如元子攸，无力拒绝，只好休了原先的王妃，再立尔朱兆的女儿为皇后。这遂了尔朱兆的心意，不管女儿哭哭啼啼，完成大婚。五人一起来到邙山尔朱荣的庙前，五人盟誓再无异心，共同对抗高欢。二月初九壬寅，尔朱兆返回晋阳集合军队，尔朱度律从洛阳出征，尔朱仲远返回东郡领军北上，前往邺城集结，军队号称二十万。

47 久别雨露

自从夺下邺城，枋头坞与信都和殷州连成一片，尽属高欢，宋景休返回坞壁，他这趟走了大半年，帮助高敖曹击败尔朱羽生，用诱敌深入之计击败尔朱兆，为五千白袍雪耻。他一扭头冲入房舍，儿子在摇篮，刘离在厨房，不知道先顾哪一边。刘离笑出声来："先抱儿子。"宋景休侧脸望去，儿子在摇篮里熟睡，悄无声息地溜进厨房，抱起刘离，她身材圆润，如同成熟的桃子。宋景休用粗厚的胡须亲着刘离后颈："偏要先抱你。"

"哎呀，痒死了。"刘离被丈夫单臂紧紧抱住，心里越发充实，她父亲在左人城战死之后和杨闵相依为命，后来宋景休和杨忠率领梁军来到坞壁，抵御葛荣攻击，保住家园，宋景休斩杀了任褒，将人头系在战旗为父亲报仇，刘离从此便认定了这个大眼睛的梁军校尉。军令如山，宋景休返回梁国，刘离日夜思念。天崩地裂，人力难测，陈庆之七千白袍横行三千里直捣河洛后，亲自向杨闵提亲，刘离紧张、开心又羞涩。元颢在洛阳做了六十天皇帝，马佛念打算在刘离婚礼上劫持元颢，东返梁国，当晚刘离留下了宋景休，为夫君解衣，由他肆意。既逢乱世，相恋易，同生难，便要珍惜一起的时光。刘离随着枋头坞士卒从太谷关逃走，宋景休留在梁军兄弟中同生共死，刘离在枋头坞度日如年。后来宋景休从战场归来，失去了一条臂膀，却得到一个儿子。刘离不嫌弃失去臂膀的丈夫，反认为这是天意，他不用重返战场，一家人开开心心地过日子。没有一条胳膊又怎样？我可以农桑，没有一条胳膊又怎样？可曾减我一分爱？没有一条胳膊又怎样？我们还可以生儿女！刘离反复劝慰，宋景休趴在她胸口哭泣如同孩子。

刘离担忧的事情还是发生了，高澄和高敖曹到枋头坞求援，她不敢失去丈夫，孩子不能失去父亲。宋景休好言相劝，自己帮助冀州练兵，不用亲自上阵，刘离哭着答应，覆巢之下焉有完卵，一旦信都覆灭，尔朱兆怎么会放过宋景休？万幸传来广阿大胜的消息，她抱着儿子喜极而泣，泪水滴滴答答掉落在儿子圆滚滚的脸蛋儿上。听说丈夫将归，她买来黄河鲤鱼，山里的野猪肉，家里菜园子种的果蔬，坞壁自种的黍米，做了丰盛的一餐："饿了吧，今天有这么多饭菜。"

"不要饭菜，要你。"宋景休单手从刘离腰间环抱，碰到沉甸甸的一对儿玉兔，呼吸沉重。"不要，孩子在。"刘离想为他举案齐眉，他却在想自己身体，立即羞红了脸。宋景休将她扭过来，单手顾上不顾下，一时竟解不开她衣襟，轻轻叹气。刘离不想他因为失去臂膀不开心，将衣襟蹭在他面前。

48 少年英雄

高欢在广阿之战击败尔朱兆，没有伤及敌军根本，如今尔朱氏重新和好，稳扎稳打，再不分散兵力，自己无机可乘，派遣李元忠驻守殷州，高乾驻守信都，六镇军队收缩在邺城，形成鼎足之势。众将围拢在地图四周，高欢独坐幕下，沉思不已。最简单的打法便是据守邺城，凭借城墙与敌军周旋，可是殷州和信都自顾不暇，外面没有接应，尔朱氏只要团团围住，凭借二十万大军，邺城早晚必破。出击？三万多士卒与尔朱氏大军野战争锋，毫无胜算，怎样创造出一个必胜的战机？

“高王，我去趟枋头坞。”高乾仍想向枋头坞求援。

“做什么？”高欢虽然得到宋景休的帮助，但枋头坞的士卒从未在战场上现身，并不知道坞壁实力。

“领兵驰援邺城。”高乾十分纠结，当初有言在先，枋头坞练兵不出兵，此行毫无把握。

“河北五族三十六坞，枋头坞仅是一个小小坞壁，缺一个不少，多一个不多。”尉景忽然起了疑心，高乾是不是要逃？

“我们粮食不多，不能困守孤城，只要围到春天，士卒就要饿死一半。”高乾坚定了前往枋头坞的决心，即便请不到救兵，总能运些粮草进来。

在六镇众将看来，这是多此一举。“父王，枋头坞藏龙卧虎，粮草充沛，我去！”高澄不知何时溜进营帐，小大人一般坐在幕下，见众人摇头，缓缓又道，“枋头坞铠甲之精良，兵器之锋锐，不在我军之下，军纪之严明，战鼓令旗之完备，不亚于天柱大将军，城墙之稳固，地势之险要，不下于邺城。宋景休是陈庆之手下猛将，曾抵御葛荣三十万大军，临阵斩杀任褒，后来返回梁国再征讨，率先登上荥阳，攻城略地三千里，调兵遣将，临阵搏杀，不亚于诸位！”高澄此语一出，六镇众将大惊，连高乾和高敖曹都变色。

“你和高大人走一趟。”高欢见儿子分析得头头是道，立即准允。

杨忠的辎重营从广阿撤回晋阳，这一年时间里，被尔朱兆当作兄弟，他把从洛阳掠夺来的金银财物毫不吝惜地分给辎重营，奖赏小猴子渡河和杨忠擒获元子攸的功劳，契胡士卒将尔朱荣视作父亲，都对封赏没有异心。这辎重营一千梁兵大都是陈庆之在江淮招募的北方流民，本来就居无定所，只有兄弟之情，却无对梁国的忠心，在晋阳过得如鱼得水。

杨忠却心急如焚，时不时从怀里掏出明月的亲笔书信，她去了枋头坞，让自己不要牵挂。她为何不来晋阳找我？她还在担心和元子攸过去的关联？不管怎样，叔父、宋景休和刘离都在枋头坞，那里是最安全的所在。他想放下这边一切，回到枋头坞，可是看着身边这一千梁军兄弟，他又难以抉择，这是陈庆之和马佛念的托付，自己怎能扔下他们？而且高欢在广阿击败尔朱兆，尔朱氏大军必将再次进军河北，那时会不会波及枋头坞？

果然，尔朱兆前往洛阳与尔朱世隆等人盟誓，共同镇压高欢的反叛，尔朱兆军队从晋阳出发，再次跨越太行山进入河北。杨忠和小猴子率领辎重营到洹水扎营，他阴差阳错屡次解救尔朱兆等人，不但尔朱兆对他如兄弟，就连尔朱度律也将他请到营中叙旧，还惹得尔朱兆嫉妒，好在杨忠原原本本把见尔朱度律的情形讲述一遍，尔朱兆放下心来，梁兵再也不是俘虏，行动自由，与尔朱兆的嫡系没有什么不同。

小猴子如鱼得水，三年前枋头坞在这里大战葛荣，他正巧从西域归来，到处寻找铁石，又和杨忠前往滏口陉打探军情，踏遍山山水水。扎好营盘，杨忠和小猴子并骑出军营，来到洹水河边，忍不住向南边眺望，不出百里便是枋头坞。

“回去看看？”小猴子按捺不住激动的心情，自从和父亲在建康见过一次，分别已三年。

“带媳妇儿回家？”杨忠归心似箭，恨不得插翅前往枋头坞。

“就是这个想法。”小猴子出征时将胡明容藏在军营，按照尔朱荣军纪，这是死罪。“给他老人家带回去一个媳妇，他得多高兴？”小猴子梦里都笑得开心，“我再加把劲儿，给他带去个孙子孙女。”杨忠脱鞋坐在岸边，小猴子低声说道：“要不要带兄弟们返回坞壁？”

杨忠早有带着梁兵返回枋头坞的想法，如今大军压境，临阵脱逃必定殃及池鱼，连累枋头坞百姓：“怎么走？何时走？”

小猴子解开腰带取出蜡丸，小心翼翼打开，里面是一张地图，寥寥几行字。杨忠大吃一惊：“这是关中侯的意思？”

“嗯，我去坞壁，见见老坞主和大眼。”小猴子前年一边寻找梁军战俘，一边绝密与陈庆之联络，想将这支梁军带回梁国。陈庆之回信说，北方才是用武之地，让小猴子和杨忠留在北方。小猴子来到河北后，将邺城附近地图和驻军画出来，快马传给陈庆之，刚刚得到他的回信。

49 千村百寨

刘离白日和宋景休亲近时被杨闵撞到，羞红脸将一道道菜肴搬到饭桌，坐在旁边听着两人商议坞壁大事。杨闵喝了几口酒，杨忠身在尔朱兆营中，也不知道情形如何，他刚有婚约，明月就在逃亡途中被杀，心里凄然，闷头喝酒说了高乾和高敖曹来到坞壁，尔朱氏大军兵临邺城，大战又要展开。刘离揪心起来，不想宋景休再上战场："爹爹，景休才回来几天。"

"尔朱氏二十万大军驻扎洹水。"杨闵知道她的心意，洹水在枋头坞西北，曾是战国时将相诸侯结盟之地，后来项羽和秦将章邯也在此会盟。

"爹爹，景休还要上战场吗？"刘离有了儿子，梦中都怕夫君重新回到战场。

"高乾和高敖曹必来求援，守卫邺城。"宋景休埋头吃饭，考虑战局。

"邺城能守住吗？"杨闵只为守护一方百姓，不想再打仗，六镇军队只有三万，河北五族分散在殷州和信都，实力相差悬殊。

"他们打邺城，和枋头坞有什么干系？"刘离不断劝解，"夫君，你去年说过，要带着百姓渡过黄河，做客江南，我们离开这个乱世。"

元颢被击败后，杨闵和宋景休曾打算撤到江南，后来局面稳住，停下了搬迁的计划。杨闵苦笑：“如今枋头坞附近村庄上百，民众十万，战事将起，哪里走得了？”

“死守一定守不住。”宋景休放下饭碗，等着杨闵吃完最后一口，一起走出房舍。宋景休顾虑重重：“尔朱氏兵临邺城，我们该怎么办？”

“高欢难以抵抗尔朱氏二十万大军。”杨闵不想出战，枋头坞势力覆盖百里，一旦兵锋所过，枋头坞守护的千村百寨难免残破。

“不妨召集各寨寨主，大家的事情一起商量。”宋景休也不想掺和到战事之中，这便是一个借口，如果寨主们都不愿意参战，高乾自然无话可说。

刘离终于急了，流着泪水说道：“爹爹，我不许景休上战场，他为坞壁百姓流过血，断了一条胳膊，他还有了儿子，他们不来打坞壁，我们为什么要出去打他们？”

“我没说要景休出去作战，你也来议事厅吧，有话当面说。”杨闵叹气一声，他真的也不想打打杀杀，才来到枋头坞乱世偷生，可是先是葛荣然后便是尔朱氏的大军，出现在枋头坞城下。

高乾来枋头坞求援，在坞壁议事大厅等待许久，见杨闵和宋景休进来，后面跟着一位面目清秀的妇人，立即问道：“两位坞主，你们商量得如何？”

“我们有言在先，枋头坞练兵不出兵。”宋景休直接拒绝。

杨闵老成持重，不愿意得罪河北五族：“我们都是百姓，老幼妇孺十之七八，结成坞壁保住家园，如果出战，谁来守家？”

高乾极有耐心：“枋头坞和邺城唇亡齿寒，一旦邺城被破，坞壁保得住吗？谁能保证尔朱氏大军不会攻打枋头坞？”

宋景休看了一眼杨闵：“敲钟吧。”

士卒登上木塔，撞击铜钟，自从葛荣败退，这钟声第一次响起，家家户户亮起灯来，钟声一村传到一村，一波波向外传递，附近村庄驰出一小队骑兵向枋头坞赶来，不多时便有队伍来到坞壁。领头之人喊道：“朱家寨朱执猛，前来报道！”

“寨主辛苦，进去喝口水。”宋景休双手抱拳，在城墙接待各寨寨主，随着钟声悠扬次第，平原上火把星星点点，附近村寨队队人马出行。高乾不由得感慨，枋头坞藏兵于民，寨主听令即来，实力隐然在河北五族之上，饶是渤海高氏名满天下，也没这般速度。

高乾回到议事大厅，寨主们陆续到齐，老侯拿出自酿的烧刀子，穿梭倒酒。高澄吞了口水，去年庄稼没有收，尔朱兆就到了河北，邺城早已断粮，枋头坞酒肉如山，香飘入鼻，可见坞壁丰衣足食。高敖曹拿了焦黄的猪蹄，高澄摆摆手一口不碰：“这么多人看着，不能贪吃，好像叫花子一般。”这孩子真是懂事，高乾暗暗赞叹。高澄观察众人向高敖曹低语：“这些人年纪不一，铠甲和刀枪的制式都是一样，想必都是枋头坞铸造，如此判断，军令和战法也是相似，集结起来便是一支不错的队伍。”

“各位寨主，尔朱氏大军到达洹水，这两位是邺城来的使节，请他们说说。”宋景休不偏不倚，打算事先看看众人态度。

聚集在枋头坞的寨主们已有百人，如果每村寨出数百人，集合起来就是一支数万人的军队，如果能够拉进邺城，实力便壮大许多。高乾起身说道：“先帝运接交丧，招纳勤王，时事孔棘，卒有四海。权强擅命，神虑独断，芒刺未除，天未忘乱，祸不旋踵。先帝为天下苍生，果于一剑之端，翦除猾逆。尔朱兆暴虐于洛阳，弑君于晋阳，尔朱天光占据陇右，仲远镇捍东南，世隆专秉朝政，立君废主易于弈棋，庆赏威刑咸出于己，天下谁不痛恨？如果尔朱氏布德行义，忧公忘私，唇齿相依，同心协力，磐石之固，未可图也。然而尔朱氏志识无远，所争唯权势，所好唯财色，譬诸溪壑，有甚豺狼，天下失望，人怀怨愤。故此高王奉立宗室，改元中兴，战于广阿，尔朱兆叶落冰离，土崩瓦解，岂非天道！”高乾说了元子攸除掉尔朱荣的用心，又讲尔朱氏暴虐，心潮澎湃：“如果我们不能齐心协力，天下落入尔朱氏之手，天下之大祸，黎民之大劫，即便乱世偷生也不可得。我特请诸位驰援邺城，精诚一心，必破强敌，救天下黎民于水火，诸君也可为龙兴之元臣，荫妻荫子，福泽万代。”

大厅毫无动静，高乾尴尬坐下，寨主们没有听进去大道理。“我来说。”一个留着络腮胡的大汉站起来，“我和老坞主都从定州那边撤来，当时六镇流民四处抢掠，杀了多少河北百姓？我们独抗葛荣大军，四处求援，李元忠就在殷州，渤海高氏就是冀州，距离仅有百余里，可曾帮过我们？如今他们在邺城举兵，让我们帮他们？没门儿！反倒是尔朱荣从滏口杀出来，阵擒葛荣，救了我们一次，要不然枋头坞早被攻破，我们这些人都不知道死哪儿去了，我明白恩怨，谁要去邺城谁去，我不去。”

“话不能这么说。”一名老者颤巍巍站起来，他年纪在七十岁左右，头发稀疏不胜簪，身上披着一副铠甲：“大魏始基代朔，廓平南夏，辟壤经世，咸以威武为业，文教之事，所未遑也。孝文帝幼承洪绪，早著睿圣之风，躬总大政一日万机，十许年间，曾不暇给。生民所难行，人伦之高迹，尊居黄屋，尽蹈之矣，海内生民咸受耳目之赐。加以雄才大略，爱奇好士，视下如伤，役己利物，亦无得而称之，经纬天地，岂虚谥也！中国之道不坠，孝文之力也！用夏变夷者，圣人之道也！孝庄帝继承大统，弑杀契胡尔朱荣，我们怎能助纣为虐，而不为天子复仇？”这老者生长在孝文帝时代，说起往事滔滔不绝。

那络腮大汉对老者很客气，却不苟同：“当初葛荣包围枋头坞，三十万大军轮流不息，他们河北五族躲到哪里去了？何曾援手？”老者也曾经历枋头坞之战：“当初相州刺史甄密曾经率领骑兵，烧了葛荣的粮草。”

“那是甄密，不是河北五族，也不是六镇乱军。”络腮寨主反驳，枋头坞近百村寨人多口杂，各有立场，辩论不清。

救兵如救火，枋头坞一时半刻商量不出结果，又不能强行让他们派兵支援，高澄缓缓站起，他只比几案稍高，没人注意到，高澄举起一只手，默默站着，宋景休咳嗽一声，让众人声音平息，高澄走到众人间：“枋头坞和河北五族同气连枝，一荣俱荣，一损俱损，我年纪不大却明白一个道理：刀柄不可以授予人。如果邺城被攻破，枋头坞可以独自抵挡尔朱氏大军吗？”

刘离一直站在宋景休身边，忽然说道：“两位请回吧，我们枋头坞练兵只为自保，绝不会出兵征战！”

宋景休和杨闵两人已经商量好两边不得罪的对策，杨闵说道：“枋头坞还有余粮，今日交付给两位，运入邺城可解一时之饥。”高乾得到粮草仍然失望，这只能延缓邺城覆灭，不能改变局面。宋景休站起：“两位速速押运粮草入城吧，一旦邺城被围就来不及了。”

“且慢！”一声大喊从厅外传来，一个机灵精悍的年轻人走进来，背后跟着一位雍容华贵的妇人，正在倒酒的老侯哈哈笑起来：“小猴儿回来了！”他们分别数年间日夜思念，忽然看到背后的胡明容，怔住：“这是？”

小猴子向父亲恭恭敬敬三拜，胡明容向老侯躬身施礼：“儿媳拜见爹爹。”老侯手忙脚乱跪在地面，胡明容将他扶起。高乾大吃一惊，他年轻时在京城担任员外散骑侍郎、历任直后、太尉士曹、司徒中兵、员外郎，常在朝中走到，也来到胡明容面前伏地不起。

老侯和高乾的举动太过惊人，杨闵和宋景休不明白是怎么回事儿，寨主们莫名其妙。这个楚楚动人的女子是谁？老侯和高乾竟然跪拜！胡明容知道轻重缓急，低声说道：“起身，商议大事。”

高乾和老侯站起，不敢坐下，侧立胡明容身边。小猴子来到胡明容身边，坐在高乾和高澄的位置看着众人。宋景休和小猴子曾是情敌，最终抱得刘离归，人家早早相识，自己横插一刀，心中有愧，后来两人不打不成交，从铚城一路杀到洛阳，已是生死之交：“小侯你回来太好了，杨忠在哪里？”

小猴子一脸严肃，瞪宋景休一眼：“别套近乎，夺妻之恨不共戴天。”他故意拿捏宋景休，低声问道，“关中侯的军令，你还听不听？”小猴子装神弄鬼，每次都有惊异，但是宋景休早年跟随陈庆之绝无二心。小猴子将信件递出，宋景休默默看完，回身和杨闵低语。杨闵点点头，站起说道：“两位，你们先带着粮草返回邺城，容我等再商议几天。”

高乾和高澄只好站起离开议事厅，门口已经备好数百车粮草，不禁赞叹枋头坞的速度，这一趟也不是一无所获，这些粮草便能让守城士兵吃上数月，与杨闵和宋景休告辞，押送粮草返回邺城。

自从陈庆之兵败，老侯便盘出涡阳的酒馆，返回枋头坞，得知儿子在尔朱兆军营中，十分担心。他是坞壁老人，又忠肝义胆护送和陪伴杨忠，杨闵感激万分，立即在枋头坞为他造了一个院子，让老侯住下。议事完毕，老侯似乎变了一个人，带儿子和胡明容回到自家院子，将大门紧紧关闭。“你真是我儿媳？”也不等胡明容回答，兜头拜倒：“参见皇后。”

胡明容是胡灵太后兄长史盛之女，为了光大门第，被许配给孝明帝元诩，当时尔朱歌只是嫔妃，位次在胡明容之下，元诩偏偏专宠充华嫔潘外怜。胡太后毒杀亲子，元诩去世时只有十八岁，那一年胡明容十六岁，搬出皇宫居于瑶光寺四年。尔朱荣发动河阴之变，杀光了胡太后全家，胡明容躲藏在瑶光寺避过一难，可是尔朱兆攻破洛阳，士卒进入瑶光寺强暴宫中嫔妃，她急中生智剃发混在尼姑之间，没被认出，误打误撞被配给了小猴子。胡明容扶起老侯，转身跪倒：“如果您不嫌弃，不要称我为皇后。”

魏晋南北朝之时，佛道儒并行，改嫁之事极为常见。小猴子跪在父亲膝下：“她父母都被尔朱荣杀死，无法提亲，儿子自作主张将她娶了，以后她就是您儿媳。”

老侯早盼着儿子结婚生子，可是他醉心冶炼，被骂了多次也不改，谁知道三年不见，竟带回来了孝明皇后做儿媳，也不知道该说什么。小猴子起来，没大没小地说道：“反正您答不答应都没用，您为何好好的刺史不当，非要当个铁匠？”也不待老侯回答，拉着胡明容出门，“这么好的媳妇，我带着明容去气大眼贼。”

老侯追出门外喊道：“她的出身，千万不要说出去。”

50 攻城之战

明月和阿阇梨悄悄上了城墙，在箭楼向下观看，她从攻城战具认出梁军辎重营，造化弄人，杨忠被俘后在尔朱度律和尔朱兆军中，两人一个攻城一个守城，我该怎么办？找到杨忠逃入枋头坞，便可以逃脱邺城被攻破的悲惨命运。桃儿仿佛看到了杨忠的身影："我不想杨忠助纣为虐，如果他真心投降尔朱兆，我们便要打败他。"她忽然展颜一笑，"我相信，他不会这么做。"

天下，是天下人的天下。自从明月说出这句话，阿阇梨找到希望，结束乱世的希望，如果每个人都有这般想法，辉煌的盛世就会到来，她问道："你打算怎么做？"

"如果在城墙上联络杨忠，他会为难，他的梁军兄弟就在城下。"明月想了许久，向阿阇梨说道，"我要去一趟枋头坞，没有他们的支援，邺城一定守不住。"

"只有三天时间，尔朱兆的军队就会填平护城河，攻打城墙了。"阿阇梨向南边望去，枋头坞距离邺城百里，时间十分紧张，"我们现在就去找高欢。"

阿阇梨和明月下了城墙，来找高欢，这本是刘诞的相州刺史府，现在已经变成了大丞相府。高澄和高乾刚从枋头坞押回粮草，高欢喜忧各半，有了这些粮食可以固守一阵，但是没有外援，只能困守孤城，形势没有任何好转，正在此时，传令兵通报明月和阿阇梨来见。高欢知道明月和元子攸的牵连，也知道阿阇梨在佛家的身份，可是大战在前，两个女人又有何用？本想打发高乾出去接待，阿阇梨和明月已经进了府邸。高欢只好起身相迎："阿阇梨，北海郡主，需要什么就找高大使，我们一定全力满足。"

"给我一支骑兵队伍，我们要去枋头坞。"明月不想纠缠浪费时间。

高欢皱起眉头，她们要逃走吗？挥手说道："高大使，送她们去枋头坞。"

阿阇梨和明月不想过多解释，得到了骑兵队伍，也不耽搁，打开城门，在高乾护送下奔出邺城，尔朱氏的军队都在北边拦截殷州和信都援军，南边空虚。刚出城门，一个小孩子掀开兜鍪，正是高欢的长子高澄。

这支骑兵大约百人，一路疾驰向南，大概半天时间到了枋头坞城下，这是明月第二次来到坞壁，当年杨忠护送自己北上在这里停留，留下许多回忆。田野种满庄稼，枋头坞更加兴旺发达，但明月看到身边渐渐多了游骑，身披白袍，就如同陈庆之的斥候。他们也不阻拦，只是往返传递消息，果然当他们到达枋头坞城下时，城墙严阵以待。

"景休，我在这里！"明月向上喊道，隐隐约约认得城墙正中的正是宋景休和小猴子。

城门打开，一队骑兵冲出枋头坞，宋景休非常惊喜："明月，你来了！太好了！杨忠也在河北，我就去找他。”说完向阿阇梨施礼，“多谢阿阇梨在嵩高山相救，让兄弟们免遭杀戮！”阿阇梨曾救走陈庆之，迫使尔朱荣不杀害梁军战俘，梁军都认得她，下马拜谢。

阿阇梨不喜欢人多，转身离去。

“刘离在哪儿？”明月与刘离当年天真烂漫，现在她嫁为人妇，自己也身经磨难。

“她正在给你准备房子，住下吧，这是咱们的地盘。”回想当年，杨忠在涡阳城外救了明月，宋景休得知后怜她身份，还笑杨忠的夺天之恋。他们一路护送桃儿北上，后来陈庆之率军北击，白马啸西风，杨忠在金墉城救出桃儿，几人在洛阳度过六十天开心快活的日子，然后就是生离死别。宋景休叹气：“杨忠在此该有多好？哎，赶紧进来，杨老坞主见到你，一定非常高兴。”

尔朱氏二十万大军如同秋风扫落叶般扫荡附近州郡，斩断邺城、殷州和信都的交通，对三城围而不攻，在尔朱天光两边撮合下，尔朱兆不再独断专行，任由尔朱天光和尔朱仲远调兵遣将，心里却暗暗不爽，稳扎稳打其实是畏手畏脚，尔朱荣在世时作战哪有这般啰唆？他正在帐中蒙头大睡，尔朱天光派人来请，他披挂铠甲来到中军大帐。

尔朱天光知道他的脾气，将帷下正中位置留出，尔朱兆颇为满意，虽然没有执掌军权，其余几人还算礼遇，向中间一坐提起酒觥喝起来。尔朱天光按住他的酒觥：“吐沫儿，别喝了。”尔朱兆心中一怒，尔朱天光从未如此说话，今天怎么了？尔朱天光一笑："今天你要大展神威，打赢此战再喝不迟。"

尔朱兆的怒气烟消云散，尔朱仲远说道："邺城周边的敌军已经扫除，信都和殷州的支援也断了，今天攻城。"

"要借你辎重营一用。"尔朱度律当初收降的梁军被尔朱兆带走，十分不舍。

"何须如此，我带辎重营攻城！"尔朱兆不舍得交出，广阿之战败退时幸好辎重营结成阵线挡住追兵，要不然更加狼狈。

尔朱天光就怕争执，立即打圆场："就依吐沫儿，打算怎么打？"

尔朱兆率领骑兵，极少指挥步兵攻城，如果邺城婴城固守，确实不好办："当初贺六浑挖掘地道入城，不妨试试。"

尔朱天光不以为然，高欢既然挖了穴道，自然知道怎么破，不好违逆尔朱兆："多管齐下，堵塞护城河，轒辒车和尖头轳撞击城墙，开凿墙洞，飞楼凌空登城，大军压后待命，骑兵穿突暗门，再偷偷挖掘地道，集中力量攻破邺城西门。"除了堆山攻城耗时过长，尔朱天光将所有方法都用了出来，尔朱兆自然答应。他接着说："你带领骑兵突击城门？"

尔朱兆一副舍我其谁的样子，尔朱仲远和尔朱度律竖起大拇指，尔朱天光还是要得到辎重营，不想过于明显："谁来督造辎重营打制攻城器具？"

尔朱兆掉入陷阱还不自知，一指尔朱度律："你来。"几人绕来绕去，终于说服了尔朱兆，不由得欢欣鼓舞，定下攻城计划。

一支庞大的军队出现在邺城西门之外，数百辆推车填埋护城河，推车护板挡住弓箭，唯有床弩才可以击毁。两三辆推车配置一名士卒，观察城墙，一旦弩箭射来，推车士卒立即逃离，射穿推车却不能伤及士卒，换推车再来。护城河渐渐填平，轒辒车和尖头轳来到城下撞出缺口，士卒跃入用铲镐挖掘，城墙上的弓矢巨石不能伤到分毫。尔朱氏军队弓箭齐发，压制城墙守军，杨忠身披铠甲在战线百步后指挥，梁兵身经百战，依托攻城器具，受了箭伤和砸伤，拖下来救护，尚无大碍。尔朱度律策马过来："何时能够打开城墙？"

杨忠曾进入邺城协助甄密抵御葛荣，对防御设施十分清楚，拱手答道："邺城里面夯有石墙，攻破城门需要三天。敌军放火烧毁尖头轳和轒辒车，必将引燃城门，大王那时可用云梯和飞楼一起攻打城墙。"城门后还有瓮城，攻进去四面受敌，损伤巨大，故此宁可费尽周章攻打城墙，都不愿意夺门。尔朱度律策马返回，想必与尔朱天光等人商议去了。

51 赴援邺城

护城河终于填平，杨忠率领辎重营来到城墙之下，开始撞击城门，城墙上火光一闪，“撤！”杨忠大喊，梁兵后撤，火油翻滚，火焰扑面而来，攻城器具灰飞烟灭，这场战争与梁军毫无关联，自然不用卖力，只可等着军令。

“烧毁城门！”尔朱度律大声下令，他宁可承受伤亡，也要夺下邺城。

杨忠向城门一指，命令辎重营：“佯攻城墙，实攻城门。”梁兵不管烧毁的战具，推出十几辆轒辒车向城门涌去，车内暗藏干柴、火油，将引火之物堆在城门，就等尔朱度律下令。

高欢率领众将来到西门，只守不攻毫无胜算。刘贵说道：“出去冲一下吧。”

“等他们攻入瓮城。”高欢在布置人马，就等敌军攻入城门，居高临下射杀敌军。不多时，一股猛火从城门蹿起，城外大军向前集结。高欢走下城墙，拔出战刀来到瓮城大喊：“兄弟们，敌军就要入城，咱们在这里挡住，城墙上的兄弟们有点儿准头，石头弓箭往下招呼！”六镇人马排成战线，盾牌高高竖起，后面是长槊和弓箭手。“咚咚咚”，撞击声清晰无比，木板断裂，露出敌军身影，高欢一箭从洞口射出，一名敌兵应声而倒。撞击声音并不停歇，一块块木板震开，铁门凌空落下，覆盖铁甲的轒辒车撞向铁门，六镇军队严阵以待，准备与入城的敌军搏杀。

杨忠烧毁城门，率领辎重营后退到护城河边，将道路交给尔朱氏军队。一阵欢呼声音，号角大振，攻城士卒铺天盖地涌向城门。尔朱兆策马来到杨忠身边哈哈笑着：“杨兄弟，你们攻城有两下子！”

杨忠既恨他残忍暴虐，又佩服他对尔朱荣的忠心，敷衍几句。尔朱兆率领骑兵等待最后一波突城，饶有兴致看着攻城景象：“你们攻打荥阳也是这般吗？”当时陈庆之前有坚城，后有十数万大军，短短几天拿下荥阳，三千白袍背城逆战，打赢至关重要的一战，这是尔朱兆平生大败，记忆深刻。他心生向往：“叔父曾说，关中侯是他生平未逢的强敌，虽在嵩高山击败他，却胜之不武。”杨忠第一次听到这样的话，对尔朱荣起了少许好感，梁军七千从铚城出发，到达洛阳仅剩五千，断绝外援，内有元颢掣肘，尔朱荣率领全部将领，集三十万之众，确实胜得极不公平。尔朱兆仍然愤愤不平：“天柱大将军本想平定关陇之后，与关中侯共饮长江，却被那狗皇帝害了。”杨忠常内疚杀死了十四岁的尔朱菩提，再一想，或许自己阻止了一场南北大战。尔朱兆心潮澎湃：“如果叔父南征，关中侯全力抵挡，不论胜负，便会如同赤壁之战和淝水之战那样留名青史。”这比喻极不吉利，赤壁之战和淝水之战都以北方战败告终，尔朱兆却不在乎：“大王可惜了，英雄豪杰当如项羽，在沙场抛头颅洒热血，天柱却被傻皇帝害死！”尔朱兆的恨意绵绵无绝期，“我有朝一日兵败了，宁可自己在树上吊死，也不苟且偷生。”杨忠有些理解尔朱兆，他在洛阳暴虐，其实是被对尔朱荣的爱驱使。尔朱兆眼睛湿润：“我父亲早逝，天柱大将军把我抚养长大，那时叔父还没和长公主成亲，也是大孩子，亲手做了一只小小弓箭，教我射杀野兔，再带我猎杀野猪和虎狼。”尔朱兆泪水滴淌，滑落铁衣，哭得像孩子一般，他长长换了一口气，“菩提惨死明光殿，天柱的两个儿子不到十岁，都没有成人，不能为父亲复仇，如果我不做，还有谁能够做到？尔朱世隆和尔朱天光那些人指望不上，他们滑得如同泥鳅，我如果不把事情做绝，他们定会保住狗皇帝的性命，假惺惺地缓和天下局势，再偷偷把狗皇帝毒死。他们会说，吐沫儿你看，天下平定了，把狗皇帝弄死，为天柱大将军复仇。”尔朱兆心事不能向尔朱世隆等人述说，只能向杨忠说：“他们如果偷偷杀了元子攸，不敢诏告天下，陈述天柱大将军的冤屈，鸡鸣狗盗只会玷污天柱大将军的威名！”

杨忠忽然懂了尔朱兆，他不傻也不笨，只被仇恨填满身心，杨忠也曾失去父亲，明白那种刻骨铭心的悲伤:“大王，你做得对。”

“此战之后，带着你的兄弟们走吧，愿意返回梁国就回去，回枋头坞也行，你还有一千多兄弟在那边，宋景休也在，是不是？你们要留下来，我更欢迎，你和贺六浑不一样。”尔朱兆看向杨忠，仿佛看穿他的心思，“你有情有义，贺六浑野心勃勃，你心里放着父母家人兄弟，还有那个叫作明月的姑娘，贺六浑心里藏着天下。叔父早已看穿，犹豫很久，要把小歌嫁给贺六浑，劝我不要和他为敌，说我早晚被他牵了鼻子。我攻破洛阳，他写信不让我杀死元子攸，带兵试图劫夺狗皇帝，那一刻起我就知道，他和我不是一心。我和步蕃作战，他连助我，我把六镇人马给他，把河北给他，希望他念大王的旧情不要反叛，我不想他死，我不想再杀戮了，自从我摔死那个孩子之后。”尔朱兆心里不仅有尔朱荣，也有高欢的兄弟情，远远望着邺城西门，战场形势已变，翻身上马：“破城了！带着你的兄弟们退下来，让我的骑兵冲进去，我不会杀死贺六浑。”尔朱兆翻身上马，率领骑兵席卷而入。

攻城大军潮水般直冲城门涌进瓮城，其余军队用云梯攻城，辎重营只有一千多人，杨忠又不想卖命，远远列阵观看。黄老七走过来问：“要不要用飞楼上去搞一下。”

鱼天愍毫无兴致：“小猴子不在，咱们别动他的宝贝。”

杨忠带着鱼天愍和黄老七来到人少的地方：“尔朱兆说了，此仗之后让我们走。”

黄老七极为油滑，嘿嘿笑着说：“肯定在半路上截住灭口，他们干这种事不是一次二次了。”杨忠心中一紧，即便尔朱兆不是这般想法，难免尔朱度律不做，不得不防。

两军在瓮城厮杀，攻城士兵架设云梯夺了几个垛口，后续士卒涌上城墙，攻城战极为惨烈，双方踏着尸体搏杀。高欢的守城军队分成三波，怀朔镇士卒在城墙上打头阵，第二波是六镇人马驻守瓮城，第三波由封隆之率领河北五族三十六坞。如此打下去，邺城虽然可以暂时守住，军队就残了。“把垛口夺回来。”高欢不肯轻易派出援兵，刘贵咬咬牙，招呼几百士卒向垛口冲去。瓮城中传来欢呼，攻城士卒夺下一侧甬道，向上杀来，尔朱兆的骑兵加速朝城门冲来，尉景大喊：“贺六浑，援兵！”

“我去！”封隆之率领河北五门人马杀向瓮城。

高欢望着城墙上下，敌军还有十万以上的援军，自己的军队全部上了战场，信都和殷州已经被围，早晚邺城都难以守住。忽然护角山响，城墙下卷起一阵烟尘，尔朱兆的三千骑兵高速冲来，直向城门。

轰隆隆，战鼓震天，一道骑兵战线出现在远处山岗，夕阳之下铠甲如血，一面汉字大旗迎风招展，黄老七耳朵极灵，听出了梁军军令。“大眼来了！”杨忠立即明白，宋景休曾在枋头坞用梁军军令训练士卒，仍然沿用陈庆之军中的号令。

“咱们帮哪边打？”鱼天愍听到梁军战鼓心潮澎湃。杨忠翻身上马，观察战局，尔朱仲远等人久经战阵，后军掉头结阵，枋头坞骑兵只有千人，绝难冲破防线。战鼓再起，远处田野又出现一个小小的阵形，数百人用战车结成阵线，战旗上写着李村两字。黄老七笑掉大牙：“几百人的乡兵也敢上阵？”鼓声极有节奏，杨忠竖耳细听这调兵之令，后续还有人马。

“这些村民当什么用？乌合之众。”鱼天愍和黄老七没去过枋头坞，小小坞壁在千军万马之前无异于螳臂当车，鼓声不绝于耳，视野中又出现几个车阵，打着各自的旗帜，倒也十分好笑，可是黄老七渐渐笑不出来，车阵数量越来越多，铺天盖地。

“枋头坞出兵了！”高欢听见鼓声抬头张望，千村百寨的车阵滚滚向前，在鼓声指挥下向西门奔来。忽然鼓声稍停，锣声骤起，车阵会集一起，如同聚水成湖，阵线渐渐扩大。

“他们变阵了。”刘贵目瞪口呆，哪里掉下来这么多军队？

随着战鼓声音，车阵裂开，武钢车紧密相扣，士卒用护盾补住缝隙，中间手持长槊，后排士卒弯弓向天，战鼓并成一排，排山倒海再没有村寨之分，合成三个巨大的车阵，滚滚向邺城西门冲去，迎面与尔朱氏的大军相撞。盾牌哪里经得住武钢车撞击？缺口突现，车阵并不恋战，在旗帜指挥下冲破缺口，将尔朱氏后军折断。

“全军出击！”高欢令下，号角大作，城墙上弓矢飞泻，守军反攻瓮城守军。尔朱兆军中号角响起，瓮城中的攻城军队徐徐退出。哈哈，高欢中计！隐藏在林中的尔朱度律翻身上马，尔朱兆只是佯攻，要将守军引出城外决战。枋头坞看去也就两万人马，他的埋伏军队便有五万，他抽出战刀：“杀！”邺城守军追杀败兵，哪有队形，忽然地动山摇，敌军骑兵奔出，守军掉头后窜，被杀得七零八落，直到前面出现一道车阵，弓箭腾起，射住骑兵。

“入城！”宋景休纵马驰骋，车阵被骑兵围住就难以逃脱，保护着邺城守军开赴城门。

52 朋满天下

高欢率领众将在城门迎接枋头坞军队，若不是他们来援，刚才便是大败，或许就被尔朱兆攻下西门，如此就要全军覆没。刘贵指指点点，悄声议论，高欢扭头去看，一辆追锋车上有两位年轻女子凭栏而立，正是明月和阿阇梨："她们不是在邺城吗？是她们带来了枋头坞人马吗？"明月从晋阳带来元子攸的灵柩和《临终诗》，弥合六镇和河北五族的矛盾，这次又召来枋头坞军队，功劳极大。尉景参加了嵩高山之战，向高欢说道："旁边那女子是阿阇梨，她极为神奇，曾在嵩高山大展神威，高敖曹都打不过。"

众将脑袋摇得拨浪鼓一般，他们都见过高敖曹身手，军阵之前，与呼延族和东方老硬抗骑兵，神乎其技。他们三人又在殷州城，千军万马中刺杀尔朱羽生，带回他头颅，更是没人能够做到。这个娇滴滴的女子能够打败高敖曹？无异于痴人说梦。刘贵哈哈笑着说："尉景，你是不是昏头了？"

"我确实打不过她。"高敖曹在河北五族队伍中听到议论，他用内功将声音送到众人耳孔，声响如洪钟。高欢手下众将仍然不敢相信。车阵过了护城河，高欢率领众将列队相迎："枋头坞拔刀相助，我等感激莫名。"

宋景休和小猴子策马出来，向高欢拱手，车阵中运出无数粮草和兵器，还有一个个酒瓮。刘贵等人欣喜异常，枋头坞送人送粮，实在是雪中送炭。此战杀了一天，难分难解：尔朱氏军队第一阵攻城时，各有胜负；直到枋头坞军队出现，在城下合击尔朱氏军队，守军占了上风；尔朱度律以彼之道还诸彼身，伏兵击垮城中追兵：一平一胜一负，双方损失相差不大。只是尔朱氏人马二十万，不伤筋骨，六镇士卒则大大受损。

天色渐黑，尔朱氏大军撤回营盘，一队百姓举着火把在瓮城打扫战场，为受伤士卒止血包扎。城门外哭喊声不绝，一个身材高挑的女子向上喊道："兄弟们，打开城门，让我们救助伤兵。"

"天色已黑，大王下令关闭城门！"守城士卒毫不通融。

"外面还有咱们的受伤士卒，如果敌军回来，他们就活不了了。"那女子戴着蒙面布巾，明眸如月。

"巽洳回来吧，他们遵守军令，不能开门。"一位老者走出来，正是崔彦珍，河北五族之中清河崔氏不善攻守，他在城中主持粮草和救护，崔巽洳是他女儿，今年只有十七岁。

崔巽洳向父亲笑笑，跑上城墙向守城士卒说道："你们不能开门，怕敌军偷袭，对不对？"她笑靥如花，看得士卒呆了，"用吊篮把我放下去，把伤员拉上来便不违反军令。他们为了保护邺城流血受伤，天气这么冷，不能让他们在城门外冻死。"

守军听着城门口的呼救声，心里不忍，一个队长说道："放吧，多出去几个兄弟陪着。"七八个吊篮放下，崔巽洳轻盈地翻出。城门外已经聚集数百伤兵，他们都是在追击敌军时受伤，半夜爬回城门的六镇士卒。崔巽洳扶着一名伤兵跨入吊篮，城墙上士卒用力拉扯上去。她举着火把在尸体中跳跃检查，用手指逐一试探呼吸，觉得一名浑身血污的士卒还有气息，正要呼喊，突然刀尖到了脖颈。崔巽洳用火把一晃："你是坏人。"

"女人？走吧。"那人收了匕首说道，"这种乱世，坏人里有好人，好人里有坏人，哪里分得清？"

"让我看看你的伤。"崔巽洳推开周边的尸体，那人全身是血，一时半会儿看不清楚。

那人吸气："腿上中了一箭，背上被砍了一刀。"

"城外寒冷也没有吃的，还有野狼来叼尸体。"崔巽洳天真烂漫，脱下披风蒙在那人身上，呼喊士卒，"这儿还有一个。"那人被一只柔软小手拉住，拉入吊篮，晃晃悠悠到了城头。崔巽洳低声说道："跟着我，小心被他们抓住。"

相州刺史的府邸被改为临时的皇宫，元朗只是摆设，躲进后院，将议事厅交给高欢当作大丞相府。相府和皇宫同在一处，也是魏国从未有过的奇观。这一战差点儿被夺了城门，幸亏枋头坞截击敌军，但仍然吃了大亏，此后再无援兵，众人都感到不安。大门一开，宋景休和小猴子并肩走入，高欢起身迎接："多亏坞主相助，请坐。"

宋景休和小猴子坐在高乾与封隆之旁边，对面是刘贵、尉景等怀朔镇将领，正在商议如何防守邺城。宋景休和高欢的军队曾是战场上的敌人，心有芥蒂。小猴子盘腿坐着，连呼上酒上肉，喝了一口吐出来："这酒比我爹酿的差多了。"

邺城中早已断粮，存酒更是不多，为表感激才将酒拿出来，窦泰夺过酒斛："你不喝，给我。"小猴子从怀里掏出牛皮酒囊，拧开喝了起来："打算怎么打？"

"固守。"这不是长久之计，高欢又没有其他战法。

"可有胜算？"小猴子反问回去。

"你是何人？"刘贵见过宋景休却没有见过小猴子，觉得此人十分无礼。

"故交，五六年前我们曾经一起游历大漠。"高欢当然认识小猴子，他好像和每个人都有些关联。

"我姓侯名植字仁干，秦州刺史侯欣之子！"小猴子报出的名号吓众人一跳，宋景休三年前在坞壁中认识小猴子，又从梁国一路杀到洛阳，两人结下生死之交。他向来颠三倒四，宋景休吃惊地看他一眼，让他与怀朔镇众将周旋。

"秦州刺史之子？"高欢认识他的时候，他好像是左人城铁匠的儿子，但又不相信他是胡扯。

"我还和关中侯是好朋友，我师父陶弘景是梁国皇帝的旧时好友，他把东冶铁炉堡送给了我。"小猴子得意地夸耀身份。六镇将领哈哈大笑，这个不起眼的孩子真是会吹牛。

"侯先生所说不错。"宋景休亲眼所见，点头证实。

"皇后也是我朋友，我们纵横沙漠半年多，是吧？高大哥。"小猴子继续吹牛，偏偏每句话都是真的，高欢不得不替他作证。小猴子又说："我去年去皇宫作客，孝庄皇帝陪我喝酒，人很不错，可惜被尔朱兆缢杀了。"在他口中，南北两个皇帝似乎都和他交情不错，六镇将领都停下吃食，听他吹牛。

"天柱大将军也是好人，当初他在大漠里送我一袋水，救了我和皇后。高大哥，这个你知道。后来我们在嵩高山被击败，天柱大将军待我甚好，让我收留梁军兄弟们，送到枋头坞，这个大眼知道。”小猴子开始攀尔朱荣的关系，高欢和宋景休一起点头证实。

“在枋头坞，我老爹是铁匠，还酿酒，他其实是真人不露相，懒得当官。那日高乾和高澄去枋头坞求我们出兵，大眼和杨老坞主都不答应，我就说一句话，枋头坞立即出兵邺城，你们都看到了，是不是？”小猴子大言不惭地将所有功劳都揽在自己身上，这是高乾和高澄亲眼所见，一起点头。高澄在枋头坞见过胡明容，她是孝明皇后，身份贵重，不好当着这么多人说出来：“诸位不要怀疑，枋头坞能够出兵，全赖侯先生。”

六镇众将都傻了眼，小猴子还呱唧呱唧说个没完：“那天北海郡主念的那首《临终诗》，她哪儿来的？是我给的。”这也是实情，杨忠抄录元子攸的《临终诗》带去洛阳，原件就在小猴子手中，转给了明月。那时河北五族和六镇人马正在内讧，多亏明月念出元子攸的《临终诗》，才让大家同仇敌忾。

“说起我的本事，没完没了，我懒得数叨。你们挖掘穴道攻下邺城，你以为是宋景休想出来的吗？那是我教他的。枋头坞的铠甲兵器，谁锻造的，我的工匠！”小猴子说了这么半天，其实都是铺垫，喝了口烈酒：“谁能打败城外的二十万大军？还得靠我！”

“夫君，少说几句。”胡明容混在枋头坞士卒中，忍受不了他絮叨，站出来说道。

孙腾在六镇之中年纪最长，在朝廷时间最长，猛然认出胡明容，立即跪地不起。封隆之在洛阳时曾和父亲入宫，见过元诩的皇后，伏在孙腾身边不语。高乾自不用说，拉着高敖曹跪在她脚下。小猴子哈哈大笑，他根本不信儒家那一套，坦坦荡荡说道："这是我妻子，共牢合卺的时候，请诸位捧场。"

六镇将领大都不知道元诩的皇后，可是孙腾、封隆之和高乾跪在她脚下，他们肯定不会和小猴子串通骗自己，这人到底是什么身份？忽然新近称帝的元朗从外奔入，冲到胡明容身边跪倒："您还在世上？我以为……"说完放声痛哭。

元朗的父亲元渊是太武帝拓跋焘曾孙，起家给事中，迁通直郎，拜中书侍郎，又迁黄门郎，袭爵广阳王，孝明帝元诩时拜为恒州刺史，讨伐六镇起义，后来官至骠骑大将军、仪同三司、尚书仆射、东北道行台，率领朝廷大军镇压鲜于修礼起义。那时元朗年纪还小，却常走动宫中，自然见过元诩的皇后。见到元朗都向胡明容跪倒，六镇将领惊得下巴掉下来，高欢也觉匪夷所思。可是皇帝都跪了，谁敢不跟着，一起跪在地上，心里却是糊涂。

高澄和孙腾一左一右悄悄向高欢说了胡明容身份，高欢呆呆看着小猴子，他们曾共游大漠，谁能想到他还有这般经历，想起他刚才所说："依侯先生之见，应该如何打？"

众人这才想起大事儿，纷纷起身，小猴子就等此时，让八名枋头坞士卒搬来一座木龛，堆土为图，积沙为山，将邺城周边地形勾勒得清清楚楚，比平常行军地图清晰了许多。"地利者，兵之助也，犹天时不可恃！昔三苗氏，左洞庭右彭蠡，德义不修，禹灭之；夏桀之居，左河济右太华，伊阙在其南，羊肠在其北，修政不仁，汤荡之；殷纣左孟门右太行，常山在其北，太河经其南，荒淫怠政，武王杀之；秦左崤函右陇蜀，终南居其前，九原上郡居其后，刑政苛酷，子婴迎降于轵道，姚泓面缚于灞上；吴之居，五岭在其南，三江在其北，左沧浪，右衡山，刑政不修，吴王归命陈主，卒于长城；蜀之分，左巫峡右邛僰，南有泸溪之障，北有剑阁之险，时无英雄，刘禅不能守，李势不能固。”小猴子从三皇五帝开始滔滔大论，讲述地形的重要，众人七荤八素，却刚被他震慑，没人敢开口说话。“我说得简单些，天时不佑无道之主，地利不济乱亡之国。地因人而险，故存亡在于德，战守在于地，唯圣主智将能守之！”

高敖曹心中一动，这是陈庆之兵法所载，文字似乎懂，却不知道如何运用。小猴子带着一副恨铁不成钢的表情来到毚图旁：“尔朱氏荼毒天下，天时地利便都可为我所用，这座山名叫韩陵，韩信曾在这里屯兵，他看见一白发老媪正在洗衣，想起了自己的母亲，把她认作义母，老人暴病而亡后，韩信将她葬于此地，故称韩陵。”小猴子前言不搭后语，高欢众将摸不着头脑，不知道他在说什么。小猴子得意地说道：“韩信何人？兵圣也！他为何选择韩陵山扎营？”他向外挥手，八名枋头坞士卒扛来韩陵山的毚图。

六镇诸将读书不多，从战场上摸爬滚打出来，都能看出山形的玄机。韩陵山距离邺城极近，与城池呼应，敌军无论攻打邺城或者韩陵，都要将战阵背后露出来。韩陵山地形更加绝妙，小猴子探查四方记在心里，将地图画出来传递到梁国。陈庆之是萧衍主书，博览群书，想起韩陵山，便让他再加勘察。小猴子指着地图说道：“穷山之高而上，攀缘而登，箕踞而遨，则凡数州之土壤，皆在衽席之下。其高下之势，岈然洼然，若垤若穴，尺寸千里，攒蹙累积，莫得遁隐。萦青缭白，外与天际，四望如一。山之特立，不与培塿为类，悠悠乎与颢气俱，而莫得其涯；洋洋乎与造物者游，而不知其所穷。苍然暮色，自远而至，至无所见，而犹不欲归。心凝形释，与万化冥合。洹水自南奔注，抵山石，屈折东流，其颠委势峻，荡击益暴，啮其涯，故旁广而中深，毕至石乃止，流沫成轮，然后徐行。”众人对照龛图，一道缓坡通往山顶，西侧便是小猴子所说的河流，敌军难以从侧翼迂回。北侧怪石嶙峋难攀登，只能从正中缓坡向上仰攻，骑兵失去力道，便没了冲击力。

六镇众将中孙腾脑子转得最快：“你让我们分兵驻守韩陵山？”小猴子不语，孙腾一拍几案：“果然没安好心，要把我们献给尔朱氏！”六镇诸将与河北五族三十六坞有恩怨，疑心重重，如果六镇军队出城，城门一关，便死无葬身之地。尉景大声说道：“韩陵山是好去处，正该由你们河北五族来把守，内外夹击，破尔朱氏大军不难。”

河北五族守城尚可，野战远不及六镇士卒，这是有目共睹的，尉景这么说，封隆之和高乾脸上都有不满之色。双方各执一词，辩论起来，小猴子好整以暇，不参与争论。高欢回到龛图仔细看着，困守孤城肯定不行，韩陵山有绝好的地利，想了许久下了决心：“刘贵和尉景，你们去韩陵山仔细勘探，补阙拾遗，不可大意。”他走到河北五族宗主面前：“隆之，邺城托付给你，我绝不担忧。”封隆之父亲封回在河阴之变被杀死，对尔朱氏的仇恨刻骨铭心，绝不会投降。封隆之双目含泪：“必不负大王所托！”高欢来到宋景休和小猴子面前：“枋头坞精锐驻守邺城，你们随我去韩陵，与尔朱氏决战！”高欢岂是等闲之辈？摸清了枋头坞底细，万一邺城投降，宋景休等人便是人质。他平常沉默寡言，下了决心便雷霆万钧：“恕我直言，一旦邺城失守，我们绝难幸免，河北五族老幼妇女都要去韩陵结阵。”

“不可！”小猴子嚷嚷起来。窦泰恨不得揍他一拳，可是在高敖曹面前绝讨不到好处，只好询问有何不可。小猴子摇头晃脑：“高王只知其一，不知其二，韩陵山固然是绝佳的战场，却如同美味的食材缺了佐料。”他走到毚图之侧，将一面做得似模似样的战旗向图中两侧一插：“这里有一片栗园，高敖曹率领三千骑兵藏于左翼，大王再派出一支人马从右翼夹击，便是断水之阵！”

小猴子呼喊上酒，一坛烈酒送入，打开为众人斟满：“味道如何？”邺城存酒是从当地百姓手中换来，是未经过滤的污浊米酒，一股酒糟味道，香甜有余却不醇厚。小猴子的方子从西域带来，层层过滤杂质，酒劲儿霸道，刘贵喝了赞不绝口。小猴子举杯说道：“断水之阵，如堤之崩，洪流滚滚，无可抵挡！干了，出城决一死战！”

“等等，就凭我们这三万人就能击败尔朱氏二十万大军？你若不说清楚，绝不出击。”刘贵仍然放心不下，他们大都是步兵，在野战中一旦败了，根本无处可逃。

小猴子和杨忠一直有联络，却不想当众说出机密，拍拍胸脯：“我和你们一起出城，进军韩陵山，我有信心。”

孙腾知道小猴子神通广大：“你本事那么大，朋友那么多，我们不能跟你比。”

明月走出来向众人说道：“此战必胜！我和你们一起前往韩

陵山，看尔朱氏覆灭。”六镇将领并没有指望明月奔赴战场，她一个女子实在起不到什么作用。明月突然反问：“诸位为何起兵？只是为天子复仇吗？”

这句话问住了众人，怀朔镇将领只是痛恨尔朱兆等人暴虐，觉得尔朱氏不得人心，早晚必亡。六镇人马颠沛流离，好不容易在河北安定，不愿意继续跟随尔朱兆，河北五族则是要为元子攸复仇，众人起兵动机各不相同。明月再问：“你们可知道皇帝哥哥为何不惜自己性命，也要杀死尔朱荣？”

众人正在商议军情，没有仔细想过这个问题，明月想起了在长乐王府的一幕幕往事：“我到了晋阳三级佛寺，看见冰冷的皇帝哥哥，明白了他的心思。五六年前他还是长乐王时，多次谈到魏国祖宗社稷，道武帝奠基魏国，太武帝一统北方，他最为钦佩孝文帝：只要处心公平，推诚待人，胡汉不会相杀，反而可以亲如兄弟。”明月大声说道，“心有向背，公道长存！你们起兵为天子复仇，率先举起义旗，在广阿和邺城血战，天下人都看在眼中，他们的怒火正在胸膛熊熊燃烧，即将喷薄而出，尔朱氏虽然兵力强悍，却是倒行逆施。只要你们拼死搏杀，越来越多的人将加入你们的行列，冲杀破敌！”

这番话河北五族都听得进去，可是六镇将领不喜欢孝文帝，不以为然。刘贵说道：“小姑娘说得轻巧，和我一起去韩陵山？”他这话隐隐有将明月当作人质的意思。

明月点头：“我和你们一起去，皇帝哥哥看不见这一战，我替他去。”

53 断水之阵

汝水东经悬瓠城北，形若垂瓠，故有其名，地处豫州之中，北可进军汴洛，南下可达荆楚，历来是兵家必争之地。自魏晋以降，悬瓠素为州郡治所。

陈庆之白袍儒服秉灯读图，注视着韩陵山。他南归之后，梁武帝以他为持节，都督缘淮诸军事、奋武将军、北兖州刺史。有妖僧僧强自称天子，当地豪强蔡伯龙起兵响应，众至三万，攻陷北徐州。济阴太守弃城而逃，钟离太守被害，梁武帝诏令陈庆之征讨，亲临白下城饯行。他受命而行，不到十二天便斩蔡伯龙和僧强，传首建康。当时魏国包围悬瓠，梁武帝任命陈庆之为都督南北司、西豫、豫四州诸军事、南北司二州刺史，他在溱水攻破魏国颍州刺史娄起和扬州刺史，在楚城击败魏国大都督侯景、豫州刺史尧雄和梁州刺史司马恭，夺回城池。陈庆之上书减免当地兵役，江湘诸州休养生息，开田六千顷，粮食充实，梁武帝多次下旨嘉奖。

如今边境平定，陈庆之常常思念与他横击三千里的七千白袍勇士，凡三十二战皆捷，克四十二城，留下“名师大将莫自牢，千军万马避白袍”的千古佳话。勇士一去不复返，自从嵩高山溃败，他在梁国边境收留失散溃兵，只得数百人。嵩高山位于河洛腹心，距边境千里，他们再也回不到故乡，见不到父母妻子，念及此处便泪下沾襟。

终于他等到了小猴子的来信，告知了杨忠和宋景休等人的情况，陈庆之喜极而泣。杨忠被俘，身陷尔朱荣军营，远在代北。枋头坞富足，宋景休娶妻生子，是那个娇憨可爱的刘离。陈庆之回想着洛阳那晚的共牢合卺之夜，掐指细算，宋景休后来镇守太谷关，刘离应该是在那段时间珠胎暗结。各有各的路，各有各的命，陈庆之不强求。

旋即尔朱荣被元子攸杀死，这是陈庆之预料不到的情形，天柱崩，社稷灭，元子攸如此不顾一切，十分果决。陈庆之叹气不已，尔朱荣是平生仅见的对手，北中城三天十一战，嵩高山下的离合之阵，他施展浑身解数，仍然溃败，可惜不能与尔朱荣策马疆场再较雌雄！

陈庆之闭上眼睛回忆，荥阳城下却月锋矢之阵，北中城墙高池阔，嵩高山下战车粼粼。如果时间可以重来，怎样才能击败尔朱荣？小猴子将韩陵山地形传来，陈庆之眼前一亮：断水之阵。在半山筑起岿然不动的防线，吸引敌军进攻，奇兵旁击，横切入阵，断其后援，如抽刀断水。战阵反击如同蓄水灭顶，滔滔不绝。韩信，我读懂了你的战法，你在韩陵山扎营，其实想在这里迎击西楚霸王项羽。可惜他在成皋与刘邦鏖战，你提兵相助，十面埋伏，四面楚歌。楚霸王生为人杰，死为鬼雄，不肯过江东，霸王别姬，乌江自刎。天下再无你的对手，韩陵断水之阵从未露锋于天下。陈庆之奋笔疾书，写清战术战法，派斥候送往枋头坞。他起身望月，想象着韩陵山大战的情形：

铜马竞驰，金虎乱噬，九婴暴起，十日并出。钟鼓嘈杂上闻于天，旌旗缤纷下委于地。壮士凛以争先，义夫愤而竞起。兵接刃于斯场，车错毂于此地。轰轰隐隐若转石之坠高崖，朗朗磕磕如激水之投深谷。

54 反戈一击

崔巽洳托着食物悄悄来到后院精舍，她不知道自己为何要把全身沾血的他救回城内，或许是因为他的眼睛闪亮如星芒，如果他被分辨出来，就要拉出去杀掉。他还在酣睡，崔巽洳便端了一盆清水和几件干净的衣物放在草铺之侧，回去收拾行装，离开邺城前往韩陵，名为作战，实为六镇人质。崔彦珍从北边逃来，在河北五族中势力孤弱，不想把女儿带上战场，可是邺城一样危险，不如将家人带在一起。房门开合，那男人洗净换好衣物，腰杆挺拔，双腿如柱，再没有那晚的狼狈，这是一张什么样的神仙面容？崔巽洳心中乱跳，故作镇静："你走吧。"

"谢谢姑娘相救，还未请教姓名。"那人躬身如同山岳之崩，施礼也有威仪。

崔巽洳是名门之女，哪能随便报出姓名："无心施救，不求留名。"

那人却不离开："我要见宋景休和小猴子，劳烦告知。"他还敢去见枋头坞坞主？崔巽洳十分担心："两军相接互为仇敌，你先藏在这里，战事结束后逃出城吧。"那人展颜一笑道谢，转身而去，崔巽洳鬼使神差追上："那，你的名字能告诉我吗？"

“独孤如愿。”他说完离去。

宋景休带来枋头坞中全部的梁军，披明光铠，腰悬环首刀，正准备出发前往韩陵。院门打开，独孤如愿大步走进。当初杨忠护送明月进入邺城，独孤如愿、马佛念和宋景休守卫坞壁，小猴子打制兵器，四人配合默契。后来滏口大战时，独孤如愿投奔贺拔胜，从此再未见面。宋景休和小猴子极为开心，兄弟三人拥抱在一起，在邺城相聚实属不易。

“桃儿也在。”小猴子带着独孤如愿去见了明月，明月曾经在枋头坞见过独孤如愿练兵，知道他是杨忠的好兄弟，不禁欣喜。

“还有明容。”宋景休提醒，四人再去见了胡明容。明月当初在北海王府的时候，有时和元颢入宫走动，见到胡明容大吃一惊，连忙下拜。小猴子却不停和她斗嘴，从不提她过往，就像小夫妻一般，明月觉得有趣，也觉得遗憾，要是刘离在此，不知她该有多开心。

胡明容笑着说道：“你们兄弟都有了家室，就缺独孤郎了。”

“独孤郎帅绝三军，还缺女人？”小猴子哈哈笑着，吩咐胡明容去准备吃食，宋景休和独孤如愿瞪大眼睛，胡明容竟如同小女人一般乖乖听话。明月知道他们有话要说，陪着胡明容出去，小猴子将门关上回来问道：“独孤郎，你冒死进入邺城，可有军机？”

独孤如愿在城下乱军中受伤，就为进入邺城，幸好被崔巽洳搭救，点点头：“贺拔大哥起誓为天子复仇，要临阵举兵，让我入城联络！”尔朱氏人心离乱，贺拔胜在广阿差点儿被杀，暗中联络斛斯椿，准备反戈一击，派遣独孤如愿来到邺城联络。宋景休大喜，贺拔胜如果临阵倒戈，断水阵胜算更大。小猴子拉着独孤如愿："好，你就留在军中。"

六镇士卒列队准备前往韩陵山，高敖曹正在与刘贵等人争执，他不要进入主阵，非要领着三千人马侧击。在六镇众将眼中，河北五族无力野战，窦泰笑呵呵地劝说："若论单打独斗，我们都不是你的对手，但是你们这些江湖高手，草上飞，脚板滑，敌军一来，四处散开，我们的阵就被破了。"

高敖曹这三千人都是燕赵豪杰，经过宋景休挑选和训练，不复以往，可是排兵布阵事关生死胜败，六镇将领都不同意他单独领兵。高欢好言劝道："高都督所将皆汉兵，恐不足成事，我割鲜卑兵千余人相杂用之，何如？"

高敖曹见到宋景休和小猴子过来，有了底气："我们练习已久，前后格斗，不逊鲜卑。今若杂之，情不相洽，胜则争功，退则推罪，不烦更配也。"

燕赵豪杰都有以一当百的功夫，只是欠缺军纪和阵法，若严加训练上了战场，无异于以虎驱狼。宋景休拱手说道："大王，我保高都督不会坏事，不如将左翼交给他。"旁兵出击是此战关键，一旦尔朱氏大军从缓坡攻打主阵，两翼反复横冲敌阵，既要有强悍战力，也要有鲜明的军纪。高欢仍不放心，叫来堂弟高岳。高岳自幼父亲早逝，家境贫寒，敦厚正直，身材魁伟，性情深沉，很有器量。高欢命令高岳："你领右军，与高都督左右夹攻。"他拗不过高敖曹，又担心河北五族战力，便让高岳与高敖曹呼应，有备无患。

公元 532 年三月二十九日，高欢留下封隆之镇守邺城，六镇步兵不满三万，骑兵不到两千，沿着邺城紫陌御道向韩陵山而去，准备迎战尔朱氏大军。

第七章

天下归一

天下，是天下人的天下

55 短兵相接

尔朱仲远得知六镇人马离开邺城，百思不得其解，高欢人马孤弱，应该固守城池，怎么会离开邺城？转念一想，周边已被攻克，外援断绝，邺城难以长久。高欢要逃到哪里？时间不允许迟疑，几人略一商量，决定追击高欢，毕竟邺城难以攻打，只要消灭高欢，邺城就会开门投降。

尔朱氏大军拔营出发，尔朱兆统领骑兵为先锋，尔朱仲远统率后军，尔朱天光和尔朱度律统率中军。地势渐高，六镇人马没有沿着平坦道路向南逃亡，而是进了韩陵山。尔朱天光越看越心惊，这是绝妙的地形，缓坡向上，两侧难以迂回，只能正面攻打，敌军占据高处地利，刀枪矢石俱下，高欢竟要在此决战！尔朱天光停止进军，派传令兵召集尔朱仲远等人，不多时他们从后赶来，尔朱兆从前奔驰过来，四人在亲卫簇拥下向前察看地形。

“贺六浑不是逃。”尔朱兆看完地形后断言。

“贺六浑竟找到这样的地方。”尔朱度律不通文墨，却多经战阵，这里地形就像一个倒吊着的口袋，高欢一旦失利逃无可逃，“他把自己也逼上绝路。”

尔朱天光翻身下马，对着地面的牛粪和羊粪看了许久，高欢携带大量牛羊作为军粮，看来打算在这里长期坚守。一名斥候飞奔而来禀报：“贺六浑请大将军阵前说话。”

元恭继位时册封尔朱兆为天柱大将军，他固辞拒绝：此叔父所终之官，我何敢受！最终被授为都督十州诸军事，世袭并州刺史，众人私下仍然称呼他为大将军。他翻身上马向阵前奔驰，尔朱天光极不放心，请尔朱仲远坐镇后军，自己策马跟上。尔朱兆率领骑兵来到阵前，缓坡向上地势平坦，是作战的好地方，马鞭遥指高欢：“贺六浑，可记得白马之盟？我将六镇士卒交给你，你竟然背弃盟约，起兵反叛！”

高欢结盟是为了捞到好处，背盟是迟早之事，两军阵前以激励军心为上，他说道：“你我结盟勠力同心，共辅帝室，今天子何在？！”

尔朱兆同样的话说了很多遍，懒得多说：“永安枉害天柱，我报仇耳！”他私下都称元子攸为狗皇帝，在战场上不能乱讲，便用了元子攸的年号称呼。

六镇士卒与尔朱氏作战多年，阵前讲话为了动摇尔朱氏军心，高欢正义凛然：“当初我亲耳听到，你们要废除皇帝，天子诛除反叛的臣子，天经地义，何报之有！今日义绝矣。”

尔朱兆暴怒，高欢曾劝尔朱荣不要奉立元子攸，河阴之变后又怂恿废除皇帝，如今竟然颠倒黑白：“你胡说！”

“尔朱兆，你攻入洛阳，弑天子，杀大臣，暴虐洛阳，凌辱瑶光寺，如今见了我，还敢否认！”高欢阵前冲出一匹战马，正是元诩的皇后胡明容。

“你是谁？”尔朱兆认不清，她身披斗篷遮住头发，露出一张眉目似画的脸庞。

“我是孝明皇后！你还是魏国的臣子吗？为何不跪？”胡明容大声呵斥。

“哈哈，那胡老太婆的侄女？”尔朱兆放声大笑，“你这个皇后算什么？胡太后和三岁的元钊都被扔到了黄河，狗皇帝元子攸被我缢杀，宗室亲王死在我手里十几个了，痴心妄想，让我跪你？”

“我是孝明皇后胡明容，”她策马近前，向尔朱兆身后的大军喊道，“你们都是大魏子民，父祖百年来对朝廷忠心耿耿，你们亲耳听到尔朱兆所说，岂能与他同流合污！如果你们还有忠心，岂能为他卖命？”

尔朱兆在阵前胡言乱语，尔朱天光急了，这二十万大军都是朝廷人马，大半心存疑虑，如果任由尔朱兆胡言乱语，军心必乱，策马出来：“啰唆什么？这是战场，女人退后！”

胡明容一箭射出，当初胡太后能射中象牙簪，她的箭法也不错，尔朱兆躲开。她拔刀出来向身后士卒喊道：“杀，为天子复仇！”自从破六韩拔陵反叛，六镇士卒先后跟随鲜于修礼、杜洛周和葛荣造反，自从尊奉元朗为帝，顿时觉得自己代表天下大义，尤其孝明皇后出现在阵前，热血沸腾，破栅而出。

胡明容退回小猴子身边。魏晋之时天下大乱，佛教东渐，儒学礼教淡薄，尤其皇室权力倾轧，女人再嫁极为普遍，尔朱歌连嫁两个皇帝就是一例。小猴子醉心道家，不信儒家那些男尊女卑，欣赏女子敢作敢为，对胡明容身世并不介意，只担心父亲能不能接受。没想到胡明容竟然在阵前说出身世，他还是有些挂不住。

胡明容翻身下马，撕下斗篷露出铠甲："我全家都被他害死，今日死得其所，杀！"

两军阵前说话，被胡明容一箭打乱，各自调兵遣将，杀在一起。胡明容奋不顾身冲在阵前，六镇士卒热血沸腾，小猴子担心得要死，跳下战马挤在她身边："我只在乎你，才不在乎那些乱七八糟的事情。"胡明容格挡长槊，敌兵力气极大，长槊压在她肩膀。小猴子一刀刺入敌兵脖颈，溅出一道血芒："别冲了，这是战场，刀剑不长眼。"

"担心我了？"胡明容见到仇敌，怒气冲天。

"当然担心，还没生小小猴子呢。"小猴子把她拖回本阵，一阵混乱之后，尔朱氏大军发动，盾牌林立，长槊如林，弓箭如雨。六镇士卒迎面撞上敌军盾墙，暂时后撤。高欢凭借山势排兵布阵，两翼有高敖曹和高岳埋伏，没有后顾之忧，向下杀去。两军相接，搏杀更为惨烈，箭雨凌空，盾牌相撞，长槊如同毒蛇狂噬鲜血，战刀耀眼刺目。尔朱氏前军身披重铠，悍不畏死，五六杆长槊一起刺出，挑翻敌兵，冲出一道缺口，如同洪水般涌入。六镇士卒曾被尔朱荣打怕了，阵形崩溃，掉头逃跑，兵败如山倒，谁也拦不住。第二道防线出现，败军归队，回头望时，尸横遍野。尔朱兆军队来到第二阵，这是刘贵和尉景率领的怀朔镇人马，他们跟随高欢击败葛荣和邢杲，最为精锐。第三道阵线是宋景休率领的枋头坞士卒，鸦雀无声，战旗纹丝不动。

在狭小的战场上列队而战，全凭军纪、士气和人数，任何计谋都不管用。尔朱兆军纪严明，士气旺盛，数量足有两万；尔朱天光和尔朱度律的中军密密麻麻排布在山坡；山脚下是尔朱仲远的后军，数量在十万左右，扎好营盘，木栅朝后，防止邺城反击。高欢的第一道防线崩溃，向后回撤，两道阵线如同暴风中的落叶，狂潮下的小舟。

韩陵山左翼有一片栗园，高敖曹藏兵于此，呼延族身披铠甲，手持战锤："冲吗？"

"等军令。"高敖曹带领两千步兵和骑兵一千，大都是燕赵豪杰，第一次上战场。高敖曹走入栗园，不知道何人种了这许多栗子树，高达四五丈，一抱粗，此时阳春三月，树干灰褐，树叶茂盛，鲜花正浓。他在栗树下躺倒："让大伙儿下马睡觉，养足精神，马不解鞍，人不卸铠。"

呼延族心急火燎，哪有心思睡觉？来到林边向下张望，第二道阵线中不断有士卒倒下，又有士卒加入。高欢占据地利优势，杀伤不少，可是尔朱氏人马大集，源源不竭。号角山响，尔朱兆的第一拨军队射空弓箭，兵力收缩，撤下来休整，第二拨军队列阵而上，阵形沉稳，尔朱兆这一仗张弛有度，不愧是尔朱荣带出来的强兵。东方老披挂整齐，率领一千弓箭手埋伏在栗园，敌军就在脚下，处于最佳射杀范围。燕赵豪杰急不可耐，都看出这是最佳出击时刻，一起喊道："出兵吧。"

"大局为重！"高敖曹身处战场，再不是江湖，只认圆阵中宋景休的军令。呼延族指着山下说道："再不杀出去，敌军就要会合。"山下号角争鸣，无数敌军加入战局。

"给我忍着！"高敖曹怒目圆睁，强令士卒等待战机。

56 牛马圆阵

刘贵浑身是血退到阵后，双方损失相差不大，但是尔朱兆人马轮流出动，后劲儿源源不断："两翼出击吧！"如今形势不妙，第二道防线就要被打残。"撤！"高欢还不想动用侧翼奇兵，这是反败为胜的关键。号角声起，阵线结阵后撤，六镇士卒掉头就跑，高欢亲自坐镇才没崩溃，要是尔朱荣在此，定然用骑兵突击，将敌军断成两截。六镇士卒逃入第三道防线，仍不止步，向山上狂奔，与牛羊挤在一起，混乱不堪。高欢策马入阵，向孙腾喊道："将牛羊驴用绳索相连，以塞归道！"

尔朱荣喜欢用骑兵突击，当他的骑兵出现在敌军步兵背后时，没有人可以抵挡，但是牛羊却可以。高欢从邺城中带出许多牛羊，枋头坞有数百头毛驴，平时拖拽战车，缺粮时充作军粮，士卒将牛羊和驴的辔头捆在一起封住退路，高欢跃马喊道："我们退到此处，尔朱兆定然率领骑兵突击我军背后，没人可以抵挡。我们把牛羊死死捆在后面，让尔朱兆冲吧，这些牛羊死了也会挡住他们道路！"众人哈哈大笑，他们熟知尔朱兆战法，却没想到高欢用牛羊替代战阵。高欢声音更大："咱们的妻子儿女都在邺城，此战绝无退路，咱们杀回去，好男儿当死于战场！"六镇士卒被堵住退路，一窝蜂返身回冲，汇入防线。这里是山顶平地，敌军攻上山坡就可以展开阵形，故此高欢把第三道阵线布成圆阵，后半截是牛羊驴相连，前面半圆盾牌林立，中间是枋头坞的车阵。小猴子从前方撤回，将胡明容带回："在这里待着，哪儿也别去。"

"都别走，歇歇。"宋景休躺在车阵正中，弩箭和粮食堆积在中央，一千多梁兵和二千枋头坞士兵不管杀声震天，埋头披挂铠甲，整理弓弦和刀剑。

尔朱兆攻破两道战线，突破隘口，涌上平坦地面。他策马登上隘口，六镇士卒结成圆阵固守中央，被四面八方包围。只要尔朱仲远和尔朱天光的大军赶来，二十万大军合围，就能围歼敌军。号角嘹亮，中军和后军加快脚步向前猛冲，尔朱兆的三千骑兵开始更换主马，披挂重铠。

六镇人马向内收缩，高欢举起战刀大喊："决战就是此时，拿起家伙，绝不后退！"

"再等等。"宋景休低声说道，断水之阵只有在山顶将水蓄满，决堤时才会毁天灭地。圆阵向内收缩，放敌军登上高处，战场安静，等待决战，八面战鼓在八辆战车上排成一道圆环聚集正中，枋头坞军队披挂整齐，正对隘口列阵。独孤如愿收好箭囊，向前进入阵形，听到一个清脆好听的声音，转身一看，正是在城门救自己的那个姑娘，再次相遇惊异不已。

"难得有缘。"独孤如愿无暇多说进入战阵，崔異洳双手握一把战刀跟进来："别受伤，我不想再帮你料理伤口。"崔異洳和他并肩结阵，"我叫崔異洳，清河崔彦珍之女。"

"崔異洳，记得了。"独孤如愿将崔異洳挡在身后，阵外便是人头攒动的敌军。

“攻！”尔朱兆将圆阵团团包围，隔着弓箭射程对峙，一声令下，契胡大军射出漫天的箭矢，将盾牌举在头顶向前杀去。两军激烈碰撞，个人力量在这种数万人搏杀的战场中显得微乎其微，被裹挟和推搡着向前或者向后，前几排士卒极难幸免，尸体被夹在两边士卒之间，鲜血汩汩流淌，沾湿土地。

“退！”尔朱兆下令，临阵后撤极为危险，士卒很可能以为战败，落荒而逃，士气便会崩溃。尔朱兆的军队千锤百炼，向后退七步，中间尸体纷纷摔倒。“杀！”尔朱兆再次下令，契胡士卒蓄足力气再次杀上，这便是兵法中的六步七步而止齐。牧野之战时，周武王作《牧誓》：夫子勗哉，不愆于四伐五伐，六伐七伐，乃止齐焉。《孔传》记载：伐谓击刺，少则四五，多则六七，以为例。两兵相交时，训练有素一方整齐退后六七步，反复冲击敌阵，如同若要跳得更高，便要先蹲下，如果要用拳头出击，必须先把胳膊收回。如果训练不足或对阵经验不足，很难做到整齐划一，甚至有人以为溃败而逃跑。古代将领常常用七伐鼓指挥进退：

鼍开七伐鼓，龙绘八方旗。神武横于七伐，雄略震于九纲！

七伐鼓响起，尔朱兆前军退后，伤员包扎，后阵森严向前，层层叠叠，以堂堂之阵，整整之旗，在七步间撞击高欢圆阵。若尔朱荣在世，绝不会这样硬拼，更不会在韩陵山逆战，一定利用骑兵速度拉开阵形，再用奇兵。尔朱兆用兵远远不及，他仗着军队彪悍，军纪严明，后续军队源源不绝，拼着杀敌一千自伤八百，也要翦除心腹之患。高欢的圆阵在连番冲击下没了退后的空间，变得结结实实，硬抗潮水般的撞击，拥挤在一起，伤员不能撤回。

“不要散开！”刘贵难以呼吸，勉强大喊，圆阵变成扭曲形状，就要被切开崩溃。独孤如愿和崔异洳铠甲碰铠甲，脸几乎贴在一起，她仰头问道：“今天要死在这里吗？”

“你不该来。”独孤如愿在战场上刀头舔血，早将生死看作寻常。

“我无法呼吸。”崔异洳肺部被挤压，吸不进空气。

独孤如愿将她环抱，推开身边士卒，崔异洳大口喘气又被人潮压回来，脸色因为呼吸停止而潮红，向独孤如愿问道：“我们和他们都不认识，为什么要自相残杀？”独孤如愿不能回答，摇头碰到她的鼻尖，两人脸庞相接，气息可闻。那天晚上她从城墙吊下来，不管敌兵友军都不分彼此地照料，她如此善良，为什么偏偏得不到好的报偿，这就是乱世吗？崔异洳睁开眼睛：“答应我，活下去，终结乱世。”

独孤如愿推开人群，给她留出呼吸的空间：“你也活下去，一起终结这个乱世。”崔异洳呼吸又被压回：“我想活着，种些花草，我还想要几个孩子。如果是女儿，名字已经想好了，伽罗，梵语中是沉香木的意思，好听吗？”独孤如愿胸腔里也没有空气，只能点头。崔异洳凭着一口之气说着：“答应我，如果你有了女儿，叫她伽罗，好吗？独孤伽罗，多么好听的名字。”说完渐渐闭上眼睛。

“战鼓！”独孤如愿泪水横流向宋景休大喊。五六万敌军拥到圆阵四周，缓坡上还有无数士卒向上冲来。宋景休点头，高欢令下，八面战鼓震撼天地。

57 抽刀断水

战鼓震天，士兵摩拳擦掌，高敖曹翻身上马：“兄弟们，敌军就在脚下，他们急于上攻，阵形已乱，我们骑兵当先，步军在后，将他们拦腰截断。”他极担心江湖豪杰旧病复发，拔出战刀指天发誓：“我们不再是江湖中人，必须令行禁止！我只有三条：其一，认准战旗鼓角，遵守军纪！其二，不能用轻功辗转腾挪，结阵厮杀，不许单打独斗！其三，化繁为简，什么少林七十二拳，华山三十六剑，都不能用！运足全身内力，就用咱们练好的三招儿，接！化！发！战场不是江湖，军令为天，如有违者，休怪我无情！”这些燕赵豪杰武功惊人，内力雄厚，都有一掌碎盾的功力，却各有招式，在阵中施展不开，高敖曹于是提炼出最简单的三招对敌。枋头坞重新打制了兵器，长槊和战锤都比寻常重一倍。演练时，高敖曹策马疾冲，竟将一辆尖头轳挑飞空中，战马吃不住重量，委倒在地。任谁都想象不到，这么一支队伍侧翼出击，将会带来多大的冲击。

高敖曹率领一千骑兵列成锋矢阵从栗园中缓缓前行，这便是当初陈庆之在荥阳城下杀败元天穆二十万大军的阵形。二千步兵跟随在后，骑兵冲破敌军之后，他们就要切入敌军，建立防线。

尔朱天光率领中军埋头向上，只要能够支援尔朱兆的前军，就能占据优势，等到尔朱仲远的后军赶来，高欢必然全军覆没。忽然战鼓响起，左右两翼各出现一支军队，他久经战阵，哪能没有提防：结阵！盾牌聚集两侧形成防线，弓箭手回到中间，抬弓向天："射！"

高敖曹快马加鞭提升速度，避开迎面的弓箭，握着七八杆长槊，凌空投掷，洞穿敌军铠甲。尔朱天光吃亏在地形，这是一道向上的狭窄缓坡，无法结成厚实的阵线。高敖曹武功盖世，长槊平伸冲入阵中，洞穿盾牌，将三名士卒向空中挑起，骑兵席卷而入。刹那间，数十名重铠士卒飞上空中，足有五六丈高。尔朱天光也曾策马冲阵，从未见过这种情形，将盾牌撞开不难，谁也不能将人挑到空中那么高。

骑兵从阵中穿越，如同长刀入水，阵形忽开忽合，高敖曹破阵而出，调转马头，山道狭窄，敌军散漫如同蜿蜒的长蛇。高岳的五百骑兵从右翼冲出，断开长蛇阵。高敖曹举起长槊："再冲！"乘风破浪杀回，再次横斩敌军。

封隆之和高乾镇守邺城北门，韩陵山上鼓角大作，两军开战，如果高欢的六镇军队被击破，邺城绝对难保，斥候无法穿越敌阵，不知道山上情形。他将河北五族的全部人马集结在瓮城，有两万之众，他们被枋头坞淘汰下来，战力最弱，只能凭城防守，一旦出城，野战中毫无胜算。封隆之在河北五族中战意最为坚决，向高乾说道："你守城，我出去！"

当初高欢让他们守住邺城，严禁出击，前线激战正酣，封隆之不能加入战场，坐卧不宁。高乾断然说道："你去吧，我来守城。"

封隆之跑下城墙，将渤海封氏的五千士卒聚集到瓮城，他走到人群之中："大伙儿都听到鼓声了，前方杀起来了，眺望韩陵山，我想起父亲大人，他有个名叫郑云的朋友，讨好长秋卿刘腾，贿赂得任安州刺史。早上接到授官文书，晚上赶到我家，还没坐定就问父亲大人，我被授任为安州刺史，经营什么家业获利最为丰厚？我父亲说，你蒙受国家恩宠，位至一州之长，应该想方设法帮助百姓，还没到任净想着与民争利？封回不是商贾，没什么可以告诉你！"封隆之回忆着父亲所作所为，心里越来越清晰，"永安初年，父亲大人为右光禄大夫，恰逢河阴之变，七十七岁高龄遇害身亡！父亲刚正不阿，嫉恶如仇，坦荡荡无愧于心，我受父亲教导，举旗反抗尔朱氏暴政，非为家仇，而为天下大义！如今高王大军正在韩陵山决战，我们驻守邺城，扪心自问，如果父亲大人在此会如何选择？坐等战局还是挺身战场！父亲在天之灵告诉我，宁可决然赴死，也不懦弱求存！"

五千渤海封氏子弟大都没有见过封回，却常听族人说起，一起喊道："出战！"

封隆之举起钢刀："打开城门，杀！"

58 久别重逢

尔朱兆听到战鼓声音大惊失色，他曾在荥阳、虎牢、北中城和嵩高山与梁军连番鏖战，哪能听不出梁军号令？难道陈庆之到了这里？战鼓是出兵反击之令，很快就有雷霆万钧的打击，荥阳城下的却月锋矢阵，嵩高山的离合之兵，反复绞杀，必须在敌军反击前冲溃敌军圆阵。他翻身上马抽出战刀，向蓄势待发的骑兵大喝：“杀！”

这三千骑兵向来是尔朱荣军中的锋矢。尔朱兆率军不急不慌向圆阵后面绕去，他在滏口穿插到葛荣背后，擒获葛荣，在历下断掉邢杲退路，阵擒邢杲，他和贺拔胜渡过黄河击败元颢的后军，生擒元颢的儿子元冠受，未尝一败。“我们绕到贺六浑步兵背后，狠狠踹他几脚！”只要出现在敌军步兵背后，骑兵反复冲锋拉扯，尔朱兆便有十足的把握。高欢的圆阵有三万士卒和数千枋头坞的援兵，外层被尔朱氏步兵包围。尔朱兆为了节省马力，并没有驱马奔跑，而是慢悠悠地向阵后驱驰。

“贺六浑，竟敢如此！”尔朱兆看见眼前的牛羊阵，火冒三丈！

高欢与尔朱兆并肩作战不是一年两年，知道他一定从背后包抄，将牛羊驴紧紧捆绑在阵后，形成了一个奇怪的阵形。“杀！”

尔朱兆只能一条路走到黑，三千骑兵腾起烟尘向后阵冲出。牛羊阵后腾起箭雨，尔朱兆快马加鞭，迅速冲到阵前，双手长槊一挺，刺入一头黄牛腹中，那黄牛狂叫一声，撒开四蹄冲不开绳索的羁绊，只能死命挣扎。契胡骑兵到了，他们也从未遇到过这种情形，学着尔朱兆去刺牛羊。六镇士卒将牛羊用手腕粗细的绳索捆绑，四蹄和脖颈间缠了数道，牛羊临死气力极大，拼命狂奔不得，只能原地兜圈。尔朱兆猛然跳下战马，向士卒喊道："来，砍断绳索！"

可是牛羊已经疯癫，哪里容易抓住，尔朱兆力气再大，也无法按住黄牛，气得他举起战刀，反复刺入，杀死牛羊才能斩断绳索。可是牛羊堆叠挡住骑兵道路，敌阵中还不断放出箭雨，一时寸步难行。"贺六浑，出来与我死战，拿牛羊挡路，算什么英雄？"尔朱兆狂叫不止，高欢在前阵指挥，哪里听得到他的呼喊。

辎重营没有跟随尔朱兆骑兵在隘口结阵，黄老七撇撇嘴："他们自相残杀，咱们掺和什么？"

鱼天愍听出了异样："老七，鼓声太奇怪了。"这明明是陈庆之军中的战鼓，怎么跑到对面去了？杨忠披挂明光铠，系好披风："换铠甲。"

梁军战俘当初在嵩高山解甲环立，握手成别，铠甲被收走，换上魏军辎重营铠甲。此战之前杨忠要回兵器和铠甲，带回辎重营。梁军披挂整齐，抚摸熟悉的铠甲和兵器，仿佛回到两年前的岁月，结阵向前，听到前面战鼓声音不知所措，难道要和梁军兄弟自相残杀？

宋景休站在战车之上，圆阵四面被围，敌军七伐而进，反复冲击，圆阵已经被压缩到崩溃的极限，敌军还在通过隘口支援，兵力源源不绝，战场蓄满士卒。高敖曹那边军旗舞动，战鼓轰响，冲击敌军援兵，决战时机已到。宋景休举起鼓槌："兄弟们，高敖曹已经截断敌军援兵，断水阵形已成，敌军退无可退！"趁着敌军回退，鼓槌砸在战鼓，八面战鼓响起，打破敌军节奏，圆阵炸裂，向四面杀出。宋景休大喊："生死之时，只有拼杀！"

圆阵破裂，如同蓄积的洪水破坝而出，独孤如愿呼出一口气，将崔異洳放倒在地面，剥开她铠甲，双手按压胸口帮助她呼吸："你要活着，我陪你种花种菜，陪你读书写字，终结这个乱世！还有，我们要生个女儿，名字就叫独孤伽罗，醒醒！"

独孤如愿第一次见到崔異洳的时候就有极大好感，当时他要见宋景休和小猴子商议军情，匆匆而别，心里无时不晃动着她的笑颜。独孤如愿仪容俊美，崔異洳也有殊美之容，互相吸引，这次在韩陵战场重逢，她一直跟着自己，可以看出她的心意。战场无情，圆阵踩踏拥挤，崔異洳是名门之女，身子单薄，被挤压得不能呼吸。崔彦珍挤过来将女儿抱在怀里，泪水横流，把环首刀递给独孤如愿："你去杀敌！"叫来崔氏族人，围在崔異洳身边救援。

士卒冲来将独孤如愿裹挟，他泪水满目，茫然来到阵前，身边都是白袍梁军，一片雪白，忽然一把环首刀被塞到手中，向左右看去，杨闵、宋景休、小猴子、胡明容，还有明月，都披挂铠甲站在战阵之前，宋景休说道："对面是杨忠！"

辎重营跟着杨忠向前冲锋，距离越来越近，渐渐看清对面的容貌。鱼天愍大喊:“那是大眼！”黄老七也认了出来:“小猴子！”

辎重营踟蹰，难道真要和梁军兄弟拼杀？鱼天愍大喊：“放下兵器，自己兄弟！”两军相接五十步，样貌越来越清晰，宋景休单臂擎着战锤，小猴子一张连珠弩指向地面，他身边一名女子正是胡明容，当初她在瑶光寺被赏赐给小猴子后，从洛阳前往晋阳，辎重营的梁军都见过她。他们怎么跑到了对面？

“叔父！”杨忠看见了叔父，他单手持刀，仿佛回到年轻时的岁月。“奴奴！”战场嘈杂，杨闵听不见却能感觉到。杨忠泪眼模糊，亲人朋友都在面前，大眼！猴子！如愿！大喊：“兄弟们别放箭！”

梁军七千人大战涡阳，又从铚城出发，杀到洛阳只剩五千，鱼天愍更是和宋景休并肩冲上了荥阳城墙，都是生死兄弟。黄老七低声闷吼：“奶奶个熊，好兄弟打个球？”

两军距离十步放缓脚步，吕桃儿走出阵形，掀开斗篷露出无瑕面容：“杨忠！”杨忠得知她还在世上，寻寻觅觅无踪，今天在战场遇到，积压的思念化作泪水：“桃儿，是你吗？”

两阵相接，没有激烈的刀枪碰撞和厮喊，双方都是熟人。梁军第一次支援枋头坞时，共同击败葛荣，就有数百坞壁士卒加入了梁军。后来陈庆之在嵩高山兵败，上千梁军来到枋头坞，辎重营中有不少枋头坞出来的士卒，两军血肉混杂，早已不分彼此，还有十几对父子和亲兄弟，以为对方战死，冷不丁在战场相遇，抱头痛哭。鱼天愍和宋景休是陈庆之在东阳招募的乡兵，同生共死六七年，两人双手相握，道不清的离别。

“夫君！”吕桃儿扑进杨忠怀里，泪水不可抑。杨忠的悲伤和思念也化作泪水，轻轻搂着她：“桃儿，此生此世再也不分开，好吗？”

“白头不相离，不敢与君绝。”明月痛哭。宋景休拉着鱼天愍走来，热泪盈眶：“大哥如果在这里多好？”小猴子拉着独孤如愿和胡明容凑进来，七人紧紧抱在一起，百感交集。阿阇梨泪水忍不住夺眶而出，压住感情：“诸君，这是战场，有话回去再说。”

“咱们还打吗？”宋景休转眼四望笑起来，两军拥抱一起，哪里是两军相接的对手，分明是生死兄弟，两军相加共有四千左右，这是可以扭转战局的力量。

“杀回去！”小猴子从腰间解下陈庆之的将令喊道，“关中侯军令在此，杀败尔朱氏，为马大哥报仇！”他身处洛阳时，搭救了无数梁兵战俘，很有号召力。梁军举起兵器：“杀！”辎重营解开披风，露出白袍银铠，排山倒海掉头杀去。

辎重营临阵反戈，留出一个空当，他们正对隘口山道，明光铠坚固，不惧刀枪，战锤在这种短兵相接的战阵中爆发出巨大的威力，盾牌遇则爆裂，长槊横飞，连珠弩快如闪电，劈风斩浪杀开包围，压缩到极限的圆阵爆发出巨大的反弹之力，如同决堤洪水，滔滔不可阻挡，将敌军冲散，你中有我我中有你，杀在一起。

保持阵形！杨忠怒吼，带领梁军扑向隘口，断绝敌军援兵，尔朱兆就插翅难飞。当初五千白袍结阵东返，边战边退到达嵩高山，如今梁军和枋头坞士卒有四千之多，层层叠叠攻到隘口，返身结阵。

59 三段杀阵

高敖曹和高岳率领骑兵反复冲击，将敌军切断；步兵杀入用盾牌结阵，断去敌军后援。尔朱度律和尔朱天光哪肯罢休，挥军反攻，拔掉这颗钉子才能前后打通，否则溃兵将如同决堤之水不可阻挡。尔朱天光从长安带来了数万精锐士卒，他们击破万俟丑奴，士气旺盛，结阵掉头，面前只有敌军两千步兵，他们也是血肉之躯，踩也能踩破阵线。尔朱天光和尔朱度律一前一后隔着一道防线互相都能看见：杀！从缓坡前后凶猛夹击，将阵线撞得散乱。

高敖曹穿梭几个来回，敌军在缓坡上将步兵包围，刀枪剑戟密布，骑兵难以分割，高岳拦在他马前："冲不透了。"高敖曹下马抢来高岳战旗："兄弟们，破阵！杀进去！不管什么招式！"

燕赵豪杰被军令限制，轻功、独门武功和独门兵器不能用，浑身难受，听到高敖曹的军令，东方老腾空跃起，七八支弩箭从袖口射出，射出一个小小的缺口。呼延族用惯战锤，甩开累赘的盾牌，双手握持战锤，力劈华山，三丈内的士卒脚步踉跄。高敖曹像大鸟一般越到敌军上方，也不管是肩膀还是头颅，大喊："狗屁阵形，不管了，泰山拳，华山剑，峨眉刺，怎么顺手怎么杀！"

两军混战，阵形已乱，结阵毫无意义，燕赵豪杰冲天而起，大展神威。

尔朱天光看不清前面，不知道是哪里人马，毫无阵形胡砍乱杀，大吼：“退后结阵！”契胡士卒训练精良，退后七步列成整齐战线，自己军队数量远远超过敌军，训练精良，只要稳扎稳打，有胜无败。他抓来一个传令兵：“杀过去，让尔朱仲远全军尽出，向上攻击。”

山道狭窄，尔朱仲远的后军聚集十万大军在道路前结阵，后拒邺城援兵，向前支援韩陵战场。山上战鼓声声，激战正酣，这时邺城城门打开，一支军队出城接战。尔朱仲远哈哈大笑，区区五千士卒也敢拦在阵前：“掉头杀！”

后军与五千邺城守军激战，山上奔来传令兵，遥遥大喊：“大王，全速进军，不要耽搁。”尔朱度律军队众多，足以前后开战，命令道：“贺拔胜，率领军队向前，待我击败邺城守军，上面会合。”

贺拔胜拱手遵令，率领武川镇人马沿着山坡向上，前行不远便是中军。尔朱天光见到援军，大为兴奋：“贺拔胜，上！”

贺拔胜和贺拔岳、杨忠和独孤如愿在太庙结盟，发誓忠于魏国社稷，来到邺城之后派遣独孤如愿进入邺城，约好阵前反叛，大喊一声：“兄弟们，我们世代深受国恩，镇守边陲，尔朱兆暴虐京城，我苦劝不止，差点儿被他杀死。他劫走天子，缢杀于三级佛寺，我们忠于朝廷，岂能受制于逆贼！”

贺拔胜自幼操行出众，善于骑射，以胆略闻名北方，六镇反叛时就被任命为军主，随父亲入驻怀朔镇，抵御卫可孤。武川和怀朔陷落之后，贺拔胜投奔朔州刺史费穆，后加入尔朱荣军中，率领五千人马镇守井陉，抵御葛荣。葛荣败亡后，尔朱荣任命贺拔胜为大都督镇守中山，韩楼畏惧他的威名，不敢南侵。元颢攻入洛阳时，贺拔胜担任前军大都督，与尔朱兆从硖石渡河，大败元颢，生擒元颢之子元冠受，收复洛阳。这五千士卒跟随他多年，早已对尔朱兆等人心生不满，抽出兵器，临阵反戈。

“贺拔胜，你要做什么？”尔朱天光背后升起一股凉意，贺拔胜竟然阵前反戈，看来尔朱兆早已失去人心。他立即分出人马，掉头向下：“贺拔胜，天柱待你不薄，你竟敢背叛。”

贺拔胜举起战刀：“尔朱天光，你灭万俟丑奴，收复长安，虽然杀死杨侃，念你一心为天柱大将军复仇，谁也不怪你。你和尔朱兆并不是一路，他的所作所为你都看见，你也劝过，可是他听不进去，你还要和他同流合污吗？不如放下刀枪，击败尔朱兆，保留天柱大将军骨血。”

事已至此，尔朱天光即便痛恨尔朱兆，也不可能临阵投降，向身边士卒喊道：“贺拔胜背叛天柱，不可饶恕，杀！”

高敖曹正在苦战，尔朱天光和贺拔胜的人马杀在一起，他的压力顿减。高敖曹大喊：“敌军已破，杀！”带领军队向下猛扑，反将尔朱天光包围，心里却搞不懂，高欢的军队都在山上，半山又是哪支军队？忽然山顶崩溃，圆阵炸开一个缺口，无数士卒向下涌来。

“撤，放他们下去！”高敖曹看了陈庆之兵书，知道以退为奇，不硬顶山上的洪流，河北五族联兵经过宋景休训练，严守军纪，向两边让开。山上溃兵向下涌去，冲入尔朱天光后方，登时全军大乱，连尔朱天光都被推搡拥挤。贺拔胜正向上冲，忽然头顶阵容破裂，无数溃兵向下冲来，五千人马也无法阻拦，当即命令："让开！"武川镇和尔朱天光的决战被溃兵冲散，退到道边，开始拔刀砍杀。

尔朱兆正在挥刀霍霍向牛羊，累得汗流浃背，却见阵线松懈，牛羊受了无数刀枪，纷纷倒地。尔朱兆起身上马，向阵内观望，圆阵中开，自己的大军溃散向隘口奔腾。"尔朱天光！你的中军在哪里！"尔朱兆慌张起来，在他冲击高欢背后的时候，自己率领的前军崩溃，士卒仓皇无路可退，许多人被逼下山崖。随从拉来一匹战马："大王，撤吧。"尔朱兆先败于广阿，如果再被击败，军心难复。他翻身上马，只有打通隘口要道，尔朱天光才能上来接应，否则便要全军覆没。他的三千精骑完整无缺，想当年在滏口穿透葛荣战线，在历城下横断义军，将邢杲拦在城下，三千铁骑渡过黄河，突击元颢后军，去年泅渡黄河攻入洛阳，没有任何阵线可以拦住自己。他将骑兵聚集一起，掠阵中分，掉头杀回。

尔朱兆绕回隘口，登高俯视战场，这才看清局面。山底平谷，尔朱度律的后军已经击溃邺城守军，一支队伍正在追击，其他军队向山上进攻。在山坡之上，河北五族的两翼骑兵突破中军，武川镇士兵临阵反戈，将援军截断。再向上看，自己的全军已经崩溃，正在向山下溃散。

"杨忠！竟敢这般对我？"尔朱兆问出战场情形，不禁大怒，杨忠的辎重营反戈一击，才让高欢夺了隘口。这一仗还怎么打？自己前中后三路大军，竟有两路临阵叛变，利用地形将自己的阵线切成互不相连的三段，只要他们守住隘口，自己就无法下山会合，逃无可逃。

杨忠来到阵前，他和尔朱兆恩怨交织，心里复杂万分。他们本来素不相识，在乱世相遇，杨忠曾在枋头坞拦截葛荣，尔朱兆突击擒获葛荣，相互有恩。在荥阳、虎牢、北中城和嵩高山下，双方又成死敌，临阵相杀，结下重重仇恨。杨忠被俘后受尽屈辱，差点儿被喂了虎狼。随后他协助元子攸杀死尔朱荣，报了大仇，阴差阳错救了尔朱世隆等人。尔朱兆懂得感恩，善待梁军俘虏，元子攸和尔朱荣双双死掉，杨忠和尔朱兆放下曾经的仇恨。杨忠临阵反戈，并非痛恨尔朱兆，而是因为宋景休和枋头坞。

宋景休一直把尔朱兆当作仇敌，下令："放箭！"

梁军身经百战，枋头坞士卒参与多场战事，越来越精悍，霹雳连珠弩横举，弓箭向天，结阵拦住隘口通道。尔朱兆无法逃脱，策马出阵："杨忠，你射吧！贺六浑背我于先，你反叛在后！我为天柱复仇在洛阳杀戮无数，自知该死！来吧，我早想陪天柱大将军去了。"解开铠甲直驱阵前。

尔朱兆的前军步兵已经被冲散，结成十几个小小战线，在狂风暴雨的战阵中颠簸，只有三千骑兵砍了许久牛羊，还没受损，向隘口冲来。梁军霹雳连珠弩射速极快，而且克制重铠，不消几轮便能将他们射杀。刘贵等人领兵加入梁军："拦住他！"

杨忠长叹一声，回头问小猴子："尔朱兆曾对我们有恩，你看如何？"

鱼天愍和黄老七也是同样想法，纷纷放下刀枪。小猴子在阵前拱手："大王，小猴子不忘你的恩情，走吧，从此一别天南地北，再无相见之日。”和杨忠各拦一边，命令：“放他们通过！”

“这是死罪！”杨闵急了，众目睽睽之下放敌军逃出，军法绝不能饶恕。

“有恩报恩，有怨报怨。”杨忠向尔朱兆拱手，“大王，请走！”

“杨忠！你不怕掉脑袋吗？”刘贵大怒，如果放虎归山，尔朱兆必定卷土重来，可是梁军和枋头坞士卒都不听他的军令，杨闵、宋景休、小猴子、胡明容、独孤如愿和四千梁军围在杨忠与小猴子身边，如果去抓杨忠，弄不好就要再起波折。

“吐沫儿，我们结拜一场，你若临阵投降，我绝不为难。”高欢策马出来，率领六镇士卒将尔朱兆三千骑兵紧紧包围。

“贺六浑，我和你恩断义绝，不用你慈悲。”尔朱兆拔刀横在脖颈，仰天说道：“大王，我已为你复仇，何憾之有！我这就去和你团聚。”三千精锐骑兵也是一般想法，纷纷拔刀在脖颈。尔朱兆不舍这些兄弟：“你们冲，不要跟我死！”

“愿与大王同生共死！”三千契胡骑兵一起大喊。

“大王，走吧。”杨忠不忍尔朱兆在自己面前自杀，让梁军让开道路。尔朱兆向杨忠和小猴子略一拱手，尔朱兆的三千骑兵从梁军中穿出，向下奔驰。杨忠犯了军法，解下铠甲：“来，把我绑了去见高王。”

高欢功亏一篑，十分恼怒，可是宋景休和小猴子等人率领枋头坞和梁军就在阵前，尤其独孤如愿隶属于贺拔胜，他的武川镇人马正在山下和尔朱仲远大战，两边加在一起就有万人。河北五族也与枋头坞牵连极深，如果此时对付杨忠，战局就会逆转。高欢哈哈笑道：“我和尔朱兆曾为兄弟，岂能让他死在我面前？杨兄弟，你帮了我大忙，贺六浑谢过！”

高欢稳住枋头坞人马，待尔朱兆冲出包围，向全军呐喊：“兄弟们，高敖曹截断敌军，贺拔胜临阵倒戈，封隆之率领邺城守军出城逆袭，敌军大势已去，击响战鼓，全军追杀！”六镇士卒从高处向下猛冲，如同决堤之水，势不可当。

公元530年，北魏永安三年九月，魏孝庄帝元子攸在明光殿杀死尔朱荣，尔朱兆在三个月后攻入洛阳，俘杀孝庄帝，立元晔为帝，操纵朝政。晋州刺史高欢于次年率领六镇流民十余万人前往河北就食，与河北大族结盟，起兵讨伐尔朱氏集团。公元531年十月，高欢施计离间，尔朱仲远不战而退，他乘机在广阿击败尔朱兆，俘获五千人。公元532年一月攻下邺城。尔朱氏诸王重归于好，共同对付高欢。公元532年闰三月，尔朱天光自长安，尔朱兆自晋阳，尔朱度律自洛阳，尔朱仲远自东郡出发，会师邺城南部，号称二十万大军，布阵于洹水两岸。高欢派遣封隆之镇守邺城，自己屯兵邺城西北的紫陌，大都督高敖曹领乡里部曲三千人跟随。三月二十六日，尔朱兆率三千轻骑趁夜攻邺城西门，不克而退。

高欢军骑兵不足两千，步兵不满三万，众寡难敌。二十八日在韩陵山布设圆阵，连接牛羊驴阻塞归路，使部众决心死战。高欢自领中军，高岳领右军，高敖曹领左军，与尔朱兆军激战。初时中军不利，尔朱兆等乘机急攻，高岳率领五百骑兵冲其前，斛律金集合溃散士卒蹑其后，高敖曹以千骑横击，前后夹击，大败尔朱氏。贺拔胜和徐州刺史杜德在阵中投降。尔朱兆领残兵遁还晋阳，尔朱仲远逃奔东郡。韩陵之战结束，高欢自为大丞相、天柱大将军、太师，控制北魏朝政。

60 铜雀台

铜雀台高十丈，殿宇百余间，飞间崛其特起，层楼俨以承天。曹植的《登台赋》传为美谈：见太府之广开兮，观圣德之所营。建高门之嵯峨兮，浮双阙乎太清。立中天之华观兮，连飞阁乎西城。临漳水之长流兮，望园果之滋荣。仰春风之和穆兮，听百鸟之悲鸣。十六国时后赵在铜雀台基础上增加二丈，又建五层楼阁，去地二十七丈，其高若山。窗棂用铜笼罩装饰，日出时流光照耀。又在楼顶造铜雀，高一丈五尺，舒翼若飞。

韩陵之战中，高欢击败尔朱氏大军。六镇以步兵为主，兵力处于劣势，不敢追击，大胜之后凯旋邺城。尔朱兆先败于广阿，再败于韩陵，贺拔胜临阵投降，尔朱氏虽然还有实力，再难以威胁河北。高欢军队返回邺城，当晚大肆庆祝，酒肉无碍，又命令温子升起草韩陵之战的经过，刻石山间以资纪念，并修筑寺庙，祭奠战死的士兵。数日之后，李元忠从殷州来到邺城，高乾也从信都赶来，高欢将要在铜雀台大宴众将，犒赏三军！

高欢登上铜雀台，坐在当年曹操的位置，身边坐着高澄，父子一起俯瞰天下。孙腾、尉景、刘贵、窦泰、斛律金和高岳等人都是韩陵之战的主力，登上铜雀台向高欢施礼。高澄走到他们身边替父亲回礼："叔叔们浴血拼杀，才有韩陵之胜，叔叔们在上，请受高澄一拜。"说完跪倒施礼，他是高欢世子，身份尊贵，众人要将他扶起，他却毫不马虎，一一叩首，将六人引入座位。

高乾、封隆之、李元忠、崔彦珍和高敖曹登上高台，一起躬身。高欢从座位站起，来到殿前，恭恭敬敬回礼："高欢出太行山，诸位将我接入信都，给予粮草，我们才有根本，先战于广阿，又在韩陵舍生忘死，击败尔朱氏二十万大军，高欢感激莫名，从此与诸位共享江山，绝无二心。"高欢将孙腾等人当作兄弟，对河北五族礼节十足，显然当作了外人，高乾越琢磨越不对，这是魏国的江山社稷，岂能由高欢和自己共享？只是高欢击败尔朱氏，位居大丞相，天下在他手中，已成曹操之势。

"枋头坞人马在哪里？"高欢皱起眉头向高乾问道。

"他们不肯居功，返回枋头坞了。"高敖曹回答。韩陵大胜之后，枋头坞收拾人马，杨闵、宋景休、杨忠、小猴子等人没向高欢辞行，也没有进入邺城，直接返回坞壁。

高欢颇为遗憾，枋头坞就在邺城附近，如果不能收服，身边时时刻刻有这么一股巨大的彪悍势力，睡觉都不安稳。高澄看出父亲担忧，拱手说道："请父亲启奏皇帝，封赏枋头坞，儿子再走一趟，定让父亲安枕无忧。"高欢手搭在儿子肩膀，有子若此，还有何患？

"报！斛斯椿求见！"一名侍从大声宣报。

"恭贺大王！"斛斯椿登上铜雀台，身后两人怀抱木匣。尔朱度律和尔朱天光在韩陵大败之后逃奔洛阳，斛斯椿与都督贾显度在桑树下结盟，倍道先行前往北中城。尔朱世隆在洛阳得到败讯，派遣参军前往北中城，简阅败卒。斛斯椿无法入城，心生一计向守城参军说：尔朱天光部下来自关西，要大掠洛邑，迁都长安，常山王命我进城防备。守军中计，四月初一，斛斯椿入城夺占河桥，尽杀尔朱氏党羽。尔朱度律和尔朱天光稍晚到达，大雨昼夜不止，士马疲顿，弓矢不可射，放弃攻城，向西逃走，在陂津被人所擒，送到斛斯椿军中。与此同时，尔朱氏大军战败的消息传到洛阳，众叛亲离，长孙稚和贾显智等人掩袭尔朱世隆，将他擒获。洛阳的王公大臣在神虎门向皇帝元恭启奏：高欢义功既振，请诛尔朱氏。尔朱世隆和尔朱彦伯兄弟两人被斩于阊阖门外，尔朱世隆时年三十三岁。

斛斯椿打开木匣，正是尔朱世隆和尔朱彦伯的人头，众将都与尔朱世隆熟识，感慨不已，他年轻时礼贤下士颇有名望，谁想到是这般下场。高欢脸上不悦，他和尔朱世隆私交不错，即便他和尔朱彦伯该死，洛阳那些大臣没有问自己，就将他们杀了，眼中还有没有自己这个大丞相？斛斯椿没有等到封赏，众人不语，十分尴尬："尔朱度律和尔朱天光从洛阳押来邺城，请大王发落。"

高欢的脸色从阴转晴，说道："须启奏天子。"现在有两个天子，一个是高欢扶立的邺城元朗，另一个是尔朱世隆扶持的洛阳元恭。"落座"，高欢淡淡说道，他已将元勋分成三六九等，怀朔镇将领和河北五族优先，斛斯椿和贺拔胜等临阵投降的将领排后。

"报！中书舍人卢辩求见！"侍从大声来报。

中书舍人是元恭身边近臣，他来做什么？高欢沉思许久，卢文伟拱手说道："卢辩字景宣，出自范阳卢氏北祖，太常丞卢靖之子，少时好学，通晓经史，正光初年为太学博士，他来此处，必为探查丞相如何处置元恭。”卢文伟也是河北五族之一，最早和刘灵助起兵，后来返回北方抵御尔朱兆，却没有参加信都举兵、广阿和韩陵之战，在六镇将领眼中低了一等。

“中书舍人卢辩奉皇帝圣旨，特来慰劳大王！”卢辩不待宣召，登上铜雀台。

“我为正道举兵，诛伐群丑，天子就在邺城，何不去邺宫朝见？”高欢给了卢辩一颗不软不硬的钉子。

“我主正在洛阳，邺城岂有天子？”卢辩毫不含糊地顶回去。卢文伟大惊，高欢奉立元朗为帝，拥戴元恭的尔朱世隆头颅已经被砍下，就在铜雀台，卢辩疯了吗？

“你回洛阳，告诉你的天子，在洛阳等我。”高欢哈哈大笑，卢辩忠心耿耿，没有大错，高欢吸取尔朱氏教训，在铜雀台接见各路使节，好言宽慰，绝不滥杀，放过卢辩。

“报，骠骑大将军、行济州事侯景到！”随从登台通报。

六镇众将议论纷纷，侯景和刘贵、尉景、孙腾及司马子如等在怀朔镇交好，高欢在信都起兵时，侯景驻守济州，就在信都之西数百里，没有举兵响应。高欢夺取邺城后，也毫无动静，在尔朱氏和高欢之间犹豫不决，现在天下大定才来参拜，和高欢有了深深的裂痕。侯景大步奔上铜雀台向高欢赔罪，又向刘贵等人施礼，连说自己来迟。高欢极为不满，高澄低声说：“侯景狡猾多计，反复难知，有飞扬跋扈之志。”高欢点头。高澄看得很透，“他应该不敢反叛父亲大人，好鹰犬也。”

高欢听了这话哈哈大笑，握住侯景的双手：“若不是尔朱羽生来攻，我岂肯反叛大王。好兄弟，当初我们在华林苑采选，与仆射大人何其乐也！若非他弑天子，何至于此！”侯景坐在刘贵身边，其他几人不像高欢那么大度，再也没有当初的亲热。

“报！都督乔宁、张子期自滑台诣降。”随从再报。

尔朱仲远在韩陵兵败之后逃回东郡，知道大势已去，向南投奔梁国。他手下的都督乔宁和张子期商量之后，前往邺城投降，登上铜雀台跪倒。高欢脸色一变：“汝等跟随尔朱仲远享尽荣华，盟誓百重，许同生死。当日尔朱仲远在徐州为逆，汝为马前卒，如今他战败投奔南朝，你们立即叛离。事天子不忠，事尔朱仲远无信，犬马尚识饲之者，犬马之不如！速斩之！”韩陵之战后尔朱氏土崩瓦解，天下却未安宁，高欢用雷霆手段震慑人心。

处理完政务，高欢与功臣举杯尽欢：“尔朱氏既灭，当奉天子治理天下，开春之后，诸位与我同去洛阳，收拾天下！”六镇将领和河北五族经历生死之战，以往仇怨烟消云散，轰然叫好。高欢握住高敖曹和刘贵之手，说道：“兄弟之间，再无彼此！河北五族和六镇军民浴血奋战，从此便是一家！”

61 短兵相接

枋头坞张灯结彩，百姓济济一堂，千村百寨都来贺喜，人数太多，一直排到校场。明月自小跟随长姊进入元颢府中，亲属难以寻访。元颢被杀之后，他的数百亲兵跟随杨忠返回战场，混入梁军之中，不少人来到枋头坞，都被当作亲人。小猴子从邺城得到许多赏赐，当作嫁资，披挂红彩，陈放在校场，枋头坞百姓兴高采烈围拢来看。

大红灯笼开路，沿途吹吹打打，一座八人红色大轿进入坞壁，直入枋头坞正堂。花轿临门，小猴子点响炮仗，跳到胡明容身边。如今胡明容留起长发，结成发髻，姿容在百姓中十分显眼。她十四岁入宫为元诩皇后，胡太后死后逃奔瑶光寺，哪见过这般热闹，低声向小猴子说："我也要坐大红轿子进你家门。"

两人在乱军之中相识，没行六礼，小猴子嘿嘿笑着："夫妻之实都有了，要虚礼做什么？"

"哼，知道你有顾忌。"胡明容身份敏感，毕竟还是魏国天下，她这个孝明皇后哪能随便嫁人？其实她内心羡慕明月，也不敢真的大办，否则会给枋头坞惹来祸端。

"好，那我和坞主去说，风风光光大办。"小猴子耍了个滑头，得罪人的事情推给宋景休，拉着胡明容向内跑去。

刘离抱着儿子和宋景休聊天，宋景休对小猴子笑道："你有媳妇儿了，走路还这么蹦蹦跳跳。"

小猴子掐了那胖小子，惹得孩子哇哇大哭："大眼你是坞主，为何厚薄不公？"宋景休笑而不语，刘离问道："哪里不公？"

"杨忠和明月风风光光，我们为何要偷偷摸摸？"小猴子不惹胡明容，就拿宋景休撒气。

宋景休知道胡明容身份，对外闭口不提，不知道该怎么回答。刘离和小猴子吵架从来没输过，开心拍手道："好哇，就去找你爹爹说去。"

胡明容担心老侯在意她的过去，私下发泄不满，哪敢真去找老侯说，如果隆重地举行大婚，让朝廷有什么脸面？她极为聪慧，立即变了说法："我们不用办了，下次轮到独孤郎。"众人默然，崔巽洳在韩陵战场上被踩踏气绝，独孤如愿悲伤万分，初识之后就是生离死别，令人悲痛。"你们去城墙上找独孤郎，我随后就到。"胡明容眨眼一笑，再没有深宫中皇后的重重心机。宋景休将儿子交给杨闵，和刘离一起出来，向枋头坞城墙走去。

独孤如愿回到坞壁，没心思和众人嬉笑，一个人站在城墙上发呆。四年前葛荣攻打枋头坞，独孤如愿不想杀掠，在坞壁中训练士卒，与宋景休不打不相识，并肩作战，射杀任褒，将人头让给宋景休，促成两人好事，宋景休和刘离都十分感激。他们登上城墙，见他闷闷不乐，兴奋烟消云散，不知道该怎么安慰，掉头看着校场上的热闹景象，各自无言。

"我们来了。"胡明容在枋头坞如同回家，比谁都开心，拉着一个女子跑上城墙。

“巽洳！”独孤如愿喊出声来，当日韩陵之战，崔巽洳被踩踏气绝，战场纷乱，独孤如愿被士卒冲开，崔巽洳被父亲抱给阿阇梨，她把右手放在崔巽洳胸口，使其没有多久便悠悠醒转。

崔巽洳是高门闺秀，压住内心喜悦，恭恭敬敬施礼：“独孤郎！”

高门望族十分无趣，明明是生死重逢，还要做态。小猴子从背后猛然一推，将崔巽洳推入独孤如愿怀抱：“乱世尽欢，何待他日！不要像杨忠和明月那样，死去活来。”独孤如愿紧紧搂住崔巽洳，泪水湿润双眼。

“新人对拜啦！”校场中的老人孩童都向内奔去，小猴子大喊：“婚礼开始了，这么热闹的事情，怎么能少得了咱们。”

喜堂极为奢华糜丽，杨忠头戴笼冠，宽衫大袖，褒衣博带——这是杨闵的坚持，他出自弘农杨氏，虽然流落武川，却要保持豪门大族的家风。明月一袭红袍，映得她更加娇艳。杨闵亲自主香：“行庙见礼，乐起！”

杨闵无子，大哥杨祯战死左人城后，将杨忠当作儿子。他依稀记得，杨忠陪着明月从梁国返回枋头坞，从眼神中就能看出对她的钟情。马佛念和宋景休告诉自己，明月是北海郡主，即将嫁入皇宫，杨闵感到绝望。可是陈庆之七千白袍攻入洛阳，成就了杨忠不可能的梦想。元子攸仓皇出逃，元颢亲自提亲，如今他不在了，杨闵仍然十分感激，故此他燃香的时候，默默祈祷元颢安息：“上香，二上香，三上香！”

“叩首，再叩首，三叩首！”杨忠和明月相互对拜，恍如隔世。在涡阳的初识，在邺城城墙吊篮里，两人相拥抵御无尽的弓箭，明月流泪为杨忠擦拭伤口，杨忠白袍银铠重锤冲入金墉城，北中城的浮桥上将桃儿推回，身陷重围，一幕幕记忆在两人眼前掠过。天下是天下人之天下，他们却只属于彼此。

“闹洞房！我们来啦！”小猴子牵着胡明容，宋景休和刘离抱着儿子，独孤如愿和崔巽洳在后奔进喜堂，吵吵嚷嚷。杨忠立即手持彩球绸带，将明月引入洞房，左右坐在床沿。花烛之下，杨忠揭开盖头露出她的面容，从此将和她共度一生，上天如此眷顾：花烛不可吹，烛尽方缠绵。

“咣当”，门被推开，小猴子拉着胡明容跳上红床，喊道：“这么好的地方，咱们今晚就把婚礼补上！除非，除非杨忠你把大王的赏赐分我。”

“尚书令到！”门外传来一声禀报，高澄身着尚书令朝服缓缓进入，小大人一般与往常不同，向众人说道：“圣旨！”杨忠和明月进了洞房，按照习俗不能再返回喜堂，可是圣旨到了，又不能不出来接旨。杨闵喊道：“快，把杨忠叫出来。”

“不用，带我过去。”高澄摆摆手，让杨闵将他带到洞房之外，“今日杨都督大婚，在此处接旨吧。”杨忠和明月打开房门，一起跪下，高澄念道：“杨忠见识精深，器量极大，有将帅之略，韩陵之战功勋卓著，特进安西将军、银青光禄大夫。”

魏国军职沿袭汉制，最高者为大将军、骠骑将军、车骑将军和卫将军，品级等同朝廷三公；其次为抚军将军、中军将军、上军将军、镇军将军、镇国将军、南中将军；再向下便是征东将军、征南将军、征西将军、征北将军等四征将军；然后是镇东将军、镇南将军、镇西将军、镇北将军等四镇将军；安东将军、安南将军、安西将军、安北将军等四安将军品级略低。杨忠获封的安西将军已经高于四平将军、征虏将军、安远将军、辅国将军、虎牙将军、冠军将军、武卫将军等军职，甚至高于陈庆之北伐时的飙勇将军。高欢对杨忠册封如此之重，显然看重枋头坞的实力，尽心收揽。

高澄念完圣旨，将朝服甩到一边，孩子般冲进去："来，闹洞房。"

杨忠悄悄看了一眼明月，接受圣旨便是朝廷官员，如今百废待兴，高欢即将前往洛阳宣告天下，便说："桃儿，我不想走，也不想当这个安西将军。"明月和杨忠定亲后，分隔两地，也盼着与他厮守，点点头靠在夫君肩头："在枋头坞，像刘离和景休那样多好。"

62

问鼎天下

高欢在韩陵之战击败尔朱氏之后，常常闷闷不乐登上铜雀台，他在信都起兵时草草奉立了新帝，元朗却不是他心目中最佳人选，当初尔朱荣便是因为奉立了元子攸而命丧明光殿，自己怎能重蹈覆辙？他把心事与孙腾等人说了，有尔朱荣的前车之鉴，众人也都犹豫。

“可以从元恭和元朗之间选择一人。”孙腾说道，尔朱氏奉立的元恭在洛阳，元朗在邺城，两人必然要废除一人。

“两人都不合我心。”高欢身边只有刘贵、孙腾、段荣和尉景等信得过的心腹，“奉立皇帝关乎生死，不只是我们几人，还有父母和子孙，稍有不慎便万劫不复。”高欢起身，向西边望去，“我们虽然在韩陵获胜，尔朱兆还在晋阳，贺拔岳镇守长安，贺拔胜和斛斯椿在洛阳掌控朝廷，我当了这个大丞相，却远远不及天柱大将军当年。”

“高王，该去洛阳了。”孙腾早有此心，天无二日，国无二主，如今魏国皇帝一个在邺城，一个在洛阳，必须及早解决。

公元 532 年四月十八日，高欢击败尔朱氏大军之后，终于离开邺城前往洛阳。从他有了踏星而行的梦想之后，已经过去了整整十五年时间，高欢从一个落魄的怀朔镇队主成了执掌天下的大丞相。高欢大军来到邙山，洛阳就在脚下，继续奉立元朗还是元恭，高欢心里一直拿不定主意，派遣高澄和仆射魏兰根慰谕洛阳，观察元恭为人。

魏兰根是河北巨鹿人，正光末年曾经跟随尚书令李崇率兵讨伐柔然。孝昌初年，魏兰根改任岐州刺史，跟随行台萧宝夤征讨万俟丑奴，萧宝夤将十名美女赏给他，他将这些女子归还了她们的父兄，赠其衣食。元子攸准备诛杀尔朱荣时，魏兰根认为尔朱荣功高，一旦杀死天下必然大乱，密告尔朱世隆，才有了尔朱世隆在大门揭帖警告尔朱荣之事。尔朱荣被杀之后，魏兰根害怕元子攸知道这件事，谋求外放，在定州招募乡兵，防御井陉，被侯渊击败，前往冀州依附高乾。高欢听说魏兰根的名声，拥立元朗后加封他为尚书右仆射，魏兰根参与信都起兵、广阿之战和韩陵之战，获得了高欢的信任。

三天后，高澄和魏兰根返回邙山，高欢召集亲信商议，一言不发听他们争论。魏兰根与元恭有旧，不断称颂他贤明，宜主社稷。“贤明？”高乾代表河北五族，是高欢信都起兵的元勋旧臣：“若言贤明，自可待我高王徐登大位。”高乾镇住众人，过会儿才说，“广陵王是逆胡所立，何德犹为天子！如果继续奉立，大王起兵还是义举吗？”

众人都觉得高乾是要拥立元朗，只是用高欢压住众人。高澄坐在父亲身边，低声说道：“广陵王志向远大，恐于后难制。”广陵王是元恭称帝之前的爵位，显然高澄已经不把元恭当作皇帝，高欢收起笑容，他千防万防就是要防止再出一个元子攸那样的天子，从心里已经否决了元恭为帝。

“广陵王乃尔朱氏奉立，不应居大位。”高欢命令将元恭幽禁于崇训佛寺。

“元朗亦不可为帝。”高乾又出来说道，众人大吃一惊，如果废了元恭，也不奉立高欢亲自扶持的元朗，实在匪夷所思。高乾只说元朗血脉太远，名不正言不顺。高欢不语，任由众人商议，谁也搞不懂他是什么意思。既然要看血缘，有人便推荐了孝文帝的儿子汝南王元悦，又有人说他暴戾无常，高欢都不点头，只好作罢。刘贵等人沉默，正要再商议，忽然信使飞奔来报：“军情急报！”

信使进帐，躬身禀报：“长安光复，尔朱显寿被擒。”

当初尔朱天光前往河北与高欢交战时，派遣弟弟尔朱显寿坐镇长安。元子攸被缢杀后，贺拔允、贺拔胜和贺拔岳三兄弟相约反叛，听说尔朱天光在韩陵大败，贺拔岳率领人马袭击长安，宇文泰率领轻骑为前驱，尔朱显寿弃城逃走，在华阴被擒。如今尔朱兆逃回晋阳，尔朱世隆被杀，尔朱天光和尔朱度律被擒，尔朱仲远逃亡南梁，尔朱氏势力被一扫而空。高欢点点头打发了信使，向亲信说道：“皇帝的事情，稍后再议，我想去皇宫见一个人。”

“高王进城了。”一名族人惶惶带来消息，噩耗一一传来，洛阳的数百尔朱荣部族逃入皇宫，围在尔朱歌身边哭泣。韩陵战败，尔朱世隆和尔朱彦伯被杀，尔朱天光和尔朱度律从邺城押解回洛阳，在闹市中被斩杀。尔朱天光时年三十七岁，唯有尔朱兆逃回晋阳。尔朱歌回想当初，父亲为了弥合河阴之变带来的仇恨，将自己嫁给元子攸，酿出更大祸端。父亲和十四岁的弟弟尔朱菩提死于皇宫，二弟尔朱叉罗幼时去世，三弟尔朱文殊、四弟尔朱文畅和五弟尔朱文略都是少年，在自己身边浑身发抖。

“挺起胸膛，不可怯懦，你们的父亲何等英雄？”尔朱歌将几百族人带入太极殿，缓缓登上丹陛，龙椅上坐过两个皇帝，都是她的夫君。元诩独宠潘外怜，元子攸虚与委蛇，心里只有江山社稷。自己爱恋的那个男人击败了父亲的大军，杀死了他最英勇善战的将领，即将来到自己的面前，我绝不苟活。尔朱歌跨上丹陛，坐在属于皇后的位置：“打开大门，让贺六浑来见我。”

高欢率领文武百官来到皇宫，大门徐徐展开。他率领群臣来到太极殿外，数百尔朱荣的族人聚集此处，如今尔朱氏大势已去，羽林和虎贲奔入，准备用绳索把他们捆绑起来。

“且慢。”高欢迈入太极殿，看着高高在上的尔朱歌，高澄命令随从关闭大门，自己站在门内，不让人接近。

尔朱歌缓缓站起：“大王没有杀够吗？”

“下官拜见皇后。”高欢躬身施礼，她再不是当年浪迹金山银水的小姑娘，现已凤仪玉颜，凛然不可侵犯。高欢在信都举旗为元子攸复仇，追谥他为孝庄皇帝，尔朱歌便仍然是名正言顺的皇后。高欢内心十分矛盾，她是自己心爱的女人，也是元子攸的皇后，更是尔朱荣的女儿，走到她的身边说道：“小歌，我日日夜夜都忘不掉当初在金山银水的日子。”

尔朱文畅忽然站起来，指着高欢说道：“你忘记了我父亲对你的恩情了吗？你为何要杀死我的叔叔们，你要斩尽杀绝吗？”

“听说你聪明俊爽，多所通习。”高澄稍大几岁，走到尔朱文畅身边，哈哈笑着说，“聪明人多不长寿，你需慎之！”

尔朱文畅躬身，向高欢屈服：“我命长短，全在大王。”

“此不足虑。”高澄怆然，他与尔朱文畅曾是儿时玩伴，向高欢拜倒，“父王，勿再杀一人，重蹈尔朱氏覆辙。”

当初尔朱兆暴虐洛阳尽失人心，才有后来大败，高欢大为满意，向尔朱歌说道：“尔朱兆等人杀戮过多，众人难免有怨。”言外之意是，即便想保护你的族人，也有心无力。尔朱歌内心平静如水，已经接受了悲惨的命运。高欢忽然大步踏上丹陛，拉起她的右手：“如果要保护你的家人，只此一法。”

“高洋，你做什么？”高澄大喝，尔朱歌和高欢回头望去，一个小男孩跑上丹陛爬上龙床，正是高欢的次子高洋，今年只有六岁。娄昭君怀孕时，夜晚常有红光笼罩，高洋出生后的鲜卑名为侯尼于，意思是有相之子。当时高欢家徒四壁，一家人没有生计，高洋当时不会说话，第一次开口就说出“得活”二字，把娄昭君惊得说不出话来。

“爹爹，哥哥，来坐这里，好大好舒服。”高洋跟着高澄溜进皇宫，看中皇帝宝座，向高欢和高澄招手。

“汝父如龙，兄如虎，犹以天位不可妄据，汝独何人，欲行舜禹之事乎？”尔朱歌呵斥高洋，将高洋从龙椅上抱起。

“此儿胆略和意识过吾。”高欢接来高洋放在地下，牵起尔朱歌向外走出，“我不曾忘记，天柱大将军恩重如山，曾希望将你嫁给我，让我护佑你的族人。我也不曾忘记，你我浪迹金山银水，情投意合，我为天下返回秀容，你嫁入皇宫，都有不得已的苦衷。如今天下便是我们的天下，看谁敢啰唆！”

高欢和尔朱歌并肩出了太极殿，文武百官谁不认识尔朱歌，众人一起跪拜：参见皇后！借着尔朱歌皇后的身份，高欢站在全体大臣面前，接受了跪拜。尔朱氏虽然覆灭，但是尔朱荣功勋卓著，余威还在，同情他的人不在少数，自己便娶了尔朱歌，虽然被天下人嘲笑，却可以收取人心，尔朱荣的党羽便会投靠自己，极为划算。想到这里，高欢拉着尔朱歌走向太极殿，这里还是要交给魏国道武帝的子孙。

63 孝文血脉

太庙之中，一个黑影匆匆进来，取下斗篷，露出斛斯椿的面容，他义愤填膺：“高欢竟然废了皇帝！他还要娶皇后！”

其余几人拿开斗篷，正是贺拔胜、贺拔岳、独孤如愿、宇文泰四人，贺拔胜和独孤如愿在韩陵之战后就返回洛阳，贺拔岳和宇文泰从长安悄悄回来。贺拔岳问道：“高欢废了元朗，又废了皇帝，他到底想怎样？难道要称帝不成？”

元恭退位后，贺拔胜曾求见，元恭赋诗一首：

朱门久可患，紫极非情玩。
颠覆立可待，一年三易换。
时运正如此，唯有修真观。

这首诗表达了他不想参与皇室争夺的心思，贺拔胜等人只好作罢。斛斯椿摇头：“他不敢，听说他要在宗室之中另选血缘最近之人，登上皇位，但是他竟敢娶了皇后，当真大逆不道。”

“他要拉拢天柱大将军的余部，谋篡逆之事。”宇文泰看出了高欢的野心，他敢娶尔朱歌，便不将魏国社稷放在眼中，“关于皇帝，我倒是有个人选，正好将计就计。”

“何人？”贺拔岳和贺拔胜都不满高欢连废两个皇帝，将他当作第二个尔朱荣。

“平阳王。”宇文泰的提名让几人十分满意。孝文帝去世后，元恪和元诩先后继位，他们都是孝文帝嫡亲子孙。河阴之变时，元子攸以旁支入居大统，他是孝文帝六弟元勰之子，元颢是孝文帝七弟北海王元详之子，血缘极近，却不是孝文帝的嫡亲。平阳王元修的父亲元怀是孝文帝的第五子，宣武帝元恪同母弟，母亲还是文昭皇后高照容。宣武帝元恪猜忌近亲，以贪婪奢侈的罪名，将胞弟元怀软禁于华林别馆，下令四门博士董征授以经传，直到延昌四年宣武帝去世，元怀被放还回家。元怀长年被幽禁，身体不佳，两年后去世，时年三十岁，赠使持节、假黄钺、都督中外诸军事、太师、领太尉公、侍中。

元修出生于宣武帝永平三年，是魏孝文帝元宏之孙，广平武穆王元怀第三子，母亲出自赵郡李氏，那时他的父亲元怀还在幽禁之中。元修出生时遍体鳞文，幼年时博学多才，喜好武事，性格沉稳厚重。初封为汝阳县公，任通直散骑侍郎、中书侍郎，元子攸建义年间晋升为镇东将军、宗正卿，永安三年封为平阳王。元恭普泰初年，转任侍中、仪同三司、兼尚书右仆射，后改加侍中、尚书左仆射。高欢在韩陵之战击败尔朱氏，前往洛阳，政局动荡，魏国皇族诸王各自逃生，元修逃亡民间，隐为乡农。

贺拔胜、贺拔岳和斛斯椿认识元修，他是孝文帝之孙，血缘还在元子攸和元颢之上，官居朝廷要职，志向远大，正是继承皇位的最佳人选。四人一同向孝文帝神位跪下，袒露臂膀，啮臂盟誓，发誓扶立元修继承皇位，匡扶大魏社稷。

公元 532 年，北魏中兴二年四月十八日，高欢废黜尔朱氏拥立的节闵帝元恭，同日元朗以远支皇族为由退位，斛斯椿辗转寻访元修下落，高欢率领四百骑兵将他迎回洛阳，泣下沾襟，请求元修继位。元修自称寡德不就，两人互拜多次。元修说道：便不得不称朕矣。四月二十五日即位于洛阳东郭之外，采用鲜卑古制，高欢等七人身蒙黑毡，元修在毡上西向拜天，入城称帝，在太极殿接受群臣参拜，然后升阊阖门宣布大赦，改元太昌。加封高欢为大丞相、天柱大将军、太师，世袭定州刺史。二十七日加封高澄为侍中、开府仪同三司。

当年十一月十四日，元朗和元晔皆因有罪被赐死，第二年被安葬在邺城西南的野马岗。

公元 534 年，北魏永熙三年，元修不满高欢专政，投奔关中大行台宇文泰，迁都长安。当年十二月，元修被宇文泰所弑，年仅二十六岁，安葬于云陵，西魏追谥为孝武帝，东魏追谥为出帝。

元修逃奔长安之后，高欢改立年仅十一岁的孝文帝曾孙元善见为帝，即魏孝静帝，即位于邺城，改元天平，东魏创立。元善见年幼，高欢辅政，执掌大权。公元 535 年，宇文泰杀死元修之后，在长安奉立孝文帝之孙，临洮王元愉之子元宝炬为帝，一统之北魏分裂为东魏和西魏，宣告灭亡。

高欢死后，长子高澄继承大权，将要篡位之际被家奴刺杀。其弟高洋袭位，废掉东魏傀儡皇帝孝静帝，在公元 550 年即帝位，国号齐，建元天保，建都邺城，史称北齐，历经文宣帝高洋、废帝高殷、孝昭帝高演、武成帝高湛、后主高纬、幼主高恒六帝，于公元577年被宿敌北周攻灭，享国二十八年。公元556年西魏恭帝三年，掌握西魏政权的宇文泰死后，他的第三子宇文觉继位称天王、周公。次年初废西魏恭帝建国，国号周，建都于长安，史称北周。历五帝，共二十四年。公元577年，北周武帝消灭北齐，统一北方。公元581年，杨坚受禅代周称帝，改国号为隋，北周亡。

64 独孤伽罗

公元541年，西魏大统七年六月癸丑夜，吕桃儿在冯翊般若寺生下杨坚，智仙神尼为他起名为那罗延，意为不可坏之金刚。智仙神尼割宅为寺，亲自抚养杨坚到十三岁。史书记载：皇妣吕氏，以大统七年六月癸丑夜生高祖于冯翊般若寺，紫气充庭。有尼来自河东，谓皇妣曰：此儿所从来甚异，不可于俗间处之。尼将高祖舍于别馆，躬自抚养。皇妣尝抱高祖，忽见头上角出，遍体鳞起。皇妣大骇，坠高祖于地。尼自外入见曰：已惊我儿，致令晚得天下。为人龙颔，额上有五柱入顶，目光外射，有文在手曰王。

智仙在杨坚七岁时对他说：儿当大贵，从东国来，佛法当灭，由儿兴之。杨坚十三岁离开寺庙回到父母家中，智仙从此沉默寡言，精修道业，四十年间从不出寺门，直到北周武帝灭佛，她才住进皇宫，内着法服，戒行未改。杨坚登基，四海一统，天下大定，每于起居似有所忆，常在群臣前追念神尼，口称阿阇梨名，群臣莫解所以，原来他小时候在寺庙时称呼智仙神尼为阿阇梨。隋文帝又说：我兴由佛法，而好食麻豆，前身似从道人中来，小时住寺，至今乐闻钟声。为报答阿阇梨的抚养之恩德，杨坚敕令史臣王劭为神尼作传。隋文帝仁寿元年，杨坚在皇宫感获舍利，并放光明，在砧锤下一无所损。杨坚用七宝瓶将舍利分送各州郡建塔供养，塔下皆图有智仙神尼之像。如今南京栖霞寺、长沙岳麓山还有舍利塔存世。

公元544年西魏大统十年，河内郡公独孤信与崔巽洳喜得第七女，取名为伽罗，梵语意为沉香木。独孤伽罗的母亲出自清河崔氏定著六房之一的郑州崔氏，为北魏永昌太守崔稚孙女，崔彦珍之女崔巽洳。鲜卑有母系遗风，旧俗妇持门户。《颜氏家训》中记载：邺下风俗专由妇人主持门户，诉讼争曲直，请托工逢迎，坐车子满街走，带礼物送官府，代儿子求官，替丈夫叫屈，这是鲜卑遗风！独孤伽罗就是北朝风气中产生的杰出人物，她母亲又为小伽罗烙上了深刻的文化印记。史载独孤伽罗雅好读书、识达今古，她身上既有父亲的独立英气，又有母亲的博雅谦和。公元557年，北周孝闵帝元年，独孤信看中了老友杨忠的嫡长子杨坚，十四岁的独孤伽罗嫁给了十七岁的杨坚。少年杨坚初入仕途，得配佳人，踌躇满志正欲有所作为，但命运和他开了个大玩笑。杨坚和伽罗结婚前夕，西魏恭帝三年（公元556年）十月，关陇集团的缔造者宇文泰去世，遗命其侄宇文护辅政，宇文家族取代了西魏元氏政权，建立北周，忠于西魏并且位高权重的独孤信立场微妙。小夫妻婚后月余，独孤信与北周权臣宇文护政争失败被逼自尽，势力流散，妻儿受牵连流放到蜀地。杨忠不肯依附宇文护，杨坚遭到池鱼之殃，备受猜忌，连续八年原地踏步不得升职，不时有性命之忧。残酷的政争没有影响杨坚和独孤伽罗的感情，杨坚始终对伽罗爱怜有加，情到浓时，夫妻俩誓无异生之子，相约白头，永不变心，相继诞育五子五女，其中就有隋炀帝杨广。杨坚和伽罗携手走过五十年人生风雨，在风云诡谲的岁月中，伽罗始终是杨坚最为亲密的爱人、知己、智囊和精神支柱。

公元543年，宇文泰的第四子宇文邕出生，十二岁时被封为西魏辅城郡公，北周武成元年，公元559年任大司空，封鲁国公。他聪明有远识，性果决，有智谋，能断大事。公元560年四月，北周武成二年即皇帝位，三年后诛杀权相宇文护，独掌朝政，推行均田制，改革府兵制度，将府兵指挥权从中外都督诸军事府收归皇帝掌握，并招募均田户农民充当府兵，充实军事力量。公元576年，北周建德五年十月，率领七路大军攻打北齐，第二年七月乘胜包围邺城，俘获北齐后主，北齐灭亡。

公元541年，在杨坚出生的同年，北齐神武帝高欢的孙子，文襄帝高澄的第四子高肃诞生在邺城。他字长恭，温良敦厚，貌柔心壮，音容兼美，为中国古代四大美男之一。他治军躬勤细事，累迁至并州刺史，北齐废帝高殷即位时，获封兰陵王，历任尚书令、大司马、太保、太尉。公元563年，北齐河清二年，突厥进攻晋阳，兰陵王率军奋力击退。在北齐和北周的邙山大战时，担任中军将军，头戴面具率领五百骑兵突破北周包围，解围金墉城，威名大振，受到士兵讴歌，即《兰陵王入阵曲》。随着权位扩大和威望上升，受到北齐后主的嫉妒和猜忌。公元573年北齐武平四年，因言国事及家事，坐罪鸩死，年仅三十三岁，追赠假黄钺、太师、太尉公、冀州刺史，谥号忠武。

兰陵王高长恭与杨坚、独孤伽罗和宇文邕出生在一个时代，年纪相仿，分属敌国，是宇文邕一生的对手，他的故事更加壮丽和凄美。